論創海外ミステリ 99

TALES OF THE LONG BOW AND OTHER STORIES

法螺吹き友の会

G.K.Chesterton
G・K・チェスタトン
井伊順彦 訳

論創社

TALES OF THE LONG BOW AND OTHER STORIES
2012
by G. K. Chesterton

法螺吹き友の会

目次

法螺吹き友の会

Ⅰ　クレイン大佐のみっともない見た目　8
Ⅱ　オーウェン・フッド氏の信じがたい成功　39
Ⅲ　ピアース大尉の控えめな道行き　74
Ⅳ　ホワイト牧師の捉えどころなき相棒　102
Ⅴ　イノック・オーツだけのぜいたく品　132
Ⅵ　グリーン教授の考えもつかぬ理論　158

Ⅶ　ブレア司令官の比べる物なき建物　186
Ⅷ　〈法螺吹き友の会〉の究極的根本原理　217
キツネを撃った男　245
白柱荘の殺人　271
ミダスの仮面　293
訳者あとがき　316

主要登場人物（法螺吹き友の会）

ジェイムズ・クレイン大佐……保守派の中年退役軍人
アーチャー……クレインの従僕
ヴァーノン＝スミス……クレインの隣人
オードリー・スミス……ヴァーノン＝スミスの従妹（いとこ）
ロバート・オーウェン・フッド……クレインの友人、進歩派の弁護士
ホラス・ハンター……若き医師、地主支持派から進歩派へ転向、国政選挙に立候補する
ロード・ノーマンタワーズ……別名サー・サミュエル・ブリス、産業界の大立者
ローゼンバウム・ロウ……ブリスの補佐役、慈善家
メルルーサ教授……衛生学の大家
エリザベス・シーモア……没落貴族の娘、フッドの妻となる
ジョーン・ハーディ……青豚亭の娘
ヒラリー・ピアース大尉……クレインの友人である若き飛行士、ジョーンをめとる
イノック・B・オーツ……アメリカ経済界の大物
ワイルディング・ホワイト……教区牧師、フッドやクレインの友人
オリバー・グリーン……若き天文学者
マージェリー・デイル……グリーンの下宿先である農家の娘、ジョーンの友人
イーデン伯爵……英国首相
ベリュー・ブレア……ピアースの協力者

法螺吹き友の会

I　クレイン大佐のみっともない見た目

とてもできやしない。とても信じられやしない。さらには、うんざり顔で泣き言をもらす向きもありそうなぐらい、とても読み進められやしない。今から紹介するのはそんなふうに思われている事柄にまつわる言動の記録だ。どうして起きたのかには触れぬまま、とにかく各々の事柄は起きたと、どれに関しても月を飛び越えた雌牛（英国童謡の一節）や、自分自身に食ってかかる思索型の人間と同列に扱ってよいのだと、そう語り手は述べるにすぎない。これは要するに、うそ八百だ。ありそうもない話が実はあったということもありうるが、うそが八百という表現自体、荒唐無稽な内容にふさわしい。ともあれ何事にも理屈をこねる名人なら、尾ひれのついた物語はぶくぶく太った警句や脚の長い随筆と同類だと、もっともらしく説くだろう。ふつうは起こりそうにない出来事が、ほかのどこと比べてもお堅くておもしろみを欠く場所で、いつと比べてもお堅くておもしろみを欠く時間帯に、しかもどうやら誰よりもお堅くておもしろみを欠く男に起きるらしいのも、まったく無理ない次第だ。

問題の場所は、ある現代的な町のはずれの、すきまなく塀を巡らせた郊外独特の家々のあいだをまっすぐ走る郊外独特の道だ。時刻は日曜朝の十時四十分ごろで、よそいきの服を着た郊外住民の家族が列をなし、教会へと通じる道を整然と歩いている。くだんの男は人品卑しからぬ退職軍人クレイン大佐で、長年にわたる日曜日ごとの習慣としてやはり教会へ向かっていた。大佐と近隣住民とで目立った違いはない。強いていえば前者は後者よりさほど目立たぬという点だけだ。大佐の家は単純に白色荘（ホワイトロッジ）と呼ばれているにすぎず、両隣のナナカマド湖館（ローアンミアー）やヒース斜面館（ヘザーブレイ）と比べて、家の前を行き交う空想好きな人々の心を捉えなかった。教会へ行くということで、大佐は祭礼にも通用しそうな新調の服をまとっている。だがその身なりが立派すぎて、周囲からは立派な身なりの人と思われなかった。日焼けしていて愛想にも欠けるが、なかなかの男前だ。だが脱色した金髪は、薄い茶色か灰色に見えてしまうほど艶がない。青い目は澄んでいるが、垂れたまぶたの下でいくぶん重苦しい視線を前に向けている。クレイン大佐はいわば過去の遺物だ。老人ではない。せいぜい中年だ。先の大戦（第一次世界大戦）で自身としては最後の武功を挙げた。いずれにしろ諸々の理由で、一九一四年以前の社会ではおなじみだった典型的な職業軍人、つまり一教区に副牧師と同じく大佐も一人のみ存在した時代の軍人の姿を保っていた。もはやクレインは燃え尽きているなどと見るのは不当だろう。むしろ今も燃え残っていると見るほうが妥当だ。というのもかつて塹壕のなかに留まっていたときと同じく、しっかり粘り強く、伝統のなかに留まっているからだ。要するに大佐は自分の習慣を変えうるだけの分別を持たぬ人物であり、因襲についても変えようと思うほど気にしていなかった。お見事なほど守っている習慣の一つは十一時に教会へおもむくことで、だから今もそうしているのであり、自分が旧世界の雰囲気を漂わせ、英国史における時代の推移を人に感ぜしめている点には気づいていなかった。

この朝、自宅の正面から出てきた大佐は、一枚の紙切れを指でこよりのように丸め、顔をしかめていつになく戸惑ったようすだった。まっすぐ前庭の門には向かわず、黒いステッキを振り回しながら庭を一、二度行ったり来たりした。朝食の席で手渡されたその紙切れは伝言で、早急に解決すべきある問題が記されていた。大佐はすぐそばの花壇の片隅に咲く赤いヒナギクを見つめながら何分か立ち止まった。やがて日焼けした顔の筋肉が動き、新たな表情が浮かび上がった。どうやらにやりと笑ったようだ。ごく近しいわずかな者のみがそれとわかる不気味な笑みだ。手にした書きつけをベストの胸ポケットにしまうと、大佐は裏庭へ回った。庭の向こうには家庭菜園があり、一種の雑用係といった役回りのアーチャーという老使用人が作業をしていた。

　アーチャーもやはり過去の遺物だった。主人と使用人は互いに生き残った。多数の人命を奪った諸々の危機を乗り切った。ともあれ二人は一つの革命でもあった戦争をともに生き抜き、信頼し合っているが、アーチャーという男は従僕のわりにいつも態度がもったいぶっていた。執事のような顔をして庭師の仕事をこなした。たしかに仕事はよくやるし、心から楽しんでもいた。ことによると賢いロンドン庶民（コックニー）だから、なおさら楽しめたのかもしれない。本人にとって田舎の手工芸は新種の趣味だったから。ともあれ、「旦那さま、種を植え終わりしました」とアーチャーが告げるときの口ぶりは、いつも「旦那さま、食卓にシェリー酒をご用意いたしました」とでも言わんばかりだったし、「ニンジンを収穫いたしましょうか」とうかがいを立てるときは、「クラレット酒（ボルドー産の赤ワイン）をご所望でしょうか」などと言っているとしか聞こえなかった。

「日曜は仕事を休んでほしいね」誰が相手でも大佐はていねいな態度で接するが、それにしてもほとんど誰にも見せぬような快い笑みを浮かべて声をかけた。「おまえ、そういう農村流の作業にずいぶん精を出すんだな。もうすっかり純朴な田舎者だ」

「キャベツの具合を調べてみようかと存じまして」正確な発音を痛ましいほど心がけながら、純朴な田舎者が応じた。「ゆうべは状態がよくなさそうでしたので」

「徹夜の介護は避けたわけか。それはほっとした。いずれにしろキャベツに興味を持ってくれたのは嬉しいよ。キャベツのことでおまえに話があるんだ」

「キャベツのことでございますか?」従僕はうやうやしく問うた。

　だが大佐は答えるつもりではないらしい。目の前の野菜用区画にある別の物体をぼんやり見つめだしたからだ。大佐の庭は、大佐の家や帽子、外套、物腰と同じように、さりげなくもきちんとしている。植物栽培用の土地には、付近の郊外より古い歴史を持つかに見えるいわく言いがたい物体が置いてあった。生け垣さえも、サービトン（ロンドン南西部の高級住宅地）に劣らぬほど手入れされており、ハンプトンコート（サービトンの近くにある宮殿）に劣らぬほど熟した感じを抱かせる。まるで人造であること自体が、ヴィクトリア女王時代（一八三七～一九〇一）よりむしろアン女王時代（一七〇二～一四。新古典主義時代）の様式を示しているかに見えた。石に縁取られ、周囲にアイリスの花を咲かせた泉水は、単に人工的な水たまりというだけでなく、古式ゆかしい溜池を想わせた。ある人物の精神性と社会性が、いかにして本人の置かれた環境に浸透してゆくかを分析してみても、あまり意味はあるまい。それにしても、アーチャーの精神性は大佐の家庭菜園に浸透し、菜園には以前と比べて微妙な違いが現れていた。とまれアーチャーは実務家肌の人物で、新たに与えられた今の仕事も、言葉では表し切れぬほどの意欲に燃えてこなしていた。それゆえクレイン宅の菜園は、人工的ならぬ自然発生的な雰囲気を漂わせており、田園の農場の一角といったおもむきを示していた。実用的な道具がすべてそろっている。鳥による被害を防ぐために、栽培中のイチゴは網で覆ってある。イチゴのツルが四方八方に伸びており、その綿毛が風に揺れている。いちばん大きな苗床の中央に、まぎれもなき年代物のかかしが君臨していた。だが菜園の覇権をかかしと争うがごとき、周囲の雰囲気にそぐわぬ存在も一つだけあった。かかしの〝領土〟のふちを示す奇怪な境界石だ。よく見るとこれは不恰好な南海の偶像で、玄関前に置かれた靴の泥拭い並みに周囲から浮いている。だがクレイン大佐が申し分なく古風な軍人の姿を保っていられるのは、これまでに経験した各地への旅にまつわる自分の道楽を人に隠していないせいだろう。ある時期は未開部族の民間伝承に心を惹かれ、自宅菜園の境目に記念品を置いた次第だ。とはいえ今このとき、大佐の視線が向かった先は偶像ではなくかかしだった。

「ところでアーチャー、こいつに新品の帽子をかぶせたほうがよくはないかな」

「その必要はないかと存じますが」庭師は大まじめに答えた。

「だがな、かかしという存在の意義を考えんといかん。理屈のうえでは、わたしが自分の庭を歩いているのだと、少しおめでたい鳥どもに思い込ませるのがこいつの役目だ。ひどい帽子をかぶった代物は、ほかならぬわたしなんだ。それにしても少し作りがおおざっぱではないかな。印象派の絵画めいている。相手の心に訴えかける力に欠ける。あんな帽子をかぶった人間では、スズメにも毅然(きぜん)たる態度は取れまい。意地の張り合いやらなんやらがあっても、結局はスズメが凱歌を挙げるだろう。ところで、かかしにくくりつけた棒はなんだね」

「銃のつもりかと存じます」

「あの角度じゃ、持っていても役立ちそうにない。あんな帽子をかぶった人間では鳥などとても仕留められまい」

「別の帽子を見つけてまいればよろしいでしょうか」働き者のアーチャーがたずねた。

「いや、いい」主人はあっさり退けた。「あんな粗末な帽子しか持っていないなら、わたしが自分のを与えよう。物乞いに自分の外套を分け与える聖マルティヌス（三一六?〜三九七。フランスの守護聖人）と同じだな」

「ご自分のをお与えください」アーチャーもうやうやしく応じたが、声は弱々しかった。

大佐は光沢あるシルクハットを脱ぐと、足元に位置する南海の偶像の頭にもっともらしい手つきでかぶせた。すると奇怪な石塊に命が吹き込まれたような効果が生まれ、シルクハットをかぶった小鬼が庭でにやりと笑ったかのように見えた。

「おまえの見解では、帽子は新品でないほうがいいのか?」大佐は不安げにも聞こえる口ぶりで問うた。「最上の部類に属するかかしの場合だと、無作法になるかもしれんな。まあとにかく、こいつに少し円熟味が加わるような方法を考えるかな」

大佐はステッキを頭上に振り上げると、帽子めがけて斜めに強く振り下ろし、銅像のくぼんだ目の上あたりをつぶした。

「貫禄が出ただろ」大佐は帽子の残骸を庭師に差し出した。「かかしにかぶせてやってくれ。もういらなくなった。これがわたしには用なしの代物であることの証人だぞ、おまえは」

アーチャーは自動制御機械を想わせるような態度で指示に従った。目を丸くした機械だ。

「さて、急がんとな」大佐が明るく言った。「せっかく教会へ行くからと早起きしたのに、少し遅れてしまったようだ」

「帽子なしで教会へいらっしゃるおつもりでしたか」従僕がたずねた。

「まさか。それでは非礼きわまる。教会に入るときは何人も脱帽を怠ってはならん。といっても、帽子をかぶっていなければ、わたしは脱帽を怠ることになろうな。今朝はどうした、おまえの論理的思考力は。ほれ、一つ取り出してくるんだ、キャベツを」

みっちり訓練を積んでいる従僕は、どうにか自分なりに正確な発音で、再びおうむ返しに「キャベツを」と言った。が、声帯を無理に締めつけた感もあった。

「そうだ、早く取ってこい。頼むぞ。わたしはもう出かけんと。時計が十一時を打つ音が聞こえた気がする」

アーチャーはキャベツ畑へのっそり向かった。畑は巨大な輪郭と多様な色彩を誇っているかのようだ――ことによると、よく回る舌にとってというより、深いところまで見抜く目にとってふさわしい対象かもしれない。野菜というのは、奇異な外見をしており、その名前から受ける印象からすれば意外なほど複雑な存在だ。もしキャベツに、メスカルとかなんとか妙な名前がついていれば、キャベツも名前なりに妙な代物だと人は思うかもしれない。

こうした哲学ふうの真理を大佐は啓示してみせたのだ、アーチャーの疑念を察し、つる状の根を地中に張らせた大きな緑のキャベツを取り出すことで。次いで大佐は一種の剪定ナイフを拾い上げると、長い尾を想わせる根を短く切った。さらに内側の葉を掻き出していわば洞穴を開けてからキャベツを重々しく逆さまにし、自分の頭に載せた。ナポレオンはじめ史上の名だたる軍人は自らに冠を授けてきた。クレインも代々のローマ皇帝さながら被り物を身につけた次第だが、これは月桂樹ではなく青葉でできていた。冠になんらかの抽象概念を認めるような哲学的資質を備えた歴史家には、ほかにも類比すべき点が思い当たるのではあるまいか。

教会へ向かう人々も冠に目を留めた。だがそこに抽象概念の存在を認めた者は皆無だった。この人々の目には、冠は妙な具体性を帯びているかに映った。実際のところ信じがたいほどの物体だった。うきうきしていそうなようすで道を闊歩する大佐のあとを、ローアンミアとヘザーブレイの住人もついていった。さしあたり哲学では解き明かせそうにない感想を様々に抱きながら。ことさら口に出して言うほどのこともなさそうだ。ともあれただ一点、この界隈では指折りの地位と人望を誇り、〝流行の先導役〟とまではいかないにしろ〝道徳規範の体現者〟と、ふつうなら呼ばれてもなんら不思議でない御仁が、頭にキャベツを載せて堂々と教会へ向かうさまが話題になっているようだ。

異常事態に対応すべく集団行動が起きる気配はなかった。人がいっせいに何かを誰かに向かって叫んだり、ましてやあざけったりと、そんなまねをする地域ではない。武器になりそうな腐った卵など、各世帯のこぎれいな朝の食卓に載っているわけもない。大佐の隣人はキャベツに向けてキャベツの茎を投げつけるたぐいの人物ではなかった。各世帯の正面に掲げられたこっけいな絵画を想わせる名前、すなわち敷地のどこかに丘や湖が隠されているのを暗示したような名前には、ことによると一定の真実味があるかもしれない。ある意味でこうした家屋が隠遁所だというのは本当だ。近隣の者たちは独自の生活を営んでおり、他人と交わる機会を持てない。この地域には一軒のパブも一片の〝世論〟も存在しない。

教会の袖廊（そでろう）に近づき、大事そうに野菜の被り物を脱ごうとした大佐は、結びつきの弱い地元社会らしい型どおりの挨拶を受けるにとどまらず、いくらか心のこもった歓声に迎えられた。大佐も平然と挨拶を返し、いったん立ち止まった。大佐に声をかけてきた男が話を続けようとした。男はホラス・ハンターという若い医者で、背が高く、金のかかった身なりをしており、ふるまいに自信が感じられた。顔立ちはむしろ地味で、髪は心もち赤いが、ある種の魅力の持ち主だとは思われている。

「おはようございます、大佐」よく響く声だ。「なんたるあ――青空ですかね、今日は」

危ういところで、恒星はいわば彗星のごとく軌道をはずれ、世界は途方もなき可能性のなかへそれていった。ハンター医師の口から出たのは、「なんたる頭ですか、それは」ではなく、「なんたる青空ですかね、今日は」だった。

なぜ発言を修正したかといえば、ハンターの頭に浮かんだ像自体が、言葉にすればやや突飛な感じを与えかねない代物だったからだ。白色荘の外に停まっている灰色の長い車のせいだと言ったら、あいまいな感じは消えまい。園遊会に参加した一女性が竹馬に乗って（オン・スティルツ）（オン・スティルツには「大言壮語して」の意あり）いるからだと言っても、申し分ない釈明にはなりえまい。なめらかなドレスシャツとあだなに関係があるからだと述べても、なお釈然としない点は残りそうだ。とはいえ、若い医療従事者が急いで判断を下した際も、以上のような事柄が本人の頭のなかで入り混じっていた。ともあれ不足なき説明たりうるか否かは別として、ホラス・ハンターが野心家の若者であり、よく声が響くのも、また態度が自信ありげなのも、世に名を残さんという迷いなき意志の表れであり、本人の考える〝世〟がいわゆる俗世である点は明記しておこう。

日曜日のこのとき、隊列の一員クレイン大佐を相手に、周囲の視線を浴びながら堂々と言葉を交わして、ハンターは気をよくした。クレインは、金にはあまり縁がないが、人間通ではあった。人間がわかる者たちには、人々が何を今しているかわかっていた。一方、人間がわからぬ者たちとしては、人々がいったい次に何をするのかいぶかるしかなかった。慈善市（バザー）の開催を宣言した公爵夫人についてきた一女性が、クレインに軽く会釈し、「こんにちは、コウノトリ（ストーク）さん」と言った。これは一種の仲間内の冗談であり、この場だけの鳥類学的混同ではあるまいと青年医師は受け止めた（クレインはツルの意）。竹馬競走（レーシング・オン・スティルツ）（大言壮語競争の意にも取りうる）を始めたのは公爵夫人で、ヴァーノン＝スミス一家がヘザーブレイでこれを紹介した。だがヴァーノン＝スミス夫人が「あなた、竹馬が進路からずれていますよ（オフコース・ユー・スティルト）」と言ったとき、意味がわからないなら実に気まずい思いをしただろう（オフコース・ユー・スティルトは「もちろん、あなたはセイタカシギね」の意にもなる）。この人々が次に何をやるかは考えもつかない。なめらかな胸当てを身につけた男を初めて見たとき、どこの何者だろうな、ずいぶんおかしなやつだと首をひねったのを医師は思い出した。だがすぐ、そこいらに同じような者の姿を目にし、こういうのは社交上の不品行（フォーパ）ではなく一つの流儀なのだと悟った。あちこちで野菜の帽子が医師の目に入りだすだろうと想像するのは妙な話だが、実のところ何が起こるかわかりはしない。医師も同じ過ちを犯しはしまい。ハンターの心に生じた最初の職業上の衝動は、奇抜な格好をした大佐に拘束衣をまとわせようとすることだった。だがクレインは気がふれたようには見えず、悪ふざけをしているようにも見えなかった。おどけ者には、特有のよそよそしくて人目を気にしたところがあるものだが、大佐にはそれが感じられない。きわめて自然にふるまっている。しかも一つたしかな点がある。もしこの格好が最新流行の代物なら、医師も大佐に劣らずふつうにこれを受け入れねばならぬということだ。それゆえ、今日はいい天気ですねと声をかけたのであり、その発言に異論が出なかったのでほっとしたのだった。

こういういわば医者のジレンマ（ジョージ・バーナード・ショー作の同名戯曲あり）が、地元全体のジレンマになっていた。また医者の判断が地元全体の判断でもあった。ハンターが本気で抱いているたぐいの社会的野心を、大方の善良な地元民も抱いているわけではなく、何かにつけて慎重で消極的な判断へと自然に傾きがちになるということだ。地元民は生活面で他人に干渉されるのをひそかに恐れつつ暮らしており、他人の生活に干渉しないことでどうにかそれをまぬがれていた。また、温和にして名望を集める元軍人の紳士に関して、なかなか気安くは暮らしに関わりづらい相手だと、そう無意識のうちに見なしていた。こうして、大佐は巨大な緑の被り物をしたまま一週間近くも地元郊外の通りを歩き、かつ誰も大佐を目の前にしてその話題に触れぬ次第となった。こうした状況が終わりを迎えるころ（この間、キャベツの冠を頭に載せた貴族がいないものかと、ハンターは水平線を眺め渡し、一人も見つからなかったので、生来の毒舌ぶりを蘇らせていた）、決定的な干渉が起こり、その干渉にともなって決定的な解説も生まれた。

大佐はくだんの帽子の特異性などすっかり忘れたかに見えた。ふつうの帽子の場合と変わりなくかぶったり脱いだりし、自宅の狭い玄関口――二つの留め鉤（フック）に剣を掛け、茶色っぽくなった古い十七世紀の地図を貼ってあるだけの場所――の帽子掛けに引っ掛けていた。礼儀には自信があるらしい従僕が、職務上の権利としてこの帽子を手にしたそうなふうを示すと、大佐は手渡してやった。ただ帽子を磨くことに関してはアーチャーも職務上の権利にこだわらなかった。床に落として台無しにしてしまうのを恐れたからだ。とはいえときおり、嫌悪感をなるべく露骨には表すまいと努めながら、落とす恐れがない程度にゆすぶってみた。一方クレインは、この帽子をどう思っているのか、まったく顔に出さなかった。大佐宅の非日常的な代物は、すでに大佐の日常生活に組み込まれていた――自分では乱そうなどと思いもしない日々の生活に。ゆえにおそらく、決定打となった例の出来事は、本人としては誰にも劣らず意外な一件だっただろう。いずれにしろ、打開（エクスプラネーション）――または破壊（エクスプロージョン）――は、以下のようないきさつでおこなわれることになる。

　自宅へザーブレイのヒース斜面を本拠地とする〝山岳民〟ヴァーノン＝スミス氏は、小柄で動作の機敏な紳士だ。鼻筋が太く、黒い口ひげを生やし、黒い目にはいつも懸念の気配がうかがえた。実に安定した社会生活を送るご当人にとって、何が懸念の材料なのかは誰も知らなかったが。氏はハンター医師の友人だ。謙虚な友人と評する向きもあろう。というのも、陰性の俗物根性の持ち主として、社会の階段を駆け上がらんとする陽性の俗物根性の持ち主をいつも仰ぎ見ているからだ。ハンター医師のような人物はスミス氏のような人物との長い付き合いを望む。こんな相手には申し分ない世渡り上手としてふるまえるからだ。なおさら奇妙なことに、スミス氏のような人物はハンター医師のような人物との付き合いを心から望む。気取ったり、いばったり、あしらったりする相手として都合よいからだ。いずれにしろ隣人クレインの新品の帽子は、どの流行意匠図（ファッションプレート）にも載っていない代物だと、ヴァーノン＝スミスはそれとなく自分の気持ちを表した。独自の社交術をあふれんばかり身内に具えたハンター医師は、友の意思表示をまるで意に介さず、逆に冷たいあざけりの眼差しを向けて友を凍りつかせた。微妙な事柄にやたら口を出したりしたら、人間関係はだめになってしまうのだと、そつも迷いもないふるまいで、しかももったいぶった含みの多い言い回しで、ハンターはヴァーノン＝スミスに呑み込ませた。こちらが野菜なるものについて限りなく遠回しにでも言い及べば、あるいは単に帽子のぼの字でも口にしそうになれば、大佐は大きな音を立てて爆発するのだなと、ヴァーノン＝スミス氏は呑み込まされたものを消化した。こんな場合によくあるとおり、氏の心のなかでは、禁句となった言葉が規則的な脈拍に合わせて繰り返し発せられた。家宅（かたく）はすべて角帽（かくぼう）と、また相客（あいきゃく）はすべて青物（あおもの）と、それぞれ呼び換えたいのが氏の心境だった。

　この日の朝、クレインが自宅玄関を出ると、隣人ヴァーノン＝スミスが生い茂るキングサリと街灯柱とのあいだに立ち、若い女と話をしていた。相手はヴァーノン＝スミスの遠い従妹（いとこ）で、自活している美学生だ——ヘザーブレイの生活水準からすれば、いささか自立心が旺盛にすぎる次第で、それゆえホワイトロッジの生活水準からすれば、なおさらそういえる（と見る向きもあろう）。茶色の髪をおかっぱにした女だ。おかっぱ頭は大佐の好みでない。が、顔はなかなか魅力的だ。まじめそうな茶色の瞳は、互いに離れ気味なので、人にきれいだと思わせるうえでは損だが、それだけ気まじめな感じを与えている。また声がよい。さわやかで気取りがない。庭の塀の向こう側でテニスの試合があると、当の声が得点(スコア)を伝えるのを大佐はよく耳にしていた。あくまでなんとなくだが、この声のせいで自分が老けた気がした。いや少なくとも、実年齢より老けた気がするのか、あるいは無理して若い気になっているのか、よくわからない。街灯柱の下まで足を運んで相手二人と対面したところで、初めて女の名がオードリー・スミスだと大佐は知った。名字がめんどうな複合語でないので、かすかにほっとした。ヴァーノン＝スミス氏は従妹を紹介したが、「これ、わたしの従妹(カズン)です」と言おうとして、うっかりこう口にしかけた。「これ、わたしのキャベツです」

今日はいい天気ですねと、気分どおりどんよりと大佐は応じた。危うく失言をまぬがれた隣人はほがらかに話を続けた。地元の集会や会議に勇んで出るときと同じく、大きな鼻をぴくつかせ、小さな黒い目をきらつかせ、とつとつとしていて力を込めた口ぶりだ。

「この子は美術志望でして。見込みは甘くありませんよね。どうもそのうち、道路の敷石に白墨で絵を描いて、通行人から小銭を投げてもらうのを待つことになりそうだな、自分の前に、ひっくり返したぼうし――器(うつわ)か何かを置いてね」ヴァーノン＝スミス氏はまた危うく失言をまぬがれた。「いやもちろん本人は王立美術院(Ｒ・Ａ)に入るつもりでいますが」

「いいえ、けっこう」若い娘がきっぱり言った。「路上芸術家はＲ・Ａの会員の大半よりずっとまじめです」

「困ったものだな、おまえ、付き合っている連中からそんな革命思想を吹き込まれて。いるんですよ、この子の知り合いにね、とほうもなく物騒な変人だの、菜食主義者だの、それから――社会主義者だのが」氏はここぞとばかりに言い放った。菜食主義者（ベジタリアンズ）と野菜（ベジタブルズ）とはちょっと違うんだから。それに大佐なら、自分が感じてるような社会主義者の危険性をわかってくれるはずだ。「人間は平等であるべしとか、その手のことを求めている連中です。ところが我々は平等ではないし、平等たりえない。オードリーにはいつも話すんですが、明日もし資産という資産がすべて細かく分けられても、結局また同じ持ち主のもとへ戻っていくものだ。それが自然の法則です。自分は自然の法則を回避できると言い張る者がいるなら、そいつはぼう――暴言（ぼうげん）を吐いているだけだ。きっとおかしいんだ、頭も。あ、いや中身の話で――」

気を許すと浮かび上がる心像（イメージ）を思わず口にしかけて、氏ははっと我に返って言いつくろおうとしたが、従妹に念を押されてしまった。娘の顔に穏やかな笑みが浮かび、よく響く澄んだ声が発せられた。

「大佐の頭に載っているものみたいに？」

ダイナマイトの爆発から逃れた場合を想わせるように、ヴァーノン＝スミス氏は窮地を脱したと評しても、不当な見方にはあたらない。氏が苦境に陥った淑女を見捨てたと評せば、それは不当な見方となろう。なぜなら当の従妹は苦境にある淑女にはまるで見えず、逆に氏自身は困惑した紳士そのものになったからだ。氏は口実にもならぬ口実を述べながら、手ぶりで従妹を家のなかへ追いたてようとしたが、結局は同様にいい加減な弁解をしながら自ら家のなかへ消えていった。残された二人は氏のことなど意にも介さず、ほおをゆるめながらしばらく互いに見つめ合った。

「大佐は英国（イングランド）一の勇者でいらっしゃるんでしょうね」先に娘が口を開いた。「べつに戦争とか殊勲章（D・S・O）とかいうことじゃなくて、こういう状況をめぐって。実はわたし、大佐のことを少し存じ上げています。でもわからない点が一つあって。なぜそんな格好をなさっているのかしら」

「あなたこそ英国一の女勇者でしょう。ともかく地元では誰よりも勇敢な人だ。この一週間わたしは町を歩き回ったんですよ、世の中広しといえどもこれほどの馬鹿者はさすがにおるまいと感じながら。誰かに何か言われるかなと身構えながらね。結局のところ遠慮がちにでも声をかけてきた者は皆無だった。みな間違ったことを口にするのを恐れているようだ」

「つまらない人たちばかり。みんなが帽子代わりのキャベツを持っていないとすれば、単に自分の頭がカブでできているせいだわ」

「いや」大佐は穏やかに言い返した。「わたしはこの地域の様々な世代の人間を知っている。あなたの従兄をはじめ親しい隣人もいる。いいかな、因習を重んずべき事柄というのはあるんですよ。しかもあなたが思うより世の中は賢いものだ。まだお若いから寛容になれないんでしょう。いずれにせよ、あなたには闘志がある。それこそ若年と不寛容の真髄だな。今、厳しいことを口にされたときのあなたは、いやはや、ブリトマートに見えた」

「それ、『妖精の女王』（エドマンド・スペンサー作の長篇叙事詩）に登場する戦闘的な婦人参政権論者ですね。どうもわたし、大佐と比べて、必要な英文学の知識が足りないようだわ。なにしろ画家なので。まあともかく画家志望なんです。そんな生き方だと物の見方が狭くなると言う人もいるけれど。でも頭に来るわ、自分たちこそ、何につけてもうわべを飾って中身が空っぽの話しかしないくせに――さっきだって、社会主義をめぐる従兄の言い草ときたら」

「少し深みに欠けていましたね」クレインは笑みを浮かべた。

「だからわたしはそのお帽子に感心するんです」オードリーは言い切った。「なぜかぶっていらっしゃるのかは存じませんが」

こんな取るに足らぬ会話の効果で、大佐のなかに変化が起きた。本人にとっては、終戦から久しく忘れていた熱気と危機感をともなう言葉のやりとりだった。不意に決意が固まったのを自覚した大佐は、国境線を踏み越えんとする者を想わせる口ぶりで話しだした。

「スミスさん、あなたにはもう少しおほめいただいてもよさそうですな。これはなるほど因習からはずれている。だがあなたは因習などにこだわったりしますまい。わたしのある旧友がほどなく訪ねてくるんですがね、いささか珍しい用事というか儀式にけりをつけるために。あなたもすでに一部をごらんになったことです。明日の一時半に昼食をご一緒してくだされば、このキャベツをめぐる真相がわかります。必ず本当の理由が聞けますよ。いや、本当の理由が見えると請け合ってもいい」

「それはもう、ぜひ」因習に囚われぬ娘は喜んで答えた。「まことにありがたく存じます」

翌日の食事会の約束を取りつけて大佐は気合をみなぎらせた。気合が入ったばかりか、いつのまにか心も躍りだしたので我ながらひそかに驚いた。似たような人間によくある例だが、大佐はこうした催しをうまく進めてゆくことに喜びを感じており、なおかつワインや料理にも詳しかった。とはいえ、それだけでは喜びの説明はつくまい。なぜならふつう若い女はワインの知識などろくに持っておらず、おまけにおそらく若い女にとってとくに気詰まりな相手はおれのようなやつだなと、大佐も承知しているからだ。また明日の食事については、調理法には自信があるが、ある面で中身はいくぶん突飛なものになるだろう。いずれにしろ大佐は心やさしき紳士であり、子ども相手の場合なら、クリスマスツリーを立ててやり、その子の喜ぶ顔が見たいと思うのと同じく、若者のために昼食会を開き、各自に食事を楽しんでもらいたいと日ごろ思うような人物だ。しかしながら、まるで自分が幼子さながら、明日の会食のことを考えると心が落ち着かず、待ち遠しくて仕方ないことには、べつに理由もなさそうだった。クリスマスイブの子どものように、うきうきしてなかなか寝つけないことに理由などない。夜更けまで葉巻をくわえて庭を行ったり来たりしたことには、実際なんの口実も必要なかった。というのも、ほのかな月明かりを浴びる紫色のアイリスや薄墨色の池を見つめるうち、色調が一変したかのごとく感情に変化が訪れたからだ。クレインは新たに思いもよらぬ心境に置かれた。あえて耐えていた〝仮装〟が初めていやでたまらくなった。このキャベツもシルクハットと同じ目に遭わせてやりたい。自分の軽佻浮薄(けいちょうふはく)な部分がすでにどの程度まで干からび色あせているか、四十の坂をいくらか超えた大佐は考えもしなかった。が、若者によくある愚かしくて大まじめなうぬぼれが体内で膨れてゆくのが感じられた。月明かりを背景として、画趣をそそるように、いやそそりすぎるほどに黒く浮かび上がったとなりの屋敷に、大佐はときおり目を向けた。やがて屋敷からかすかな声が聞こえた気がした。笑い声か。

翌日に訪ねてきた男は、古くからの友であるにせよ、クレインとは妙な対照をなす人物だった。ようすがぼんやりしており、色落ちした半ズボンとそろいの上着といういでたちで、何かだらしない感じがする。頭が長く、とび色と言われる赤褐色のくせのない髪を生やしている。ブラシをかけてきたらしいが、毛がふた筋ほどぴんと立っている。顔も長い。ひげはきれいにそってある。あごは全体にどっしりしていて、しめたアスコットタイのなかに何度もその先端が沈み、すっぽりおさまっていた。客はフッドといい、どうやら弁護士のようだが、必ずしも法律上の用件で訪れたわけではない。控えめに親近感と満足感を示しながらクレインと挨拶を交わし、もったいぶった従僕にはまるで古くさい冗談を聞かされたかのような笑顔を向け、早く昼食の席につきたい気持ちを動作にいちいち表した。

当日はいつになく暖かくうららかで、庭全体が輝いて見えた。南海の小鬼神像は実際にやりと笑っているかのようであり、かかしは新品の帽子を実際かぶっているかのようだ。池のまわりのアイリスはそよ風を受けて揺れ動き、ひらめいている。そういえばアイリスは〝旗（フラッグズ）〟と呼ばれているな（フラッグ・アイリスという種類あり）とクレインは心でつぶやき、紫の軍旗が戦場へ向かうさまを思い浮かべた。

と、そのときオードリーが屋敷の角を曲がってきた。着ているのは鮮やかな濃い青のワンピースだ。質素な作りで輪郭（シルエット）は角ばっているが、ともかく途方もないほど芸術性を求めた服ではない。日光を浴びる本人は学校に通う娘というより三十路近くのきまじめな女に見える。つまり実年齢より少し大人で、ぐっと興味をそそる印象だ。こんなきまじめなようすのせいで、ゆうべの反応がますます胸に迫った。ああ、ありがたい、みじめな緑の帽子とはこれでおさらばできると大佐は思った。この一週間クレインは他人の感想などおかまいなく例の帽子をかぶってきた。だが街灯柱の下で十分間たあいない会話を交わすうち、不意に自ら裸の王様たることを露呈したような心境に陥った。

好天に誘われ、クレインは庭に面した一種のベランダに三人用の食卓を用意する気になった。三人で食卓を囲むなり、クレインは隣人の従妹を見つめて言った。「わたしは自分の奇人ぶりをさらしているんでしょうね、スミスさん。あなたの従兄には認めてもらえないたぐいの奇人ですよ。我々のこのささやかな昼食会が台無しになるのも困りますが。とにかく、わたしはこれから菜食をします」

「あら。わたし、菜食主義者とお見受けしますすなんて言わなければよかった」

「近ごろわたしは愚者にしか見えていなかったな」大佐はさめた口ぶりで言葉を継いだ。「だが通り一遍の菜食主義者よりは愚者に見えるほうがましだ。今回のは少し特殊な場合なんです。我が友フッドから話をしてもらうほうがよさそうだな。わたしよりフッドのほうが深く関わった事情があるから」

「わたしはロバート・オーウェン・フッドと申します」心もち茶化したようにフッドが口を開いた。「現実にはありそうもない昔話はよくこんな具合に始まりますね。それはさておき、要するにこの旧友にわたしはひどく侮辱されたんです。ロビン・フッド呼ばわりされまして」

「ほめ言葉のように聞こえますが。だけど、どうして大佐はロビン・フッドとお呼びになったのかしら」

「わたしが大ぼらを吹いたからです」弁護士が答えた。

「だが公平に考えれば、あれは的を射た発言ではないかな」大佐が言った。

クレインの発言の途中に姿を現したアーチャーが、手にしている皿を主人の前に置いた。客二人にはすでに何皿か料理を運んでいたが、この皿についてはクリスマスにおけるイノシシの頭（特別な日のごちそう）さながら、これ見よがしに運んできた。皿にはゆでたキャベツだけがそっけなく載っている。

「わたしはあることをやってみろと焚きつけられたんです。この友によればぜったい無理（インポッシブル）だということをね。たしかに、まともな神経の持ち主ならみなそう言い切るだろう。でもわたしは予想を覆しました。ところが我が友クレインは、わたしの決意をまるで認めず、せせら笑いながら軽々しいことを口にしたんです。早まった誓いをした（士師記第十一章第三十一〜四十節参照）と言い換えてもよさそうだ」

「発言を正確に繰り返すと」クレインがもったいぶった口ぶりで旧友のあとを受けた。「きみにそれがやれるなら、わたしは自分の帽子を食べて（イート・マイ・ハット）みせよう（「首を差し出してもよい」という意）」

大佐は思案ありげに前かがみになると、皿のキャベツを食べ始めた。次いでやはり深く物を思うように言葉を継いだ。

「まあたしかに、早まった誓いなど、すべて実体を伴わないというか、無に等しいものだ。我が友フッドが自身の早まった誓いを果たした件には、論理と言語との厳密性に関して異論の余地があるかもしれない。いずれにしろ同じくこじつけめいた理屈を自分に言い聞かせたわけです。自分がかぶっている帽子を食すのは不可能だ。それでも自分が食せる帽子をかぶるのは可能かもしれない。からだを飾る品は口に入れる品としては使いがたい。が、口に入れる品はからだを飾る品として使いうる。不便な点にはすべて目をつぶり、通常の帽子を手に取らず、一貫してその品を帽子としてかぶっていれば、これを自分の帽子にしたのだと人に見なしてもらえるのではと思ったのです。自分を大馬鹿野郎に仕立てるのは、そういう誓いあるいは賭けにとっての適正な代償だった。賭けをする際には何がしかの損はするものですからね」

大佐は食卓から立ち上がり、謝るようなそぶりをした。

娘も立ち上がった。「本当にすばらしいわ。聖杯探求をめぐる伝説にも負けないほどわくわくするお話です」

弁護士もややぶっきらぼうに立ち上がり、まゆをひそめ、長いあごを親指でなでながら、何か物を思うようすで旧友を見つめると口を開いた。

「なるほど、つまりきみはわたしを証人として召喚したわけだ。さて、では法廷の承認を得て、証言台から離れるとしよう。もうおいとましないと。自宅で片づけたい重要な仕事があってね。ではスミスさん、お先に」

オードリーは機械人形めいた態度で挨拶を返した。同じくあぜんとしていたクレインもはっと我に返ったらしく、去ろうとする友のあとを追いかけた。

「おい、オーウェン」あせったように声をかけた。「もう帰ってしまうのか。ほんとにもうだめか」

「うむ」友はもったいぶって答えた。「ぼく個人に関係する用事は遊び半分じゃ処理できんのだよ」口ぶりはしかつめらしいが、その口元には笑みらしきものが浮かんでいる。「実はな、まだ話していなかったはずだが、結婚しようと思うんだ」

「結婚⁉」大佐は肝をつぶしたような声を出した。

「賞賛と祝福の声に感謝するよ、きみ」フッドは皮肉めかした。「そうなんだ、このところずっと頭にあった話でね。誰を結婚相手とするかも決めたよ。相手の女性も承知している。前もって伝えてあったから」

「ちょっと待ってくれ」わけがわからんと訴えんばかりの顔で大佐が言いだした。「そりゃもちろん、きみには心からおめでとうと言うよ。お相手の女性に対してはなおさらだ。たしかに嬉しい知らせだな。でも正直なところ驚いた……いや、そういう意味じゃ――」

「どういう意味だね」フッドが応じた。「おまえは独り者で死んでいく人間だと見る向きもあるぞと言いたそうだな。だがね、気づいたんだよ、時の流れ方より時の過ごし方のほうがはるかに大事なんだと。ぼくのような男は天の命よりむしろ自分の意志に従って年を重ねていくものだ。人生においては、当世の運命論者どもが言いたてているより、ずっと天命の割合が小さく意志の割合が大きい。ああいう手合いの場合、運命論のせいで物事の時間的な秩序も崩れてしまうわけだ。連中はな、年寄りだから独り者なわけじゃない、独り者だから年寄りなんだ」

「違う、違う」クレインが熱っぽく言い返した。「たしかにおれは驚いたが、きみの考えているような無礼な驚き方じゃない。べつに何か不似合いな点があると思ったわけじゃ……むしろ逆なんだ……なんだか思ったよりもうまく合ってる感じが……まるで――いずれにしろ、事情はよく知らんが本当におめでとう」

「そのうち事情はすべて話すよ。今はとにかく、ぼくが結局うまくやれたという事実――わたしの行動の内容――と密接に関わるということだけ言っておく。我が婚約相手こそ霊感の源だった。ぼくはいわゆる現実にありえないことをやったんだよ。だがね、相手の女性はまさにそのありえないことの一部だったんだ」

「とすると、きみのそんなありえない用事を邪魔しちゃいかんかな」クレインがほほえんだ。

「話を聞いて飛び上がるほど嬉しいよ。じゃ、今日はこれで」

がっしりした肩と赤褐色のごわついた髪が通りを遠ざかってゆくのを、なんとも言いがたい心境でクレイン大佐は見送った。それからもう一人の客が待つ庭へと足早に向かうところで、ある変化に気づいた。自分の目を疑いたくなるほど理屈に合わぬことだが、先ほどまでとは周囲のようすが違っている。何がどう変わったのか、事態の脈絡が不明だ。脈絡がなくなったのか、それとも断絶が起きたのか。大佐は愚者とは大違いの人物だ。とはいえ、自身の外側にある物事に関心を抱くたぐいの頭脳、つまり兵士型あるいは科学者型の頭脳の持ち主で、自身の精神を分析対象にする習慣とは縁がなかった。オーウェン・フッドから打ち明け話を聞かされて、なぜあぜんとするほど周囲のありさまが違って感じられたのかわからなかった。むろん自分はオーウェン・フッドに好意を持っている。だが今までほかに自分が親しくしている人々から、結婚相手を見つけた旨の話を聞かされても、それで自宅の庭の雰囲気が一変したためしはなかった。フッドに対して単なる親近感を抱いていただけなら、自分の心境も違っていたのではないか、とさえ大佐はぼんやり思った。その場合は、フッドのことが気にかかり、あいつ、軽はずみなまねをしでかしたんじゃあるまいなと思い、フッド夫人に疑念や嫉妬さえ覚えたかもしれない――これとは別種の感想を持つような事情がないならば。今の事態がどうにも呑み込めない。どうも納得しがたい事柄が増えている気がする。自分自身がキャベツの冠をかぶり、旧友である弁護士がいきなり正気を失ったわけでもあるまいに妻をめとるような世界――これは生々しく恐ろしい新世界であり、大佐としては、あちこちで歩いている者たちの姿が、いや自身の姿でさえも捉えづらい場だ。植木鉢の花は鮮明な色を帯びると同時に特徴を失い、今までにない状態を示している。その向こうに並ぶ野菜が目に入り、自分が近ごろ軽はずみなまねをしたことを思い出しても、大佐はさほど気にならなかった。もし自分が予言者や予知能力者だったら、緑の海よろしく地平線のほうへキャベツの列が延びてゆくさまが見えたかもしれない。というのも、頭に載っているみょうちくりんな帽子が、自ら考えもしなかった意味を持つようになって初めて結末を迎える、そんな物語の冒頭部に自分は立っているからだ。この一画は緑の大火災さながら、地の果てまで届かんばかりに広がってゆきそうだ。だが大佐は実務家肌で、予言者とは正反対の人物だ。しかも大方の同類の者と同じく、自分が何をしているのかよくわからぬまま行動を続ける場合も珍しくない。自分が意識する以上に大きな規模で自分の伝説や血統を築いてゆくような、世界の創始期における族長や英雄にも似た愚直な精神の持ち主だ。たしかに今は当時の人間に近い心境になっている。が、現状の把握は皆目できていなかった。

オードリーはさほど離れていない場所に立っていた。もう一人の客のあとを追った大佐は門のほうへ何歩か進んだのみだったからだ。ともあれ若い娘の姿は前景からぐっと引っ込み、庭の緑の枠組みにおさまった。身につけた服は、もう少し離れていれば、青には見えなかったかもしれない。そんな少し近い位置から大佐に話しかけたときの声には、遠くに見かけた昔なじみに呼びかけるときのような、今までとは違った親しみがこもっていた。大佐は何もそこまでというほど感激した。かけられた言葉は短かったのだが。

「お帽子はどうなさいましたか」

「失いました」大佐は重々しく答えた。「どう考えても失ったに違いない。きっとかかしが見つけたでしょう」

「あら。それじゃ、かかしのようすを見にいきましょう」娘は声を上げた。

大佐は口を結んでオードリーを家庭菜園へ連れてゆき、その目を引く特徴について、一つ一つもったいぶった口ぶりで説明しだした――手にした鋤(すき)に寄りかかっているまじめくさったアーチャーから、片隅でにやりと笑っている奇怪な南海の偶像にいたるまで。話してゆくうちに、大佐はますますしかつめらしく、またしつこくなってゆくようだったが、自分の口にする言葉の意味など終始ほとんど、あるいはまったく意識していなかった。

そのうちオードリーは、無礼とも取られかねないほど上の空で、相手の〝独白〟をさえぎった。茶色の瞳はきらきらしており、相手を思いやる気持ちはあらわだったが。

「そのお話はけっこうです」場違いに熱を込めた言い方だ。「わたしたち、まるで田舎の真ん中にいるみたいだわ。ここって、エデンの園にも負けないほど個性がありますね。こんなに心地のいい場所は――」

このときだ、ある不可解な理由で、自分の帽子を失ったというクレインが、続いていきなり平常心も失った。風変わりな野菜の園に立ち、黒っぽくて堅苦しそうながらも堂々とした姿の大佐は、これ以上ないほど昔ながらの慣習に即した態度で、自分の持ち物をすべて目の前の女性に譲ろうとした。むろんかかしやキャベツも含めてだ。が、それぞれにまつわる失笑を誘いそうな記憶がよみがえり、格好をつける気持ちもしぼんでいった。

「この地所のお荷物は――」大佐は憂鬱そうに結論を出した。「やっぱりあれだな、かかしと、人食い人種の神さまみたいな像と、体裁や紋切り型の作法にやたらこだわる愚かしい男だ」

「ほんとに紋切り型ですね、とくにご本人の帽子のお好みは」

「あれこそ例外だったのかな」大佐が声を励ました。「結局あの手の品はめったにお目にかかれなくて、たいていはごくつまらないものだと悟るんだ。気がつけばわたしはあなたに恋心を抱いていた。とはいえ我々のいる世界は互いに違う。あなたは若い世界の住人だ。思ったとおりのことを口にするし、わたしの世代が黙り込んだりためらったりする態度にはどんな意味がひそんでいるのか、わかっていない世界に属しておられる」

「わたしたちは傍若無人なんでしょうね」オードリーが物思わしげに応じた。「わたし、なんでもずけずけ言いすぎかしら。だとしたらごめんなさい」

「わたしはそんなにたいした価値のある人間じゃない」大佐が悲しげに応じた。

「いいえ、わたしもあなたに恋しているんです、きっと」オードリーが穏やかに言葉を継いだ。「人を好きになるのに、時間なんて関係ないわ。わたし、あなたほど独創的な人にはお会いしたことありません」

「ちょ、ちょっと待った」舌がもつれそうだ。「どうも誤解しているようだね。わたしという男は、どんな人間であるかはともかく、独創性を誇ったためしはない」

「お忘れかしら、我こそは独創的な人間なりと思い込んでいるうぬぼれ屋をわたしはたくさん知っているのよ。美術院なんて、そんな人ばかり。わたしの友だちの社会主義者や菜食主義者のなかにもずいぶんいます。もちろんみんな、キャベツをかぶるぐらい平気でやるでしょう。可能ならカボチャのなかに入り込むぐらいのことも、誰かやりかねないわ。全身にクレソンをまとって人前に出る人もいそうだし。でもね、結局その程度なんです。クレソンを身につけるとすれば、本人が水性の生物だからっていうだけの話で。流れに身を任せているの。そんなまねをするのは、それがもう今までにおこなわれたことだからなんだわ。ボヘミアンの仲間内ではとっくにおなじみの行動でね。世の習いに従わないのが本人たちの習いなんです。わたし自身もいやじゃありません。とても楽しい生き方だと思います。いえ、そこに影響力や自立性があるのも認めます。全体としてどろどろに溶けていて、定まったかたちのない生き方です。だけど、ほんとの意味で活力のある男性というのは、まずしっかり一つの型を作って、次にそれを壊せる人なのね。あなたのような方が、有言実行を旨として二十年間も定まった暮らしをなさってきて、いきなりああいう行動にも出られることを示すと、まわりの者は心からこう思うんです、これは本物の男だ、自分の運命の支配者だって」

「いや、どうもわたしは自分の運命の支配者ではないようだ。おまけにどうもはっきりしないんだよ、支配者でなくなったのは昨日なのか二分前なのかが」

一瞬クレインは重いよろいに身を固めた男らしきようすを示した。実際のところ、時代遅れの姿をさらすのも、いろいろな意味で悪くはないものだ。クレインのなかに生まれた新たな世界のありようは、今までの本人の習慣全体、あるいは過去何十年もの生活の内容や形態とはまるで異質であるため、本人の精神はもがいたあげくにようやく自らの殻を破れた次第だ。ともあれ、こんな場面に置かれたときに誰もがやってのけたいと思うこと、つまり最善で最適なことをたとえクレインがやれたにせよ、それはある意味で型にはまっているか、または自分には不満足な行為だっただろうという点も否定できなかった。自然な態度を取ろうとすれば儀式張ってしまうたぐいの人間、クレインはそんな一人だった。感知も反応もできぬほど自分の心の深く遠い部分で流れる音楽でさえ、古風な儀式用の舞踊曲であって、お祭り騒ぎを促す曲ではない。今まで灰色の石の泉や大きなイチイの生け垣からなる庭を少しずつ作り上げてきたのは、クレインとしてはゆえないことではなかった。クレインはいきなり上体を前に折り、オードリーの手に口づけをした。

「すてき」娘が言った。「あとは粉をかけたかつらをかぶって（かつらに髪粉をふりかけるのは貴族のおしゃれ）、手に剣を持っていただきたいわ」

「恐縮ながら、あなたにふさわしい現代の男は一人もいません。いずれにしろ、どう考えても、わたしは現代の男とはいいがたいな」大佐はまじめくさった顔をした。

「もう二度とああいう帽子はかぶってはいけません」オードリーは例のつぶれたシルクハットを指さした。

「正直なところ、あれをまたかぶる気はまったくない」大佐は穏やかに応じた。

「違うわ」そっけない口ぶりだ。「あの帽子じゃない。ああいう帽子って言ったんです。よく考えると、キャベツより立派な帽子はありえませんね」

「もう、やめて――」大佐は文句を言おうとしたが、自分を見つめる相手の目は変わらず真剣だ。

「ほら、わたしは美術畑の人間で、文学には明るくないでしょ。だけど、おわかりかしら、双方には歴然たる違いがあるってことを。文学畑の人の場合、自分と対象とのあいだに言葉が入り込むのを許します。でもわたしたちは対象自体を目で捉えようとするんです、対象の名称ではなく。青菜(あおな)がこっけいなものだと考えられるとすれば、名前がこっけい、いえ、卑しい感じさえするからです。〝アホな〟と〝オナラ〟の両方の響きがあるからでしょうね。でも青菜はこっけいでも卑しくもない。絵に描いてみれば、誰もそんなふうには思わないでしょ。オランダ派やフランドル派の美術品をご覧になったことはありませんか。それに偉大な画家たちがキャベツを描いたことはご存じないかしら。画家の目に映ったのは、なんらかの線と色です。目を捉えて離さない線と色です」

「一枚の絵のなかでは見事なものでしょうな」大佐は疑わしげに応じた。

オードリーはいきなり笑い声を上げた。

「お馬鹿さんね、あなた。ご自分が文句ないほどすてきに見えたことに気づかないの？　輪郭は大きな葉っぱのターバンみたいだったし、根がかぶとの金具みたいにぴんと立っていて。レンブラントの絵に描かれたターバンを巻いた人が、かぶとをかぶっている感じだったわ。緑と紫をしたかげりのなかで青銅みたいな顔をしてね。自分の目と頭から言葉を退ける画家の目が捉えるのは、そういうたぐいのものなのよ。なのにあなたは申し訳なさそうになさるのね、あんな真っ黒の煙突みたいなつまらない帽子（シルクハットのこと）をかぶっていないからって。せっかく色のついた冠をかぶって国王みたいに闊歩してらしたのに。この地方の王様のようだったわ、誰もがあなたを怖がっていた」

大佐がまた弱々しく反論を始めるなか、オードリーの笑い声はいたずらっぽさを増していった。

「あなたがあれをもう少し長く捨てずにいれば、きっとみんなも野菜を帽子代わりにかぶりだしたでしょうに。先日わたしの従兄も園芸用のこてを手にして、どうしようかなあって顔でキャベツを見ていたわ」

オードリーはいったん言葉を切り、見事なほどがらりと話題を変えた。

「フッドさんは何をなさったのかしら、ぜったい無理なことだとあの方におっしゃったそうですけど」

だが本書における話の内容は、語る順番をそっくり逆にしないといけないほど荒唐無稽だ。右の問いの答えを知りたい向きは、「オーウェン・フッド氏の信じがたい成功」譚を読むという耐えがたい世界に、自ら進んで身を投じねばならない。まずは中休みを取ったうえで、再び苦痛を味わっていただこう。

Ⅱ　オーウェン・フッド氏の信じがたい成功

「クレイン大佐のみっともない見た目」譚を読み切る苦痛に耐えたつわものども（ヒーローズ）には、大佐がやってのけた例をもって、円卓の騎士による聖杯探求さながら、とうてい無理だとされる一連の離れ業の嚆矢（こうし）だと察せられる。その第一話の主人公が脇役に回る本篇を語るに際しては、大佐は一世一代の〝冒険〟をやりとげる以前、サリー州の住宅街に暮らす退役将校として長く知られ、敬われる存在だったと述べれば十分だろう。日焼けした肌と未開部族の伝承に対する興味の持ち主だ。ともあれ正確には、肌の色を焼いたり未開地の神話を探ったりしたのは、首尾よく名望を集めたり郊外住宅を手に入れたりしたとき以前の話だ。まだ若々しい時分には、勇気のいるような、いや不安に襲われさえするような旅に大佐はよく出ていた。本篇に登場するのも、一歩間違えば無軌道な生き方に流れる冒険好きな若者からなる一種の閥（ばつ）、ないし徒党の一員だったからだ。奇人変人の集まりで、過激な革命論者たることを隠さぬ者や極端な反動思想を口にする者もいれば、双方の立場を兼ねる者もいた。後者の一人と見なしてよいのが、法の網の目をかいくぐって活動する弁護士にして本篇の主人公、ロバート・オーウェン・フッド氏だ。

フッドはクレインの最も親しく最も不似合いな友だった。クレインが冒険派であるのと同じほどに、フッドは初めから安定派だ。クレインが因襲を重んずるのに負けぬほど、フッドは今にいたるまで型にはこだわらない。ロバート・オーウェンという〝冠〟は、本人の家系における革命的伝統の名残りだ（ウェールズの空想的社会主義者ロバート・オーウェンの存在を示唆している）。だがそれ以外にフッドはいくばくかの財産も受け継いでおり、おかげで法律を軽んじたり、自由な時間を楽しんだり、世間から忘れ去られたような地域、とくにセヴァン川とテムズ川とにはさまれた小さな丘陵をふらふら歩き、夢見心地になる趣味を深めたりすることができた。テムズ川の上流域には一種の小島があり、そこに腰を下ろして釣りをするのがフッドはことのほか好きだった。灰色の服、ふさふさした赤褐色の髪、ややナポレオンに似た大きなあごをしたおもしろくもなさそうな顔。うらぶれていたがありきたりな姿ではなかった。今フッドのかたわらには、対照の妙というべきか、すっかり旅行用の服装をした警戒心の強そうな軍人の友が立っていた。これから再び南海へと冒険の旅に出ようかというふうだ。

「どうなんだ、何か獲れたのか」じれったそうな旅人が詰問調でたずねた。

「きみ、いつだかぼくに訊いたよな」釣り人が穏やかに応じた。「おれを唯物主義者と呼ぶのはどういう意味かと。きみを唯物主義者と呼んだのはそういう意味だ」

「もし唯物主義者か狂人か、どちらかでないといけないなら、唯物主義を選ばせてくれ」

「いやもう、きみのこだわりぶりたるや常軌を逸しているな、ぼくの場合の比じゃない。しかも実りがあるとも思えない。きみのような人間ときたら、誰かが釣りざおを持って川岸に座っているのを目にすると、何か獲れたかと衝かれたように訊かずにはいられない。だが自分がいわゆる大物をしとめに出かけたときは、何が獲れたか誰にも訊かれない。夕食用のカバを連れ帰ってくるとは誰も期待していない。きみたちが獲物のキリンを家来のように従えて、ペルメル街（ロンドンのトラファルガー広場からセント・ジェイムズ宮殿にいたる高級クラブ街）を歩いているさまなど、誰も見たためしがない。獲ったゾウの数々は、そりゃ巨大な代物だろうが、妙なことに人目にはつかないようだ。はばかりにでも並べてあるんだろう。ぼくが思うに、みんな今までに何かをしとめたためしはないんじゃないか。狙った大物ははるかなる不毛の地の砂埃（すなぼこり）におとなしく覆われているんだろ。だがぼくの獲物はそんなのよりずっとすばしこくて、魚並みに捕まえづらい。それは何かといえば、英国精神（イングランド）だ」

「きみ、魚はかからなくても、病にはかかりそうだぞ、そんなふうに水のなかへだらんと脚を垂らして座っていると。おれはもう少しからだを動かしたい。夢を見るのもそれなりにいいことだな」

ここで、何かを象徴するような雲が太陽の前を通ったはずで、ある神秘と沈黙の影が一瞬この物語の上にかかったに違いない。というのも、霊感を受けて自意識をなくしたジェイムズ・クレインが、例によっておなじみの予言を口にしたからだ。現実にはありそうもない物語の中核をなす予言だ。人に〝お告げ〟をする者にはよくある例だが、自分の発言がどれほど不吉なものか、クレインはとんと気づいていなかった。おそらく一瞬ののちには発言したこと自体も忘れていよう。実際くだんの妙な雲は太陽の前をすっかり過ぎていったようだ。

予言はある格言のかたちでなされた。どんな内容かは、ひどい労苦にじっと耐えておられる読者諸氏にも、そのうち明らかになるのではないか。偶然ながら、ここまでの二人のやりとりはおもに比喩や箴言のたぐいで成り立っていた。フッドのような人間の場合には珍しくもないことだ、あらゆる格言の源泉たる古きよき英国の田園生活に共感しているのだから。が、次に口を開いたのもクレインだった。

「英国が大好きとはけっこうな話だ。だが英国の力になりたいという者なら、迅速に行動を起こさず、おのれの歩くべき道に雑草をはびこらせるのは許されん」

「それこそこちらの望むところだ。疲れを抱えた大都会の人々でさえ実はそう望んでいる。スレッドニードル街（ロンドンのシティの銀行街）を歩く哀れな姿の銀行員だって、ふと視線を足元に向けて草が生えているのを目にすると、しみじみ嬉しいとは思わないものだろうかね。歩道に敷かれた緑色の魔法の絨毯だ。おとぎ話のようだろ」

「なるほどね。だがそこへずっと座り込むわけにはいかんだろ、今のきみのように。おのれの足の下に草が生えるままにしていると、やがてツタが足にからまる恐れもある。それもおとぎ話のようだと思うのは勝手だが、そんな事態を促す格言はない」

「そうかね、ならば言わせてもらうが、ぼくの味方をしてくれる格言もあるぞ」。フッドが笑いながら言い返した。「コケの生えない転がる石（「転石苔むさず」という格言あり）を頭に浮かべてほしいな」

「コケを生やして平気でいる人間なんて、口うるさい一握りのばあさん以外に誰がいる。なるほどおれは転がる石だ。地球が太陽を巡るように、地球を巡っている。だがね、実際にコケを生やしている石が一種類あるぞ」

「なんだね、それは。放浪の地質学者どのよ」

「墓石だ」クレインが答えた。

沈黙が訪れた。暗い森が映っているぼやけた水面に、フクロウに似た顔をしたフッドはじっと視線を落としていたが、ようやく口を開いた。

「墓石についているのはコケだけじゃない。ときには我よみがえらん（レスルガム）って文句もそうだ」

「ああ、よみがえればいいね」クレインが愛想よく応じた。「だがラッパの音をかなり大きくしないと、起こしてやれないな。ともあれ率直なところ、復活は最後の審判の日には間に合わないだろうよ」

「もうけっこう。これが本物の劇中対話なら、間に合わないほうが本人のためになるねと、ぼくは答えるところだ。だがそれでは告別に対するキリスト教徒の所見にはなりそうもない。きみ、今日ほんとに出発するのか？」

「うむ、今夜に。どうだ、カニバル諸島まで同行する気はないかな」

「自分の島にいるほうがよさそうだ」フッドが答えた。

クレインが立ち去ったあとも、フッドは緑色の水面にひっそり逆さまに映る絵をぼんやりながめた。姿勢を変えず、頭もほとんど動かさない。釣り人とはそうしたものだという面もあろう。が、この超然とした弁護士が心から魚を捕らえたがっているのかどうか、実は判然としなかった。英国の古い風景に対するのと同じく昔の文学に愛着を抱くフッドは、よくポケットにアイザック・ウォルトン（一五九三～一六八三。英国の随筆家）の『釣魚大全』（ザ・コンプリート・アングラー）を入れて歩いていた。とはいえ、なるほど釣り人（アングラー）ではあっても、必ずしも申し分（コンプリート）ない技術の持ち主ではなかった。

ともあれ、テムズ川上流に浮かぶこの島の、自分を捉えて離さぬ謎めいた魅力について、フッドは親友クレインにすっかり明かしてはいなかった。もし、自分が驚くほどたくさんの魚か、ヨナを飲み込んだ大魚（ヨナ書第二章第一節参照）か、はたまた大ウミヘビでも捕らえたいと語った――かなりの言語表現力の持ち主だから――として、表情は何かを示唆する程度に留まっていたはずだ。だがそれでも、何か比類なくかつ、実現しがたいものを象徴していただろう。というのも、フッド氏は凡百の釣り人には無縁なものを釣り上げようとしていたからだ。それはつまりおのが少年時代の夢であり、かつてまさにこのさびしい場所で起きたことだった。

　まだほんの若造だった遠い昔のある晩、フッドがこの島に腰を下ろして釣りをしていると、夕暮れから夜に変わり、黒みを増してゆく木々の向こうに沈む夕日も、二、三本の幅広い銀色の筋が見えるばかりとなった。鳥はみな空から消えてゆき、聞こえるのは川が静かに流れる音のみだ。と、そのとき、明らかに人の姿だとわかる影がすうっと現れた。対岸の森から出てきた女だ。フッドのほうへ何か問うように声をかけた。何を訊かれたのやらフッドにはぴんとこなかったが、あやふやな答えを返した。女は白い服を着て、一束のブルーベルの花を軽く握っている。くせのない金髪がまゆの上までかかっている。顔色は象牙を想わせるほど青白い。神経質なのか、まぶたが何度も小刻みに動く。フッドは息が詰まりそうなほどばかばかしい気持ちに襲われた。だがどうにか慇懃（いんぎん）な言葉遣いをしたに違いない。相手が立ち去らなかったからだ。しかも冗談めいたことを口にしたに違いない。相手が笑ったからだ。そのあと、自分に起きたことをよく省みるフッドにとっても意味不明なことが起きた。女が何か身ぶりで示しながら、軽く手にしていた花束を川へ落とした。自分の頭がどこまで乱れているのか、それすらフッドには不明だったが、神々の叙事詩――目に見えるものはみなささやかなる何かの象徴だ――にでも描かれるような、驚嘆すべき事態が展開されているかに思えた。フッドはふと気づくと対岸にびしょぬれで立っていた。とにもかくにも川に飛び込み、おぼれかけた赤子を救うように花束を救ったからだ。女の発言のうち、フッドが憶えているのは一つの文で、それが繰り返し頭のなかで響いた。「死にそうなほど風邪をひきますよ」

風邪はひいたが、死にはしなかった。だが〝死〟なる概念も突飛なものではないとさえ思えた。川に浸かった事情をフッドが不本意ながら説明した相手である医師は、患者の話に強く惹かれた。地元の名門の血統や上流家庭の人間関係を探るのが好きだからだ。うきうきしながら候補者を除外してゆくなかで、話題の女性はマーリーコートの一員ミス・エリザベス・シーモアだろうと考え、控えめな喜びを覚えつつフッドにもそう語った。まだ若いながら腕利きの開業医であるこのハンターなる男は、のちにクレイン大佐の隣人となった。フッドと同じく地元の風景を愛するハンターの意見では、マーリーコートがいまだ保存されているのは、その美観のおかげだという。「英国を築いてきたのはああした地主たちなんです。急進派(ラディカルズ)の話は結構づくめですがね、地主がいなければ我々の存在はどうなりますか」

「まったく。ぼくは地主を断固支持しますよ」フッドがいくぶん物憂げに応じた。「地主万々歳だ、もっとたくさん出現してほしい。もっともっとたくさん。何百人でも何千人でも」

はたしてハンター医師は相手の熱意に対応できたかどうか、またはせめて発言の意味を把握できたかどうか。フッドのほうは、のちに理由(わけ)あってこの短いやりとりを思い出す次第となった——というより、自分がその気になりさえすれば、一つの例外を除いてどんな会話の記憶もよみがえった。

ともあれ、疲れ切ってはおられようが頭のほうも切れる読者諸氏に対して、フッド氏がこの島に座り込んで対岸をぼんやり眺める〝お勤め〟をするにいたったのは、おそらく右の一件をきっかけとするのだろうなどと偽りの弁を述べても空しい。自分の青春時代が過ぎつつあると感じたころを通じて、いや、徐々に中年に近づきつつあると思えたころにも、フッドは幽霊さながらこの流域を徘徊し、決して訪れることのない何物かを待ち続けた。とはいえ結局のところ、何物かが再び訪れる望みをフッドが抱いていたかどうか、それはまったく定かでない。だから望みがかなうのは奇跡であるかにも思えた。ただこの場所は奇跡の殿堂だった。実際ここで何かが起こるなら、自分はこの目で見届けねばならんとフッドは感じた。そうして実際いろいろ起きた事柄を目にした。幕切れ前にはいささか妙な事態も生じた。

ある朝、フッドは異様なものを見た。世人の目にはおよそ異様とは映らなかっただろう。だがフッドにとっては天の啓示にも匹敵した。ほこりまみれの材木らしき代物を手にしたほこりまみれの男が森から出てきて、一種の広告掲示板を岸に立てた。ずいぶん大きな板で、でかでかと〝売地〟と書いてある。それより小さな文字で、この土地の説明や土地管理人の名前も。実に何年ぶりかでフッドは立ち上がって釣り場を離れると、対岸に向かって大声でいくつか問いを投げた。男はなんとも辛抱強く、かつ軽口をまじえて答えを返したが、結局どうもフッドを家なしの狂人だと決めつけたようすで立ち去っていった。

オーウェン・フッドにとって、これが忍び寄る悪夢の始まりとなった。変化は何年もかけてゆっくり進んだが、実際に悪夢を見た者が麻痺状態に陥るように、フッドにはその間ずっと自分の存在が無力で麻痺しているかに感じられた。現代社会の人間はおのが運命の支配者であり、充足感を自由に追求できるとされているのだなと思い、フッドは聞きようによってはぞっとしそうな笑い声を上げた。自分が見上げている日の光が暗くなるのを防いだり、自分が吸っている空気が毒性を持つのを防いだり、地獄の責め苦さながらの騒音（カコフォニー）に自分の沈黙の世界が侵されるのを防いだりする力など、現代人にはないというのに。農業貴族社会に対するハンター博士の素朴な敬服の念には一理あるなと、フッドは重々しく心でつぶやいた。きわめて原始的にして野蛮でさえある貴族社会にもそれなりの存在意義があるな。封建時代には、気が向けば領主たちは戦闘や略奪に出かけた。一部の農奴に首かせをはめもした。数は少ないが農奴を絞首刑にも処した。だが人間の五感に対して昼夜の別なく戦いをしかけたりはしなかった。

まずはじめに、川岸に納屋や小屋が現れた。もっと大きな納屋や小屋を建てる作業に長々とかかっているらしい労働者用のものだ。最後の最後まで、つまり作業が完了しても、旧時代の者の目には、一時的に存在するものと恒久的に存在するものとを区別するのは容易でなかった。物事の本質のうえで道理にかなう事柄があるとするなら、建物のどこにも恒久性があるようには見えなかった。だが名称や性質がなんであれ、その無定形（アモルファス）な物体は輪郭も不明瞭なまま膨張し、拡大し、いや増加さえしてゆき、ついには様々なかたちの建物群からなる大きな黒い一区画が土手に存在するにいたった。いちばん端にはレンガ造りの工場の煙突がそびえており、一条の煙が静かな空にまで立ち昇っている。解体した鉄などの残骸の山がよく目立つ位置にある。ブルーベルを手にして森から出てきた女が立っていた場所に、さびで赤い折れた鉄材が落ちている。

フッドはお気に入りの島から立ち去らなかった。田舎者で、夢見がちで、からだを動かさぬ男という印象を持たれがちながら、フッドは無意味にいわゆる革命家の子孫なのではなかった。父親にロバート・オーウェンと名づけられたり、友人たちからときおりロビン・フッドと呼ばれたりしたのも、まったく空しい話ではなかった。大病を患い、死にたくなるほど気持ちが沈んだことも何度かあるが、それよりもひんぱんに行軍する兵士のごとく通りを歩いてきた。そうして自分が嫌っているものから近いところで、背の高い野生の草花が川岸で旗さながらに揺れているのを見ると、気をよくしてこうつぶやくのだった。「外壁に旗を掲げろ（スロー・アウト）（『マクベス』第五幕第五場冒頭のマクベスの台詞では、ハング・アウト）」。屋敷を建てるためにマーリーコートの地所が分割されたころ、すでにフッドは島に自分の位置を確保する手段を講じ、一種の簡易住宅を建てており、そこでかなりの期間、遠足気分で日々を過ごすことができた。

暗い工場の背後で夜明けの光がいまだ輝き、川面が繻子（しゅす）のように映えるある朝、違った色と材質からなる太い糸状のものが繻子の上に伸びた。水とは混ざらぬ何か別の液体の細いリボンだったが、川面で虫さながらに揺れ動いた。オーウェン・フッドはそのようすにヘビを見るような目をじっと向けた。なるほどヘビを想わせる液体で、乳白光を放っており、固有の美を備えていなくもない。ともあれフッドの目には実に象徴的なヘビに映った。エデンの園を害したあの邪悪な生物のように。数日後、おびただしい数のヘビが水面を覆った。何本ものうごめく小さな川だが、下に流れる川とは混じり合わない。互いに相容れない。のちにはどう見ても美しくないさらに暗い色の液体が発生した。黒っぽい茶色の薄い油の層で、どろっと浮かんでいる。

いかにもフッドらしいことだが、工場の意味と目的が結局ぴんとこなかった。ゆえに川に流れ込んだ化学物質の中身もしかりだ。せいぜい、どれもおおよそ油っぽく、かたまりやかけらとして川面に浮かんでおり、なかでもガソリンと似た液体があたりに広がっているのがわかるぐらいだ。原料用というより動力用の液体か。作業内容はもっぱら毛髪染料の製造だという地元のうわさをフッドは耳にしていた。むしろ石鹸工場のようなにおいが漂う。フッドが把握した限りでは、染料と石鹸とのいわば中庸の物質を開発しているようだ。衛生度の高い新種の化粧品だ。化粧品は衛生度のきわめて高い諸々の物質を成分としている点を立証すべく、メルルーサ教授（メルルーサはタラ科の食用魚。細長く頭が大きい）が著書を出して以来、こうした品が流行し始めていた。自分が子ども時代に親しんだ牧草地の多くが、今や「なぜ年を取るの」と記された何枚もの大きな看板——残念そうに笑う若い女の肖像画付きだ——に明るく飾られているさまを、フッドは目の当たりにした。看板には内容にふさわしく至福（ブリス）という名が記されていた。これにはかの大きな工場が深く関わっているのだなとフッドは見た。

この事態についてもう少し深く知ろうと、フッドは調査をしたり苦情を言ったりしだした。さかんに手紙のやりとりもし、ようやく責任ある立場の者たちとじかに会えた。文書での意見交換はすこぶる長く続いたため、しまいには日常生活の一部になっていた。実のところ、手紙を送るのはもっぱらフッドの側だった。大企業（ビッグ・ビジネス）は政府の各省並みに事務的（アンビジネスライク）ならざる存在だからだ。いや役所と比べると、非能率ぶりは似たようなもので、応対の仕方はずっと悪い。ともあれフッドはついに先方と面談の約束を取りつけ、苦い喜びをかみしめつつ、目当ての四名と顔を合わせた。

一人目はサー・サミュエル・ブリスだ。ロード・ノーマンタワーズとして世に知られるきっかけとなった例の政治活動は、当時はまだ始めていなかった。白イタチを想わせる小柄かつ敏感な男で、白いものが目立つごわついたあごひげと髪を生やし、態度はきびきび、というよりぴりぴりしていた。二人目はブリスの補佐役ロウ氏だ。がっしりした体格で色は浅黒く、ぽってりした鼻と太い指輪をしており、初対面の相手には解消しえぬ不快感のような妙に重苦しい疑念の目を向ける男だった。人からしつこく責められるのを予期していたのだろう。三人目は意外な男だった。フッドの友人ホラス・ハンター医師その人だ。健康そうで愛想がよいのはいつもどおりだが、服装もよくなっていた。今や地元地域の衛生状態に関する責任検査官として、重要な公務をこなしているからだ。だが誰より意外な相手だったのは四人目の男だ。科学界の超大物メルルーサ教授が加わったことで、この場の意義はなお高まった。教授は健康に関わる顔色の研究で現代精神に革命を起こした人物だ。四人目の相手が誰だかわかったフッドの長い顔には、〝ははあ、なるほど〟といった悪意の表情が浮かんだ。

席上、メルルーサは右記の理論よりなお興味深い一つの理論を示した。せわしなくまばたきし、首が太く、大柄で金髪の教授だ。傑物の例にもれず、外見から感じられる以上に内面は複雑なのだろう。教授は最後の発言者だった。ある種きっぱりした口調で理論が詳しく語られた。その前には、大量のガソリンが川に流れることなどありえませんよ、工場では一定量しか用いていないのだからと、ブリスの補佐役が述べていた。あとを受けたのは、怒ったような顔をして、場の雰囲気にそぐわぬ感もあるサー・サミュエルだ。わたしは一般の人々にいくつか公園を提供し、労働者の寮にも素朴ながら上品この上ないほど内装を施しましたよ。公共の財産をだめにしただの、美的感覚がないだの、そんな批判をされる覚えはありませんな。このあとメルルーサ教授が保護遮膜(プロテクティブ・スクリーン)の原理について説き始めた。ガソリンの薄い膜が川面に現れたにせよ、水とは混ざり合わないので、水はまずまずの清潔度を保っていられるのだという。この膜はいわばふたの役目を果たすでしょう。保存食品にゼラチンのふたをかぶせたようなものですよ。「実におもしろいご見解です。それを主題として、またご本をお書きになるのですかね」フッドが言った。

「世間に発表されるより早く、こうして我らが専門家による新たな研究成果が内々に聞けるのだから、それだけ我々は特別な立場にいるわけかな」ブリスが言った。

「ええ」フッドが応じた。「ところで〝我らが専門家〟の専門性は本物ですよね――著述をするうえで」

サミュエル・ブリス卿の顔が髪やひげと同様にこわばった。「まさか我らが専門家の権威を疑ってはおられますまいな」

「そちらの専門家については疑っていません」フッドが重々しく答えた。「教授が専門家であることも、教授がそちら側の権威であることも、疑っていません」

「今の言葉を聞いたか、諸君」ブリスが嬉しそうで不満げな声を上げた。「教授のような立場にある方について、こんないやみは――」

「いやいや、とんでもない」フッドが相手をなだめるように言った。「きっと居心地よいお立場のはずですよ」

当の教授がフッドにめくばせした。重たげなまぶたの下で目が光った。

「そんな話をしにこられたのなら――」ここで、教授が言いかけたのをさえぎるように、フッドが向かいの者に話しかけた。軽蔑まじりの好奇心を表すかのように、明るいがぞんざいな口ぶりだった。

「で、あなたの意見はどうですかな、親愛なるハンター先生。かつてはわたしともあまり変わらないほど、この土地の快適な環境に惹かれておられたが。覚えておいででしょ、よくぞこのあたりを、選ばれた者の集う静かな場にしてくれたと、地主たちを絶賛しておられたのを。由緒ある世帯が古きよき英国の美を守っているとね」

しばらく沈黙が続いたのち、若い医師が口を開いた。

「だからって、進歩の意義を信じていけないことにはならない。そこがあなたの問題なんですよ、進歩を信じておられないのが。我々は時流に即して動かないと。犠牲になる人間は必ず出るものなんだ。それに今日(こんにち)では川の水など、たいした問題にはなりません。主要な水源はなおさら問題にならない。例の新法案が国会を通れば、いずれにしろ国民はブルトン濾過器を使うほかなくなるでしょう」

「なるほど」フッドが思案ありげに応じた。「あなた方は、まず金もうけのために川の水を汚し、次いで一般人に対して自ら水をきれいにしろと強いているわけだ」

「何をおっしゃる」ハンターがむっとした。

「うむ、わたしの頭にあったのはね」フッドが例のとおり心もち謎めいた言い方をしだした。

「ブルトン氏のことだ。濾過器の所有者ですよ。我々の側に加わってくれないかと思っていましてね。我々はぴたりと気の合う仲間になれる」

「こんなくだらんやりとりをだらだら続けている意味がわからん」サー・サミュエルが決めつけた。

「教授のせっかくの理論をくだらんの一言で片づけるのはどうかな」フッドがいさめた。「いくぶん突飛な感はあろうが。それからハンター氏の見解については、くだらん点は何もない。先生（ドクター）、わたしが釣った魚は化学物質のせいですべて汚染されているとお考えではありませんよね」

「ええ、もちろん」ハンターがぶっきらぼうに答えた。

「魚は自然淘汰によって順応していくでしょう」フッドが空想にふけるように言った。「内臓をきたえていきますよ、油ぎった環境に合うように――ガソリンが大好物になっていくはずだ」

「ああ、もうこんなたわごとには付き合ってられない」ハンターが言いながら歩き去るそぶりを見せると、フッドがその前に立ちはだかり、相手を見すえた。

「自然淘汰をたわごと呼ばわりしてはいけない。わたしはこういう問題には詳しいんだ。陸から捨てられた液体が川に流れ込むのかどうかはわかりません。水力学にはうといので。毎朝あなた方の機械が音をがなりたてているかどうかも知りません。音響学に親しんだことがないので。機械が悪臭を放っているかどうかも知りません。そちらの専門家が書かれた〝鼻〟に関する文献を読んだことがないので。でも環境への適応については、わたしは詳しいんです。環境が変わっていくのに合わせて自分を変える進化の遅れた生物がいます。泥やヘドロの遷移（サクセション）に身を任せることで、ようやく生き延びている下等生物がいるんだ。まわりの変わり方が遅ければ自分も動きを遅くし、まわりが速くなれば自分も速くなり、まわりが汚れれば自分も汚れる。そういう実情だと確信できたのはあなた方のおかげです。感謝しますよ」

フッドは返事を待たずに歩きだし、一同にそっけなく会釈して部屋を出ていった。こうして、河岸所有権に関する重要会議は終わった。それのみならず、テムズ川管理委員会（一八五七年創設）や、欠点と同時に美点もあった古き時代の貴族的英国も終わりを迎えたのかもしれない。

一般大衆はこうしたいきさつをほとんど知らされなかった——が、その後ある破局的場面が展開されて事態は変わった。数カ月後、右の一件が微妙な波紋を投げかけた。同じころホラス・ハンター医師が地元地区から国会議員に立候補することを表明した。河川の汚染に関連して、本人の職責にまつわる質問が一つ二つ出た。ともあれ、対立陣営による筋の通った見解にあえて逆らってまでして、くだんの問題に決着をつけようとする政党は皆無であるのがやがて明らかになった。当代最高の衛生学者メルルーサ教授は、（科学の名誉を守るべく）『タイムズ』に寄せた一文のなかで、こうした仮説にもとづく事例では、医療にたずさわる者にできるのは、ハンター医師の手でなされたらしいことが精一杯のところだと述べた。テムズ川流域の当該地区における産業界の大立者サー・サミュエル・ブリスは、対立候補の政策を細かく検討したのち、ハンター支持を決めたことが判明した。この斯界（しかい）の権威は、本件からは距離を置き、客観的な姿勢を保っていた。サー・サミュエルの補佐役であるロウ氏なる人物は、上司と同じ政見を持ちながら、いっそう実践的かつ精力的な態度を示した。自社の従業員を相手にハンター医師の主張を熱く代弁したり、ハンターに一票を投ずれば、実生活で多くの利点を得る望みがあり、逆に一票を投じなければ、なおさら多くの不利を被る恐れがある点を指摘したりした。その結果、ハンター陣営の一員たることを表す青リボンが、工場の鉄柵や木の柱に、また工場内をあちこち動く〝働き手（ハンズ）〟のからだにつけられる次第となった。

　フッドは選挙には興味がなかったが、選挙戦のさなか、別の手段で同じ問題をさらに追及していった。フッドという男は、腰こそ重いものの、ある面で造詣の深い弁護士だ。というのも、勉強好きな人間として、職業上の技をもともと学んでいたからだ（今まで使ったためしもないが）。自分の臣下の魚がテムズ川流域で命を脅かされているからと、イングランド王ヘンリー三世（一二〇七〜七二）がそれを防ぐべく定めた法に依拠しつつ、かつてフッドは善意からというよりむしろ反抗心から、くだんの一件を法廷へ持ち込んだことがあった。裁判官は判決を下すに際して、フッドの弁論能力と弁論内容の説得力に賛辞を呈しながらも、同じくはるか昔の判例にもとづき申し立てを退けた。判事どののたまうには、魚が感じた恐怖の度を測る基準があるのかどうか、またその恐怖は法で処理されるべき身体的脅威に含まれるのかどうか、明白でないという。だが同時に、魔女たちが子どもを怖がらせるのを禁じる旨、リチャード二世（一三六七〜一四〇〇）が法で定めた例があるということも、博学なる判事どのは指摘した。この一例については、サー・エドワード・コーク（一五五二～一六三四。イングランドの法律家で権利請願の起草者）のような権威も解釈を試みている。子どもは「もとの場所に戻り、体験した恐怖について自ら進んで語るべし」というのが、この件の意味なのだと。ところが、問題の魚は一匹も戻ってこず、ましてしかるべき権威の面前で証言などしなかったらしい。ゆえに判決は被告の勝訴となった。ある招待された晩餐の席で、もうロード・ノーマンタワーズになっていたサー・サミュエルとたまたま顔を合わせた際、よくぞ毅然として明快な判決を下してくれましたと、判事はこの新たに爵位を得た男から称えられた。実のところ当の判事は、自身の主張とフッドの主張、双方の論理を十二分に吟味したのだが、結局はほかの事例の場合と変わらぬような結論を出した。我らが判事諸氏は旧弊な基準には影響されぬからだ。各自はハンター医師と同じく進歩的であり、同時代の進歩的勢力と、なかんずく晩餐の席で顔を合わせることの多い面々と、主義主張のうえで手を結んでいた。

だがともかくフッドに関する限り、ほかならぬ不首尾に終わった訴訟のおかげで、自身の名誉回復につながり、訴訟の結果も忘れ去られる一件が起きた。法廷を出たフッドは駅へ向かう道に入り、いつもどおり物思いにふけったように歩き続けた。通りは人の顔であふれている。世の中には実際たくさん人がいるんだなと、フッドは今さらながら感じた。駅にはさらに別の顔がいくつもあった。そのなかの四つ五つにぼんやり視線を向けていると、死者が現れたのかと思うほど目を疑わせる顔が視野に入った。

例の若い娘が、ふつうの女と同じくハンドバッグを手にして、ふだんどおりの顔で喫茶室から出てきた。自分の大切な思い出を、単なる好奇心では追い求めえぬ物事のように封じ込めておこうとする、そんな謎めいたひねくれ根性の持ち主として、フッドは初対面の際に目にした色彩と背景のまま娘の姿を記憶に留めていた。消え去ることなく、細かな点まで変わることなき映像として。あの娘が白以外の色の服をまとい、森以外の場所から姿を現すなどとは、およそ想像しえなかった。が、今の状況に置かれた者なら誰もが抱く〝まさか〟という思いのせいで、いつのまにか頭のなかは掻き乱れていた。なんと、今たまたま着ている青い服も、白い服に負けぬほどお似合いではないか。くだんの森林地について自分が憶えていることのほかに、別の事実があったのか。それは喫茶室や鉄道駅にも関わることなのか。

　女はフッドの前で立ち止まった。青みがかった灰色の瞳を覆う青白いまぶたが、せわしなくぴくついている。

「あら。あなた、川に飛び込んだおのこ（ボーイ）ね！」

「わたしはもうおとこのこ（ボーイ）じゃない。また川に飛び込む気構えはできているが」フッドが応じた。

「とにかく線路には飛び込まないでくださいね」その種のまねをしでかしそうなほどフッドがすばやくからだの向きを変えたのを見て、娘が言った。

「正直な話、列車に飛び込むつもりでいたんです。あなたが乗る列車に飛び込んでもかまいませんか」

「でもわたし、バークステッドへ行くんですが」相手はうさんくさげに答えた。

　娘がどこへ行くところだろうが、オーウェン・フッド氏はかまわなかった。自分も行くと決めたのだから。ともあれ、目的地から近くにある同じ路線の途中駅を思い出した。フッドはいくぶんのろのろと、だが自分では精一杯てきぱき動いたつもりで、車両に乗り込んだ。二人は座席に腰を下ろすと、外の景色にも何度かちらりと目をやりながら、互いをぽかんと、こっけいにも思えるほど見つめ合った。そのうち、なんだかバカみたいだわと言いたげに娘がほほえんだ。

「あなたのことは、あなたのあるお友だちからうかがいました。その方、ああいうことがあってほどなく、わたしの家を訪ねてこられたんです。ともかく初めてお見えになったときの話です。ハンター博士のことはご存じですよね」

「ええ」フッドにとっては輝いていた時間に影が差してきた。「あなたは——博士のことはよくご存じなんですか」

「とてもよく存じています、今では」エリザベス・シーモアが答えた。

フッドの心にかかった影がぐっと濃さを増した。いきなり、かつ腹立たしくも、フッドは何事かを予感した。クレイン大佐流の言い方に従えば、ハンターはおのれの歩くべき道に雑草をはびこらせるような、行動力のない男ではない。シーモア家と近づきになるべく例の一件を利用するとは、いかにもハンターらしい。やつにとっては物事はなんでも出世への踏み台になるんだ。川のなかの小さな岩は、田舎の邸宅にとっての踏み石だった。だが当の邸宅も何かにとっての踏み石だったのか。自分の怒りはすべて実に抽象的な怒りだったなと、唐突にフッドは悟った。今まで自分は実在の人間を憎んだことがなかった。

と、そのとき列車がカウフォード駅に停まった。

「わたしと一緒にここで降りてくださると嬉しいんだが」フッドがぶっきらぼうに言った。「少しの時間——最後の時間になるかもしれないがね。あなたには何事かしてほしいな」

エリザベスはフッドを妙な顔つきで見ながら、いくぶん低い声を出した。「何をしてほしいんですか」

「ブルーベルを摘んでくれ」吐き捨てるような答え方だった。

娘は列車を降りた。二人は無言のまま曲がりくねる田舎道を歩いた。

「そうだわ！」娘がいきなり言いだした。「この丘のてっぺんに立つと、ブルーベルのある森が見えるの。あなたのお気に入りの島もその向こうに」

「見にいこう」フッドが応じた。

二人は丘の頂に着くと立ち止まった。眼下では黒い工場が鉛色の煙を空に吐き出している。森があったところには、箱を想わせるほど小さな、黄色い汚れたレンガ造りの家が並んでいた。

フッドが口を開いた。「聖なる場所に憎むべき荒らし屋がいるのを目にしたとき（ダニエル書第十二章第十一節、マタイによる福音書第二十四章第十五節など参照）——そのときはこの世の終わりとされていませんかね。今この世は終わってほしいものだ。あなたとわたしが丘の上に立ったまま」

エリザベスは口をぽかんと開け、いつもより蒼い顔で森の方向を見つめた。何かを象徴するかのごとき異常なものの存在をこの娘は感知しているのだと、フッドにはぴんときた。とはいえエリザベスの口から最初に出たのは愚かしくつまらぬ一言だった。並んでいる黄色いレンガ造りの〝箱〟のうち、一番手前の箱には安っぽい色の様々な宣伝文句が見える。なかでも大きなのは青いポスターで、〝ハンターに一票を〟と訴えている。かくもなりふりかまわぬ文言を目にして、今日は選挙戦の最後にして最も騒々しい日であるのをフッドは思い出した。ともあれ娘はもう声を出せるまでに落ち着きを取り戻していた。

「あれはハンター医師のことですか?」ありふれた興味を示す口調だ。「議員に立候補なさっているのかしら」

フッドの心を岩さながら圧していた重しが、いきなりワシのように飛び去った。フッドには自分の立っている丘がチョモランマより高く感じられた。独特の狂気をはらむ洞察力でフッドは把握したのだ。ハンターが立候補してるかどうか、この娘こそよくわかってるはずだ、もし――もしおれがうすうす察してることが起きてたんなら。心の重しが取り除かれたせいでフッドは戸惑った。それに、おれはまずいことを口走っていたな。

「そのうちあなたもお知りになるだろうと思っていました。てっきりあなたとハンター氏は――いや正直なところ、婚約者同士なのかと、ね。理由はわかりませんが」

「理由なんて想像できません。あの方、ノーマンタワーズ卿のお嬢さまとご婚約されているそうです。なにしろ今ではお二人がかつての我が家の所有者ですから」

ここで沈黙が生まれたが、ふいにフッドが明るい声を出した。

「とにかく、わたしが言いたいのは〝ハンターに一票を〟だ」勢い込んだ口ぶりになった。「実際ハンターに入れて何が悪い。いい男だ、ハンターは! 国会議員になってほしいな。首相になってほしい。H・G・ウェルズ(一八六六~一九四六。英国の小説家、評論家)が唱えている世界国家の大統領になってほしい。いいや、それどころか太陽系の皇帝になる資格ありだ」

「なぜあの方がそんな任務を負わないといけないんですか」

「あなたと婚約していないからですよ、もちろん」

「まあ！」エリザベスの声のひそかな震えが、銀の鐘のようにフッドの体内にも伝わった。するとからかいめかした怒りがフッドの声と顔からいきなり消えたかに見えた。若き日のナポレオンを想わせるように、元来ナポレオンに似た横顔が真剣で熱意を帯びていて若々しく見えた。長年の読書のせいで心もち丸まった広い背中はすっと伸び、いくぶん乱れた赤毛がはげたひたいから垂れ下がった。

「あの男については、お話ししておきたいことが一つあります」フッドが言いだした。「それからわたしについて、ぜひ聴いていただきたいことも一つ。おまえは漂流者で夢想家だなと、わたしは友人たちから言われています。おまけに、おのれの歩くべき道に雑草をはびこらせるようなやつだとも。どうした具合に、また何ゆえに、かつてわたしが雑草をはびこらせたのか、ともかく今お話ししないといけない。川辺での出来事から三日後に、わたしはハンターと会いました。診察してもらうためですが、ハンターはわたしのこともあなたのことも話題にしました。もちろんどちらについても何もわかっちゃいない。でもあれは現実的な人間です。実に現実的だ。夢想も漂流もしない。話し方から察しがつきましたが、ハンターは当座から考えていたんですね、あなたとわたしとの一件をいかに利用しようかと。自分のためにと、またあるいはわたしのためにも。あの男は善良ですから。そう、なんとも善良なやつだ。今から思えば、もしハンターのさりげない助言を受け入れて、一種の社会的な協調関係を築いていたら、わたしはあなたの存在を六年早く知っていたかもしれない。それも一片の思い出としてではなく——顔なじみとして。でもわたしにはできなかった。わたしをどう思われるのもご自由ですが、助言に従う気にはなれませんでした。すでに生まれたときから、思考回路がおかしいだの、言語障害があるだの、自分の通り道につまずきの石を置いているだの、暗くねじけた心を持っているだのというのは、そんなありさまを指すわけです。腹に一物ありそうな男がにやつきながら開けてくれた扉からあなたに近づくなんて、とても耐えられなかった。あんな知識人気取りの暑苦しそうなデカブツに、わたしの人生にどっかり居座られたり、わたしの私生活の裏事情を知られたりするのは、とても耐えられなかった。口には出せないけれど憤りがわいてきたせいで、目の前にある〝理想（ビジョン）〟はわたし自身のものだ、現実に変わっていないがゆえになおさらそうだ、という気にもなりました。でもその理想のあり方は卑俗であってはいけない。それでは人生の敗者になる。実はわたしの親友がわたしに関してある予言をしましてね。おまえには決してやれないことがあると断じていた。なるほどと思いましたが」

「なんのお話ですか」女が控えめな声でたずねた。「決してやれないことって」

「当面それは忘れてください」フッドの顔にかすかな笑みがよみがえった。「今わたしのなかに少し妙な気分が生まれています。わたしがまた何事かを試みないとも限りませんよ。まあともかく、自分がどんな人間か、なんのために生きているか、わたしはここで明らかにしないといけない。この世にはわたしと似た人々がいるんです。その人々が誰よりも善良だとか価値が高いとか、そんなふうにはまるで思わない。でも現実に存在していて、利発な人々やら、現実的な考え方の持ち主やら、新人小説家やらをみな戸惑わせている。わたしにとっては、昔も今も重要なのはただ一つのことです。ふつうの意味では知りようのなかったことでね。かつてわたしは世の中を歩き回りながら、何も見ずじまいだった。目は自分の内側を向いていた。あなたを見ていたんです。夢のなかであなたを見た一夜のあと数日間、わたしは気がくじけて（ブロークン）いました。まるで幽霊を目にした人間みたいに。昔の詩人たちの秀逸で荘重な作品を何度も読みました。そんな詩だけがあなたの存在に値するからです。そうして再びあなたと偶然お会いできたとき、もうこの世は終わっているとわたしは思いました。いずれにしろあの世で復活して密会できたというのは、どうもできすぎた話だ」

「でも、信念を持つのはできすぎた話ではないでしょ」女が低い声で応じた。

　相手を見つめるフッドのからだを、ぞくっとした感じが走り抜けた。何かを伝える印にも思えたが、すぐ消え失せたので意味はわからなかった。どこか頭の片隅で、歌の畳句（リフレーン）さながら何度も何度も同じ言葉が響いた――〝できすぎた話だ〟。エリザベスの場合、いつもまぶたを半ば閉じているせいで、誇り高き日々を送ったころでさえ、視力が弱いかのように見えて哀れを催した。だが今こうして強い日差しを浴びるなか、まるで盲人なのかと思うほどまばたきを繰り返しているのは、ほかにわけがあった。目は何も見えておらず、涙できらきら光っている。エリザベスは声を押し殺し、淡々と話しだした。

「あなたは敗者という言葉を使われました。どうせ大方の人はわたしども一族を敗者呼ばわりするんでしょう。それ以外の人たちだって、あの一族は何もやろうとしなかったから失敗せずにすんだと言うでしょうね。わたしどもは今や貧民です。ご存じかしら、わたしは音楽を教えているんです。わたしどもは落ちぶれても仕方ないかもしれない。この世には無用な存在かもしれない。一族のなかには無害であろうとした者もいるんです。とにかく——こうなったら少しは弁じずにはいられないわ、無害な存在になろうとがんばった一族の者たちのことを——それなりに。新参の方々は言うでしょうね、連中の理念はヴィクトリア朝式でテニソン（一八〇九〜九二。英国の桂冠詩人）流だとかなんとかと——まあいいわ、何を言われたって。相手はこちらのことをろくに知らないんだから。こちらも向こうを知らないけれど。でもあなたに対しては、さっきのようにおっしゃられると……わたし、どうすればいいかしら。とりあえず今は、こうお話しできるだけです。つまり、もしわたしどもがよそよそしかったり、冷ややかだったり、慎重で保守的だったりしたとするなら、それは心の奥深くで信じた者もいるからなんです、この世の終わりまでも待ち続けていてかまわないと、女に思わせるだけの深い誠意や愛情が存在しうるということを。こういう人間にとっては、価値の低い物事にわたしどもが心を惹かれたり心を乱されたりすまいと決めたとして、それがなんだというんでしょう。でもわたしとしては、もしそんな物事が実際に存在するとわかったら、つらいでしょうね……あなたにとってもつらいでしょうが、わたしにはもっとつらいわ、結局ほんとに存在するとわかったら——」再び声が途切れ、エリザベスは黙り込んだ。

フッドは竜巻の中心へと向かう勢いで一歩足を踏み出した。二人はまるで地の果てからやってきたかのように、風の強い小山の頂上で触れ合った。

「これは叙事詩です。言葉というより行動からなる詩ですよ。今までわたしはあまりに長く言葉の世界に安住しすぎた」フッドが言った。

「どういう意味ですか」

「つまり、あなたがわたしを行動の人に変えたということです。あなたが過去にいる限り、過去にまさるものは皆無だった。あなたが夢でしかない限り、夢を見ることにまさるものは皆無だった。とにかくこれから、今までどの男もしなかったことをわたしはやろうとしているんです」

フッドは谷間のほうに向くと、剣を持っているかのように片手を突き出した。

「予言を打ち破るぞ」大声で叫んだ。「我に対する不吉な予兆に逆らい、我に災いをもたらさんとする邪悪な星を笑い飛ばすぞ。わたしを敗者呼ばわりした連中に、全人類が挫折した事柄でわたしは成功したと言わせてやる。真の英雄とは、予言を実現にいたらしうる勇者ではなく、予言を反証しうる勇者だ。今夜あなたにも、ある予言が反証される場面を見ていただく」

「いったい何をなさるおつもりなの」エリザベスがたずねた。

フッドはいきなり笑い声を上げた。「まずやるのは」〝よし、腹を決めた〟と同時に〝さあ、楽しくなってきたぞ〟と言いたげなようすをあらためて示しながら、くるりと向き直った。「まずやるのはハンターに投票することだ。あるいはともかくハンターを国会へ送り込めるよう力を貸すことだ」

「でもどうしてあなたはハンター医師をそんなに国会へ送り込みたいんですか」

「ふむ、何かしきゃいけないんだ」さりげなく良識を発揮するというふうにフッドが答えた。

「場を盛り上げるために。我々は何かしないといけない。いずれにしろハンターはどこかへ行かないとな、かわいそうだが。川に投げ込んだらどうだと言う者もいるだろう。気分がすっきりするし、世の中をあっと言わせるだろうから。だがわたしは世間を驚かせるよりもっと大きなことをやってやる。第一、わたしの大事な川にあの男を入れるのはごめんだ。むしろ持ち上げて、国会議事堂（ウェストミンスター）まで放り投げてやりたい。そのほうがずっと気が利いているし、本人にもふさわしい。たしか今夜、どこかでブラスバンドの行進とたいまつ行列があるはずです。あの男も少しは楽しんでもいいでしょ」

まるで自分の言葉に驚いたかのように、フッドはふと黙った。というのも口から流れ出たある一句が、自分にとって流れ星にも比すべき意義を含んでいたからだ。

「そうそう」独り言のようにぼそぼそ言いだした。「たいまつ行列だ。前から思っていたんだ、以前おれが欲しかったのはトランペットで、今おれが心から欲しいのはたいまつだと。うむ、やろうと思えばできるぞ！　そうだ、機は熟した。星の光と燃える炎の助けを借りて、あの男にたいまつ行列をやってやろう」

尾根に立つフッドは、踊りださんばかりに興奮していたが、不意に斜面を駆け下りてゆき、かくれんぼ遊びをしている子ども同士さながら、ついてこいよと敬語抜きで相手に呼びかけた。奇妙な感じがしそうだがエリザベスもついていった。自身が今まで何度も突飛な場面に遭遇してきた過去を考えると、よけい奇妙に思えた。国民の休日に食料品の行商人と互いの立場を交換したと仮定して、感じやすくかつ控えめな威厳を漂わせた日ごろのふるまいからすれば、そんな交換よりなおばかばかしいほど自分にそぐわぬ場面を、エリザベスは何度も目の当たりにしてきたのだ。行商人の世界ではせいぜい下品な言葉が飛び交う程度ですむだろうが、自分がいる世界では虚言も飛び交う。政治選挙のお祭り騒ぎぶりを言葉で表現するのは、エリザベスにはとても無理だっただろう。だがクリスマスのおとぎ芝居（パントマイム）の最後に見られる道化の無言劇のような感じと、この世の終わりにまつわるフッドの言い回しとがぼんやり頭に残った。国民の休日が最後の審判の日でもありうるということなのか。とはいえもはや道化芝居（ファルス）に気分を害されたりしないのと同じく、悲劇に怖がらされたりもしなかった。エリザベスはほのかな笑みを浮かべて悲劇を最後まで観た。その表情のなんたるかがわかるほどエリザベスの人となりをよく知る者など、この世に皆無だっただろう。それはふつうの意味では興奮の印ではなかった。が、単に耐えているというよりはずっと前向きな表情だ。以前から孤独な生活を送っていたエリザベスだが、ある意味でますます象牙の塔に閉じ込められるようになったのかもしれない。だが内面は明るかった。まるでろうそくが何本も灯っているか、黄金が並んでいるかのように。

　二人は疾風のごとく丘を駆け下り、川岸にある工場の外側の職場近くまで戻ってきた。建物のいたるところに立候補を示す色刷りのポスターが貼ってある。明らかに建物の一つは人の出入りの激しい選挙事務所として使われている。ちょうど事務所から出てきたブリスの補佐役ロウ氏の姿がフッドの目に留まった。着ている毛皮の外套のボタンを上までかけ、口をぐっと結んできびきび動いている。だがフッドが、あなた方の主張に共鳴している、わたしもご協力したいと心を込めて述べると、ビーズ玉を想わせるロウ氏の小さな目は、疑わしそうな驚きもあらわにきらりと光った。当地区の富裕な補佐役にとって、職務の成功や立場の安定の基をなす心の奥にひそむ例の奇妙な恐怖は、オーウェン・フッドの皮肉めいた長い顔を見るといつも表面に浮かんできた。ところがそのとき、地元陣営の一責任者が電報を何通か手に取り乱したようすでロウ氏に駆け寄ってきた。陣営には運動員が足りません、車が足りません、弁士が足りません、リトル・パドルトンの聴衆は三十分前から待っています、ハンター医師は九時十分にならないと来られません等々の知らせだ。困り果てた地元の選対責任者の男は、可能ならマーゲイト（ケント州北東部の海辺保養地）で活動する顔を黒塗りにした芸人を自陣営に進んで迎え入れ、国民党の立派な大義を宣伝する役目を任せることも辞さなかっただろう。市民としての行動に関する黒塗り芸人の持論を理詰めで調査したりせずに、だ。効果を狙いすぎた売り込みや騒ぎ立ては、現代では結局のところ、最後の最後になれば、まるで効果を発揮しないのがつねだ。この晩ロバート・オーウェン・フッドは、どの地域へでも赴いて、どんな内容でもよいからしゃべってくれと言われたのだろう。で、実際そうした。エリザベス嬢がそれをどう思ったか、想像してみるのもおもしろそうだ。だが何も思わなかったとも考えられる。赤々と光が輝き、ビラが山積みになっており、その向こうではいらつき気味の男たちがウサギさながらに走り回っているような、見苦しい部屋や物置をいくつも通り抜けている、そんなまばゆくもぼんやりした感覚に本人は浸っていた。四方の壁の一面には、ただ線を引くなり、何種類かの鮮やかな色を使うなりして、武装していたり、竜退治をしていたり、古典時代の女神のような女性たちを救い出したりするハンター医師の姿が、大きく寓話ふうに描かれている。ただし、いわば野外スポーツとしてハンターが竜退治を日々おこなっているなどと、頭の固い向きに誤解されぬように、竜には大きな文字で名前が刻まれている。名前は〝国庫の乱費〟だとはっきり見える。乱費の対策としてハンター医師が見出した手段について疑念が生じぬようにと、竜の体軀に医師が突き刺した剣には〝節約〟の文字が刻まれている。楽しくもまごつくことに、ハンターの絵が心のなかを通り抜けてゆくのを感じたエリザベス・シーモアとしては、わたしも近ごろはずいぶん節約をして、ぜいたくをぐっとがまんしないといけなくなったわと、うっすら思わぬわけにはゆかなかった。だがその節約の実践方法として、うろこに覆われた巨大な怪物に剣を突き刺すのは、自分だったら想像もできなかっただろう。中央の会議室で、二人は実際わずかな時間ハンターと顔を合わせた。立候補者は神経を高ぶらせ息もつけぬようすでなかに入ってきた。山高帽をあみだにかぶっているが、本人は忘れているらしく、直そうともしない。そういう細かい点が気になる自分のことがエリザベスは少し恥ずかしかった。とはいえ、将来もし自分の夫が議員に立候補しようとしたら、きっとわたしは反対するわと感じた。

「我々はブリーク通り（ロゥ）の人をみな呼び集めたんだ」ハンターが話し始めた。「ザ・ホール（「むさ苦しい場所」という意あり）などの薄汚い土地を歩いても意味がない。票になりゃしない。あの辺の街は取り払わないと。住民もな」

「メソニック・ホールの集会は大盛況でしたよ」選対責任者の男が明るい声を発した。「ノーマンタワーズ卿が演説をなさり、それも好評でした。いくつか逸話をご披露なさいましたが、みんな最後までちゃんと聴いてくれました」

「ところで」浮ついていそうにも見える調子で両手を叩きながら、フッドが口を開いた。「例のたいまつ行列はどうしますか」

「例のたいまつ行列？」選対責任者が応じた。

「あなた、まさか」フッドはむっとした。「ハンター先生のたいまつ行列の準備が整っていないと言われるつもりじゃないでしょうね。これほど盛り上がった夜なのに、大勝利をおさめた英雄の通り道を明々と照らしもせずに、このままお開きにするわけですか。広く住民のあいだでハンター先生に対する期待が自然に高まった結果、先生が選ばれたという事実を認識しておいでですか。貧しさに苦しんでいる人々が寝言でも〝ハンターに一票を〟と訴えていたんですよ、党執行部が神の摂理に等しい偶然によって同じ結論を出したずっと前から。ザ・ホールの住民は自宅の乏しい家具に火を放って、先生に敬意を表するんじゃありませんかね。よし、この椅子から――」

ハンターが座っていた椅子をフッドはさっと持ち上げると、叩き壊し始めた。それはすぐに止められたが、ともあれ一座の者にも自分の提案を認めてもらい、さあ急がないと間に合わないぞと関係者をせかした。

日暮れまでにはフッドはたいまつ行列を編制し、いかにも誇らしげな勝利者ハンターに付き添って河畔まで進んだ。なんだかこのご立派なお医者さまを、みなで改宗者よろしく洗礼するなり魔女よろしく水に沈めるなりするかのようだ。そのことで言えば、フッドは機会あらば〝魔女〟のからだに火をつけかねなかった。ハンターが目を丸くするのもかまわず、その顔のまわりに手にしたたいまつで円を描くべく、赤々と燃える一本を振り回していたからだ。それからフッドは川辺にどっさり捨てられたごみの上に飛び乗ると、これを最後にするとばかり群集に向けて語りかけた。

「同胞市民のみなさん、わたしたちはテムズ河畔にやってきました。英国民にとっては、ローマ人にとってのテベレ川（イタリア中部を流れる川）に等しい存在がこのテムズ川です。英国の鳥が集う場であり、同じく英国詩人がたむろする場となってきたのもこの流域であります。我が国において伝統を誇る水彩風景画ほど、大ブリテン島に根ざした芸術はありませんでした。またその水彩画も、目の前を流れる聖なる川に捧げられた場合ほど、明快にして繊細たることはありませんでした。まさにこうした場で、我が国の一流詩人のなかでも指折りの感受性を備えた者が、「静かに流れよ愛しきテムズ、我の歌が終わるまで」（エドマンド・スペンサー『祝婚前歌』の一節）という一行を繰り返し書き記したのです。

一説によると、この川に害をなさんとする動きもあるという。ですがみなさん、どうぞご安心ください。今や一群の国民詩人や国民画家にも劣らぬほど名を上げた人々が、わたしたちに確約してくれたのです、この川はかつてと同じく清らかで、混じりけなく、恵み深い存在たり続けると。ブルトン氏が濾過器の開発で見事な仕事をされたのは周知のとおりです。また、かのロウ氏のことも無視するわけにはいきません。静かに流れよ愛しきテムズ、我の歌が終わるまで。

ともあれその点では、わたしたちはみなハンター先生の支持者です。わたし自身、常々あの方は間違いなく支持できる方だと思ってきました。心から満足できると評してよいでしょう。まさに進歩的人士です。先生が進歩していかれるお姿を見るのが、わたしには何よりの喜びです。ある人が言うとおり、わたしは夜に寝つけません。ですが広大な沈黙の世界のなかで、先生がどんどん高みに昇っていく音を耳にする気がします。この地方で先生がご活躍なさってきた相手である大勢の患者の方々も、先生がウェストミンスターという晴れの舞台に立てたなら、心からの喜びを表す人の輪に加わってくれるでしょう。わたしの真意は間違いなくご理解いただけるものと存じます。静かに流れよ愛しきテムズ、我の歌が終わるまで。

今夜、わたしがめざすのは、そんな満場一致の状況を表現することのみです。かつてわたしは何度かハンター先生と意見を異にしたかもしれない。ですが幸いにして、それはすべて過去の話であり、今このとき先生に感じるのは深い親しみの情のみであります。理由については様々あれど、申し上げようとは思いません。こうして和解がなった記念として、わたしはおごそかにこのたいまつを投げつけます。赤く燃える木があの氷のように澄んだ聖なる川の流れに消えていくように、今までの対立はことごとく世界平和という熱い池に消し去りたい」

誰もがあぜんとするなか、フッドは燃える車輪を宙に描かんとばかりに頭上でたいまつを振り回し、思い切り放り投げた。たいまつは夜空を背景に流星さながら川に飛び込み、小さな渦を巻き起こした。

次の瞬間、短く鋭い悲鳴が発せられた。聴衆がいっせいに川へ顔を向けた。同じ一点に視線を集める全員の顔がはっきりわかった。というのも、不気味な炉火の光を想わせる幅広く青白い不自然な光に照らされていたからだ。川の表面から上向きに射している光だ。人々は彗星でも目撃したかのようにそれを凝視した。

「ほら」あたかも祝辞を強いるかのように、フッドはいきなりエリザベスのほうに向くとその腕をつかんだ。「クレインくんの予言(オールド)は一巻の終わりだ！」

「クレイン老（オールド）ってどなたですか」エリザベスがたずねた。「どんな予言をなさったのかしら。オールド・ムア（フランシス・ムア〔一六五七～一七一五〕。*Old Moore's Almanack* の作者）のような方?」

「なに、古い友人ですよ」フッドが急いで答えた。「ただの古い友人です。やつの言ったことが重要なんです。わたしが読書と魚釣りで陰気に時間を過ごすのが気に入らないそうで、まさにあの島に立ってこう言ったんです。『きみは物知りかもしれん。だがまさかテムズ川に火を放つ（「世間をあっと言わせる」の意）ことまではするまい。きみにそれがやれるなら、おれは自分の帽子を食ってみせる』」

オールド・クレインがいかに自分の帽子を食べたかという物語は、とにもかくにも興味のある読者には、かつて労役や苦難に歯を食いしばって耐え抜いた経験のように、あとで思い起こすことが可能だ。クレイン氏やフッド氏の人となりをもっと知りたい向きには、「ピアース大尉の控えめな道行き」譚を読む試練に耐える覚悟が欠かせない。もっともその試練は、しばし先延ばしという次第になったが。

Ⅲ　ピアース大尉の控えめな道行き

クレイン大佐やオーウェン・フッド弁護士の顔なじみのなかには、西部地方の樹木茂る尾根に通じる急坂の曲がり角に位置する宿屋〈青豚亭〉で、ベーコンエッグとビールからなる早い昼食の席に自分が加われるかどうか、確かめたい向きもないとはいえまい。一方、両氏とは顔なじみでない者たちとしては、大佐がよく日焼けして服装のきちんとした紳士で、見かけどおり無口であること、また弁護士のほうはナポレオン似の長い顔をしており、さびついたような赤毛の紳士で、口数少なく見えるが実はけっこう話し好きであることを知れば、まずまず満足ではなかろうか。クレインはうまい料理を好む。人里離れた土地に位置する宿屋の料理は、ソーホーのレストラン（おもにイタリア系）の料理を上回り、上流人向け（ファッショナブル）レストランの料理をはるかに上回った。フッドはイングランドの田園地方の伝説や世にさほど知られぬ面に愛着を持っていた。この土地には心を洗うと同時に落ち着かせる雰囲気があった。あたかも西風がここへ言葉巧みに誘い込まれ、夏の空気に溶け込んだかのようだ。大佐も弁護士も美に対して健全なあこがれの念を持っていた。風景も女性もあこがれの対象だ。ただし（いや、むしろそれゆえに）両氏とも、なかなか甘く切ない事情のもとでめとった妻を深く愛していたが。信じがたい内容の物語を一笑に付したりしない人々を相手に、当の事情は様々な場所で語られている。それから大佐たちに食事を運んでいる若い女は宿屋の主人の娘で、やはり客にとっては目の保養になる存在だった。ほっそりしていて物静かで、褐色の鳥に似てほがらかに、またいわば人から見て予想もつかぬふうに頭を動かしている。立ち居ふるまいはさりげなくも気品にあふれている。というのも、父親のジョン・ハーディ氏が独立自営農民（ヨーマン）——郷紳（ジェントルマン）には手が届かないが——の地位にある人物だからだ。なかなか教養や能力もある男だ。頭には白いものが混じり、眼光鋭くがんこそうな顔はウィリアム・コベット（一七六三～一八三五。英国の急進派ジャーナリスト）を想わせる。実際いまだ冬の夜には、ハーディはコベットの『政治録（ポリティカル・レジスター）』をひもといていた。フッドはハーディのことをよく知っていた。自分も革命に対しては古物研究めいた興味を抱いていたからだ。

この流域にも、広々したまばゆい空にも、音らしい音はしない。たまに鳥のさえずりが聞こえるのみだ。物を叩くような音がかすかに流れる丘の向かい側では、樹木の茂る斜面の一部に何も生えていない採石場の表面が見られ、はるか上空を通り過ぎた飛行機が引き返してき、わずかに爆音の余韻を残している。昼食中の男二人はもはやそんな音を気にしていない。ハエがまわりをぶんぶん飛び回っていたにせよ同じことだろう。だが宿屋の娘のようすをよく見ていれば、娘がともかくハエの存在に気づいているのはわかったはずだ。誰にも視線を向けられていないときに、ちらちらハエを目で追っている。だから客たちには、娘がハエに目もくれていないようにしか見えなかった。

「いいベーコンを仕入れているな、ここは」クレイン大佐が言った。

「全国一だよ。しかも朝食に関しては英国は地上の楽園だね」待ってましたとばかりにフッドが応じた。「だがわからんよなあ、我が国にはベーコンエッグのような自慢の一品があるのに、なぜ大英帝国なんぞを自慢の種にしないといかんのか。ベーコンエッグも王室の紋章に加えるべきだよ、山形紋（シェブロン）に三匹のブタ百姓と三つの落とし卵（ポーチドエッグ）ってわけだ。英国詩人たちに朝の元気をもたらしたのはベーコンエッグだった。きっとこんな朝食をとる男でなければ、他を圧する勢いで起き上がれなかったに違いない。『夜空を照らすろうそくは燃えつきた。楽しげな朝の光が——』（シェイクスピア『ロミオとジュリエット』第三幕第五場でのロミオの台詞）」

「実際にシェイクスピア作品を書いたのはベーコン（哲学者フランシス・ベーコン〔一五六一〜一六二六〕のこと）だったんだ」大佐が言った。

「このたぐいのベーコンだな」相手も笑いながらうなずいた。と同時に、声が届きそうなところにいるハーディの娘に気づき、こう言い足した。「ぼくらはお宅のベーコンをほめちぎっているんだよ、ミス・ハーディ」

「味には十分に気をつけてございます」相応に誇らしげな顔で娘が答えた。「ですが、今後はあまりご賞味いただけなくなるかもしれません。そのうち民間人はブタの飼育を許されなくなるでしょうから」

「ブタの飼育が許されないだと！」いきなり大佐が驚きの声を上げた。

「昔からの規則で、ブタは各家庭から遠ざけておくことになっております。うちの場合は広い土地があるのでだいじょうぶですが、大半の地元民は違います。でもとにかく今は法の網の目をかいくぐる例が多いらしく、地元議会はブタの飼育を全面的に禁止すると決めました」

「トンマなことをするものだな、問題がブタだけに」大佐が鼻を鳴らした。

「悪態をつくなら別な動物を選ばんとな」フッドがたしなめた。「ブタのありがたみがわからん人間はブタに劣るぞ。それにしても世の中が今後どう変わるのか実際わからん。本物の豚肉が食えなくなったら、次の世代はどうなる。そうだ、次の世代といえば、きみの若い友人ピアースはどうした。ここに顔を出すと言っていたが、あの列車では来られるはずもなかったね」

「ピアース大尉はあそこにおいでかと存じます」目立たぬように引き下がりながら、ジョーン・ハーディが控えめに声を発した。

大尉は二階にいますと告げているような口ぶりだったが、娘の視線は広い青空にちらりと向けられた。娘が去ってのちもフッドがしばらくじっと空を見上げていると、くだんの飛行機がツバメのように直進したのち旋回していた。

「あのヒラリー・ピアースがあそこにいるのか？　とんぼ返りをしてみたり、さっきから気が触れたような感じだな。いったいなんのまねだ」フッドが言った。

「見せつけている」大佐がそっけなく答え、灰青色のジョッキを空にした。

「なぜぼくらに見せつけているんだ」

「とんでもない、相手は我々じゃない。さっきの娘だよ、もちろん」いったん間を措き、大佐は付け加えた。「実にいい娘だ」

「とてもいい娘だ」フッドも重々しく応じた。「もし二人のあいだに何かあるなら、まじめで浮ついたものじゃないと思っていいね」

　大佐はかすかに目くばせした。「まあ、時代は変わるからな。おれもたぶん古い人間なんだろう。だがれっきとした保守派（トーリー）として言わせてもらえば、あいつはかつての我々より悪いことをしでかす気もする」

「そうだな。それかられっきとした急進派（ラディカル）として言わせてもらえば、あいつはかつての我々よりましなことなどできそうにない」

　二人が話しているあいだ、気まぐれな動きを見せる飛行機は急角度で斜面のふもとの平らな野原に向かっていたが、そこから二人に近づいてきた。ヒラリー・ピアースの風貌はプロの飛行士よりむしろ詩人を想わせた。戦争で名を揚げたものの、生来の夢は敵地よりも大空を征服することだと考えるたぐいの男のようだ。軍隊にいた時分より、黄色い頭髪は長くて乱れていた。青い目がきょろきょろ落ち着かぬ点からして、責任感とはあまり縁がなさそうだ。とはいえ、ほどなくわかるが、けんかっ早い面も持ち合わせていた。ピアースは立ち止まると、隅の壊れかけた豚小屋のそばにいるジョーン・ハーディに話しかけた。そのあと朝食の席に近寄ったが、炎に照らされたように顔が赤々としていた。

「なんですか、その非常識でばかげた規則は。ハーディ家はブタを飼っちゃだめだなんて、誰がそんなクソあつかましいことを言ったんだ。ね、ぼくらがそんなくだらんことをぶち壊すときが来たんです。これから一か八か（デスペレート）の行動に出てやる」

「もう今朝きみは存分に一か八かの行動に出ていたよ」フッドが言った。「ちょっときみもていないで」

〝すさまじい(デスペレート)〟昼食をとったらどうかな。まあ座りたまえよ、おとなしく。そんなにいきりたっていないで」

「ええ、でもほら――」

ピアースはジョーン・ハーディの登場に機先を制せられた。ジョーンはそっとピアースのすぐそばまで来て、やや気取った口ぶりで一同に告げた。

「こちらの殿方が、できましたらみなさまとお話しなさりたいとのことです」

紹介された紳士はいくぶん引っ込んだ位置に立っていた。きちんと礼儀をわきまえていたが、からだをこわばらせ、ぴくりとも動かないので、何やら神経を冒されているようにも見えた。気軽な休日用服装の完全かつ典型的な英国版といった服を着ているので、これはきっと外国人だなと一同は踏んだ。だがどこの出身なのかを見定めようにも、せいぜいヨーロッパ大陸のどこかだろうと思うぐらいしかできなかった。月を想わせるように丸く、かつ色つやのかんばしくない顔がまるで無表情なので、中国人であってもおかしくなさそうだ。だが言葉が発せられると、一同にはどこの国の訛りかぴんときた。

「差し出がましいまねをして恐縮に存じますが、こちらのお嬢さんのお話では、みなさんはこの地方の名所に造詣の深い一流の文化人だそうですね。わたしも一つ二つ古代の遺跡を探そうと方々を歩いてまいりました。ところが見つける手立てもつかめそうにありません。もし地元の主要な建築様式や歴史的特徴についてご教示いただければ、心から感謝いたしたく存じます」

一同のあぜんとしたさまがいつまでも続きそうなので、紳士は粘り強く話を続けた。

「わたしはイノック・B・オーツと申します。ミシガン州ではかなり名の知れた者ですが、こちらの近くにちょっとした住処を購入しました。この小さな惑星をいろいろ見回してまいりまして、ようやく結論を出したのです、いくらか財産に恵まれた者にとって最も安全かつ華麗な家屋は、お国の由緒ある中世的な風景のなかに立つ名士の屋敷ではないかと。そこで、貫禄ある中世の建築をなるべく早くご紹介いただければ、こちらはそれだけ助かるのですが」

ヒラリー・ピアースの心のなかでは、すでに当惑は恍惚にも似た熱情に取って代わられていた。「中世建築！　建築様式！」ピアースは好奇心もあらわに声を上げた。「うってつけの場に来られましたね、オーツさん。太古の建物や神聖な建物へご案内しますよ、おっしゃるような歴史を持つ堂々たる建築様式が見られるところへ。ミシガン州まで運んでいきたいお気持ちになるかもしれませんよ、実際グラストンベリー寺院の場合は以前そんな動きもありました。これぞという由緒ある館を特別にお見せしますからね、お亡くなりにならないうちに、あるいは歴史がすべて忘れ去られる前に」

ピアースは宿屋と地続きの小さな家庭菜園の隅に向かって歩きだし、相手を促すように大げさな身ぶりをまじえて手を振った。アメリカ紳士は礼儀正しいながらも堅苦しい態度のままピアースのあとに続いた。機械仕掛けの人形のようで不気味な感じだ。

「我らの建築様式をごらんください、消滅してしまう前に」豚小屋を指さしながら、ピアースが芝居がかった口ぶりで叫んだ。板材は傾いていて壊れたものばかりで、全体に締りがなく小屋は今にも倒れそうなありさまだ。実際には十分まだ役立ってはいるのだが。「中世の建物のなかで、貫禄がある点では間違いなく一番ですが、遠からず記憶のなかの存在になってしまう恐れがあるのがこれです。ですがこれが倒れたとき、英国は倒れます。世界は破滅の衝撃に震撼するでしょう」

アメリカ人は自らポーカーフェイスと称しそうな表情を崩さなかった。その口から発せられる言葉が表しているのは無知の極致か、または皮肉の極致か、それはまるで不明だった。

「つまり、この遺跡は中世ないしゴシック時代の建築一派を体現しているわけですか」オーツがたずねた。

「厳密に垂直様式（英国の末期ゴシック建築様式）とは呼びがたいところですが、初期英国様式である点は疑いありません」ピアースが答えた。

「とにかく、いにしえの美術品だとおっしゃるわけですね」

「信頼できる資料によりますと」ピアースは重々しくうなずいた。「ブタ飼いガース（ウォルター・スコット『アイヴアンホー』における主人公の従者）はまさにこの建物を利用したようです。実際はもっと古くから存在しているでしょう。超一流の専門家たちが証言するところでは、聖書に出てくる放蕩息子（ルカによる福音書第十五章第十一～三十二節参照）はここにしばらく滞在していて、ブタ――上品なのに、ひどい中傷を受けている動物ですね――から、家族のもとへ帰るようにと適切きわまる助言を受けたらしい。ところがですね、オーツさん、こういう立派な歴史遺産が撤去される予定になっていると、もっぱらのうわさです。でもそんな事態は許さない。こっちもそう簡単には負けませんよ、我々の寺院や聖地をあっさりなくそうとする野蛮な破壊者や下劣な支配者などには。豚小屋は堂々たる復活を果たすでしょう――もっと大きな豚小屋やもっと高い豚小屋がこれから全土に広まるでしょう。これ以上ないほど人目を引く建築様式の、威厳にあふれて理想に迫った豚小屋の塔や丸い屋根や尖った屋根は、罪深い暴君に対する気高いブタの勝利を宣言するでしょう」

「まあとりあえず」クレイン大佐がそっけなく言いだした。「オーツさんには川のほとりの教会に足を運ばれることをお勧めしますよ。実に麗しいノルマン様式による基礎と古代ローマ様式によるレンガ造りの建物の跡だ。そこの牧師は建物の価値を理解しているから、今のきみの話よりもっと参考になる話を聞かせてくれるさ」

ほどなくオーツ氏が立ち去ると、大佐はぶっきらぼうに若い友人をたしなめた。

「よくないぞ、情報を求めている外国人をからかうのは」

だがピアースはあいかわらず熱気を漂わせたまま相手に顔を向けた。

「からかっちゃいませんよ。真剣でした」

大佐たちはピアースの顔を見すえた。ピアースはかすかにほほえみ、やはり熱い口ぶりで話を続けた。

「比喩が多かったにせよ、真剣でした。話し方が少し激しかったかなとは思いますが、もう激しい態度を取るべき時期に来ているんです。ぼくらは今までおとなしすぎた。ブタの復活と再生に向けて、ぼくはなんでもやるつもりですよ。狩人をずたずたに噛み割くような野生のブタとしてよみがえらせてやる」

ピアースが視線を上げると、宿屋の看板に描かれた紋章の形状が目に留まった。

「それにぼくらを象徴する木製の旗もあるし！」やはり芝居がかったようすで指さした。「〝青豚〟の旗を掲げて戦いに臨もう」

「喝采は大きく、かつ鳴り止まず、と」クレインがお義理に応じた。「さあ行こうか。せっかくの大演説を無駄にするなよ。オーウェンがオーツさんと同じく地元の古い館巡りをしたがっている。おれはむしろ新品好みだ。きみの乗り物を見てみたいな」

三人は柵をめぐらしたジグザグ状の砂利道を下り始めた。垣根と花壇が道のまわりを取り囲んでおり、踏み段の上に造られた庭園を歩いているようだ。道の角を曲がるごとに、まっすぐ前をむいて歩こうとしない若者をフッドがたしなめた。

「ブタの楽園を未練たらしく振り返るな。でないと塩の柱になってしまうぞ（創世記第十九章第二十六節参照）。あるいはブタの肉に合うような辛子の柱かな。ブタは逃げ去ったりしないよ。人間のことを思い浮かべながら造物主が形作った生き物はほかにもある。またその生き物をまねて人間が作り出したものもほかにあるぞ、バークシャーの丘陵地帯に描かれた白馬の絵から、きみ自身が鳥の群れに混じって大空を飛ぶときに乗る大きな白い鳥にいたるまで。物事の本質を歌う詩にとっての重要な主題だ」

「ちょっと恐ろしい卵を産む鳥。次の戦争では——おい、一体やつはどこへ行ったんだ」クレインが言った。

「ブタだ、ああブタのせいだ」フッドが哀しげに言葉を継いだ。「人生のある時期、ブタが我々に対して発揮する圧倒的な魅力。夢のなかでブタが駆け出す音が聞こえ、あの小さな丸まった尻尾がブドウのつるさながら我々にからみつくとき――」

「ふん、くだらん」大佐が言った。

ヒラリー・ピアースはいささか突飛なふうに姿を消していた。生け垣の角（かど）で上体をかがめて急坂に飛び出ると、門を飛び越えて干し草畑の隅を横切った。そこから目の前に生い茂るやぶを思い切って突き抜けると、豚小屋を見下ろす低い塀の上に乗った。ジョーン・ハーディ嬢が豚小屋からそっと遠ざかってゆく姿が見える。ピアースは小道に飛び降りた。まわりの景色が朝日を浴びて子どもの絵本のようにくっきり描かれた。やぶを通ったせいで黄色い髪がぼさぼさになり、両手を広げて立ったピアースは、もじゃもじゃ頭のペーター（ハインリッヒ・ホフマン［一八〇九～九四］の詩「ものぐさペーター」の登場人物）の不恰好な姿を思い出した。

「おいとまする前に一言お話ししておきませんと」ピアースがジョーンに語りだした。「ぼくは遠出をします。軍務（アクティブ・サービス）ということじゃなく、仕事ですが――活力（アクティブ）ある仕事でね。戦地に赴いた人間がやってきたことじゃないかな――しかもまず最初にやりたがったことだ――ぼくほどには豚小屋に関する提案を象徴的だと思わない向きもあるのはわかっている。でもほんとに――今までこれを口にしたことがあったかどうか、とにかくぼくがあなたを崇拝しているのはお気づきかもしれませんね」

ジョーンは気づいていた。ところが、この手の事例における因習の壁は何重にもそびえる城壁のごとき存在だった。田舎における太古からの因習だ。そうした因習には、伝統あるカントリーダンスやら、小作農民のゆっくりした細やかな針仕事やらと同じく型にはまった美がひそんでいた。様々な内容が錯綜した軽薄な騎士道物語に、かすかでも存在の形跡が認められるような淑女のなかで、誰よりも寡黙で威厳があるのは俗世間的な意味ではまったく淑女でない人物だった。

ジョーンは無言のままピアースを見つめた。頭をもたげたさまがなんとなく鳥を想わせるように、横顔の輪郭はほのかにハヤブサを想わせた。顔色は形容しづらい微妙なもので、明るい茶色とでも言うほかなかった。

「とてもお急ぎのようですね。こんな具合にせわしなく話しかけられるのはいやだわ」ジョーンが言った。

「それは失礼。急がないといけませんので。でもあなたにはあわててほしくなかった。ただあなたにはわかってほしかったんです。ぼくはあなたの相手としてふさわしいことを何もしてこなかったが、これからがんばります。仕事にも出ます。あなたには若い男にとって堅実な仕事の価値をきっと認めていただけると思います」ピアースが言った。

「銀行に就職なさるの?」ジョーンが無邪気にたずねた。「たしかおじさまが銀行にお勤めだとおっしゃっていたから」

「その程度の話ばかりしてきたわけではないつもりですが」ピアースが答えた。今日までよく話題にしてきた自分の私生活に関するつまらぬ諸事情を、ジョーンが実に詳しく記憶してくれていること、だがその一方、自分の年来の持論や〝構想〟についてはほとんど無理解であること、それを知ったらピアースはさぞ驚いただろう。

「いやまあ」ピアースは魅力ある率直な口ぶりで話を続けた。「ぼくが銀行に職を得ると言えばおおげさになりますね。もちろん銀行はいたるところにありますが。うむ、そう、麝香草の花が咲く堤を我は知る（シェイクスピア『夏の夜の夢』第二幕第一場におけるオーベロンの台詞）――失礼、つまり銀行と同じく危なげなく、なおかつもっと田園ふうで夢のある仕事をぼくは多く知っているということです。実はベーコンの商いをしようかと考えていまして。ハムや豚肉の業界には活動的な若者の就職口があるはずです。今度お会いするときには豚肉を売り歩く姿をお見せしますよ。奇妙きわまる変装だな」

「ならばここにいらしてはいけません。もうそのころには、そういうお仕事は禁止になっているでしょう。地元の人たちが――」

「ご心配なく。ぼくは行商人になるわけです。商いに徹した旅行者ですよ。ここに来ないことなど、まあ考えられませんね。とにかくほぼ一時間ごとに、あなた宛の手紙を書かせていただきたい。毎朝ちょっとした品物も贈らせてください」

「あなたから贈り物が届くと、わたしの父は不機嫌になるでしょう」ジョーンは重々しく応じた。

「お父さまにはお待ちいただくようお伝えください」ピアースは熱っぽく言いだした。「贈り物をごらんになるまでお待ちくださいと。ちょっと変わった品をお贈りするつもりです。お父さまもお気に召さないはずはない。お気に召すはずです。ぼくの素朴な趣味と健全な職業倫理に共感してくださるでしょう。いいですか、愛しいジョーン、ぼくはけっこう重要な企画に関わっています。怖がらなくていい。もうきみにはなんの迷惑もかけずに成功してみせます。きみのためにこれをやるのだとわかってくれれば、ぼくは満足なんだ。やり続けますよ、世界を向こうに回しても」ピアースはまた塀の上に飛び乗り、不遜にも思える表情でジョーンを見下ろした。

「なんときみにブタの飼育を禁じるやつがいるだと！　きみに何もするなと命じるやつがいるだと！　ワニをペットに飼いたければ飼えるというきみの権利を認めないやつがいるだと！　許しがたい罪だ。攻撃してはいけない自然の摂理に対するこの上ない冒瀆(ぼうとく)であり違反だ。きみはブタを飼えばいい、天変地異が生じようと、全世界が戦火に見舞われようと」

ピアースは高い土手と塀の背後にさっと姿を消した。ジョーンは無言のまま宿屋へ戻った。

戦時における最初の事件は表面上では心を励ますものではなさそうだった。戦争の英雄はその事件ゆえにめげることなどまるでなかったが。各紙の三面記事に載っているとおり、以前は陸軍航空隊に所属していたヒラリー・パトリック・ピアースは、公衆衛生を守る目的で定められた法規に反して、ブラントシャーにブタの群れを追い入れた罪で逮捕された。どうやら公衆ばかりかブタとのあいだでもごたごたを起こしたようだ。だが逮捕される際に、ピアースは機知に富んだ堂々たる弁舌を披露した。警察もブタも無反応だったが。これはささいな事件とされ、罰則は軽かった。ところが当局のなかには、新たな規則の最終分析および設定への端緒となったと見なす者もいた。

この目的に関しては、主席治安判事を務めているのが、著名な衛生学者にして大英帝国四等勲士(O・B・E)、サー・ホラス・ハンター医学博士その人である点は幸いだった。ご記憶の向きもあろうが、博士は郊外の医師として早くから好評を得たと同時に、テムズ川流域における衛生官としても名を馳せた。ブタ関連の伝染病に対する予防措置の拡充が図れたのはおもに博士の功績だ。ただ、博士にとっては大いに頼りになる同僚判事がいたという事実も見逃せない。一人はブリス商会の元経営者である大富豪ローゼンバウム・ロウ氏で、もう一人は若き社会主義者であり、〝質素な生活〟運動をめぐるジョージ・バーナード・ショー（一八五六〜一九五〇。アイルランド生まれの劇作家、フェビアン社会主義者）の見解の紹介者として知られるエイミアス・ミンス氏だ。ミンス氏は労働党の市会議員として任に当たっている。サー・ホラスが提出し、ほかの二名も同意した見解によると、ほどほどに飲酒する習慣から生じる諸々の問題点や疑念の残る事例が、禁酒法という解決策によって明確となったように、豚コレラをめぐる様々な揉め事や言い逃れについては、ブタを規制する簡明な仕組みを設ければ十分に対処できるという。審理のあとでサー・ホラスの口から不穏当な言葉が飛び出た。判事の三人はユダヤ人と菜食主義者と金儲けに精を出す偽医者だから、豚肉の価値を認めないのも当然だろうなと、そう被告人は言ったように思えたという。

　クレインたち三人による次の会食は、かなり異質な状況のもとで開かれた。クレインが他の二人をロンドンの会員制クラブに招いたからだ。クレインの人となりからして、そうしたクラブの会員であるのはごく当然に思われよう。だが実のところクレインが足を運ぶのはまれだった。会食の席では、最初に姿を現したのはオーウェン・フッドで、指示に従い、グリーンパークを見下ろす張り出し窓近くのテーブルへとウェイターに案内された。クレインが軍人らしく時間に正確な男であるのは知っているので、おれは時間を間違えたかなとフッドは思った。札入れにおさめてあった招待状を探すうち、ちょっと興味をそそるものとして数日前にはさんでおいた新聞の切り抜きが目に留まった。そこには「おばさま方はスピード狂」と題する次の一文が載っていた。

近ごろバース・ロードなど西部の幹線道路で、速度制限を超える車がかつてないほど増えている。とくに目を引くのは、違反者のなかに地位や財産に恵まれた高齢の女性が多い点だ。自分のパッグ（ブルドッグに似た小型愛玩犬）などの愛玩動物をただ運動に連れ出そうとしているだけだ、と本人たちは主張している。また動物の健康のためには、人間の場合よりずっと速く野外を走る必要があるのだという。

最初に目を走らせたときと変わらぬ戸惑った顔つきで、フッドが切り抜きを見つめていると、大佐が新聞を手にして部屋へ入ってきた。

「おい、どうもばかげた事態になりそうだぞ。おれはきみと違って革命家じゃない。まったく逆だ。それにしても例の規則だの規定だのはまるで理屈に合わなくなっている。しばらく前から当局は動物の長距離移動を禁止する動きに出たんだ。いいかな、動物にとっての快適な環境を条件として求めるわけじゃなく、一般人の安全を確保するという屁理屈で全面的に禁じているわけだ。アクトンの近くと、レディングに通じる路上で、旅回りのサーカス団がそれぞれ足止めを食っていた。村の少年のなかには、人生でライオンを一度も見ずに終わる子がたくさん出るに違いない。ライオンが逃げ出してまた捕まったのは五十年間で一度だからな。でもそんなのは近ごろ起きたことからすればなんでもない。いやはや、今は命に関わるような感染症の恐怖があるから、我々は苦しむ病人を目の前にしても、何もできずに見ているほかないんだ。まるで奴隷と同じだ。知ってのとおり、例の新しい傷病兵運搬列車が患者を病院から保養地まで運び始めた。ところがそれも結局は走れなくなるようだよ、広々した土地を舞台にして様々な病を抱えた者を運ぶことで、四方八方に毒を振りまかないためにと。こんな茶番が続くようなら、わたしもヒラリーに負けず劣らず狂気に陥りそうだ」

　大佐がまくしたてているとヒラリー・ピアースが現れ、いささか妙な笑みを浮かべて耳を傾けていた。なぜかフッドはその笑顔を見れば見るほど戸惑いを覚えた。手にした新聞の切り抜きに対するのと似た戸惑いだ。フッドはふと我に返ると、目の前にいる二者の一方から他方へと視線を移していた。ピアースはなおさら人をいらつかせる笑みを浮かべた。

「この前に会ったときほどは興奮していないようだな、我が若き友よ」フッドが話しかけた。「ブタや警察裁判所にはうんざりしたのか？　大佐が話題にしている強権的な法律は、きみにとっては怒髪天を衝くような代物じゃないのかね」

「ええ、新しい規則には大反対ですよ、ぼくは」若者が冷ややかに応じた。「ずっと反対してきました。いわば立ち向かってきたんです。実際こんな規則はことごとく破ってきましたからね、それにほかの規則も少々。ちょっとその切り抜きを見せてくれますか」

　フッドが渡してやると、ピアースはうなずき、こう言った。

「そう、おかげでぼくは捕まりました」

「どんな容疑で？」

「財産と地位に恵まれた老婦人（前出の新聞の切り抜き参照）になったことです。でもそのときはどうにか逃げました。おばさんが生け垣を超えて牧場をずらかっていくのは見物でしたよ」

まゆをひそめてピアースを見つめていたフッドの口が動きだした。

「老婦人がパッグだかペットだかを抱えているってのは、なんの話なんだ」

「いやまあ、あれはパッグに近いものでした」ピアースが落ち着いて答えた。「ぼくはみんなに言ったんです、これはいわばほぼパッグだと。ささいな綴りの誤りでわたしを罰するのは正当ですかと問いかけましたよ（パッグとピッグの違いを指している）」

「わかってきたぞ」フッドが言った。「きみはまたトン公をお気に入りの〈青豚亭〉までひそかに連れていこうとしたわけだ。で、車で飛ばせば国境を突破できると思ったんだろ」

「ええ」密輸未遂者は穏やかに答えた。「ぼくらはまさに暴走族でした。はじめはブタどもを億万長者の国会議員に仕立てようと思ったんです。いずれにしろ、よく見れば両者には想像を絶するほどの違いがあるわけだ。あれは実に傑作だったなあ、ショールで包んだなかからペットを取り出せと命じた警察が、こりゃあなんてでかいペットなんだと気づいたときのようすは」

「つまり、同じようなことだったのか――ほかの法律についても」大佐が口をはさんだ。「ほかの法律はいい加減なものです。でも世間にはその効力が正当には評価されていませんね。意図が十分には理解されていない。源泉があまり考慮されていませんよ。自慢じゃありませんが、源泉はぼくだと思っています。法律を破る楽しみばかりか作る楽しみも味わいました」

「もっと悪ふざけの材料を作ったってことだろ。いずれにしろ、なぜ新聞はそれに触れないのかな」大佐が言った。

「当局が触れてほしくないんですよ。連中はぼくの存在を宣伝したくないんだ。ぼくはこの件では世の圧倒的な支持を得ましたからね。本物の革命が起きた場合、新聞には記事なんか出ないものです」

　一瞬ピアースは物思わしげに黙ってから言葉を継いだ。

「ぼくを取り調べた警察が、パッグを探し出そうとしてピッグを見つけたときから、連中に二度と同じことをやらせないためにはどうすべきかと、ぼくは考え始めたんです。ふと野生のブタかブタにかみつくパッグを連中は怖がるかなと思って、次に走ったときは荒々しい動物をかごに入れましてね。そうして獰猛な点では一番のトラやパンサーがいるから気をつけろと言ってやりました。連中はそれを目に留めても外に出したくないものだから、禁止令なんてつまらん規則を最後の切り札にするほかなかった。もちろんぼくがほかにやった〝離れ業〟でも事情は同じでしたよ、高級でお上品な持病をお持ちの方々を治療のために保養地へ連れていく件でね。ブタどもはというと、手のこんだカーテンをかけた車両で看護士に世話をしてもらって、貫禄を漂わせながらおそらくは少し退屈な時間を過ごしました。ぼくは外に立っていて鉄道職員に強調したんです、これは安静療法なんだから、病人は絶対安静のままにしてくれと」

「あきれた嘘つきだな、きみは！」フッドが素朴な感嘆の声を上げた。

「いいえ全然」ピアースは厳かに応じた。「〝病人〟がいやされる旅だったのは本当ですよ」

　その間、窓の外をぼんやり見ていたクレインがゆっくり一人に顔を向け、不意に口を開いた。

「その話はどんな具合に幕を閉じるんだね。今後もそんな現実にありえない（インポッシブル）ことを続けていくつもりか？」

ピアースは豚小屋に対する自分の奇異なほどひたむきな誓いを思い出し、すっくと立ち上がった。

「ありえないか！　ご自分が何を言っているのか、その一言がどれほど的を射ているか、大佐はおわかりでない。今までぼくがやってきたのは、現実にありえて味気ないことでした。でもこれから、一つありえないことをやります。あらゆる書物や詩のなかで、ありえないとされてきたことをね――不可能を表す諺（ことわざ）になったようなことです。戦争はまだ終わっていない。今週木曜の日没ごろ、〈青豚亭〉の向かいにある石切り場にいらっしゃれば、お二人はまさに非現実的（インポッシブル）にして自明の事柄を目にされます。広報機関でさえ隠しておくのは難しいと思うような何事かを」

枝が屋根さながらに伸びた松林の急勾配で、石切り場が一種の棚をなしている箇所に、いまだ冒険心を失い切っていない中年過ぎの紳士二人が、行楽か児戯（じぎ）にふけるつもりで準備を整えつつ陣を取った。まさにその箇所から、谷間に面した窓から外を覗いたかのように、二人は幻ではないかと思えるものを目にした。黙示論的世界の模倣にも似たものだ。くっきり晴れた広い西方の空はぴかぴかしたレモン色をしている。淡緑色に変わりかけた淡黄色といったところだ。一方、地平線上にある一つ二つのだらけたかたちをした雲は、バラ色やらもっと濃い色やらをしている。だが沈みゆく太陽そのものは曇りなき炎であり、黄褐色の光を風景全体に放っている。向かい側の〈青豚亭〉は黄金の家のようにも見える。例の空想にふけるがごとき面持ちで外を見つめていたフッドが、このとき口を開いた。

「空には世の終末を示すような印があるぞ、きみの出番じゃないかね。妙な感じだ。しかし、谷間に近づいてきたあの雲は珍しくもブタのかたちをしているな」

「クジラそっくりだ」クレイン大佐が軽くあくびをしながら言った。だがそちらのほうに向いた視線は一気に鋭くなった。雲にもほかの物体と同じく遠近感があるというのが、これまでの芸術家たちの主張だった。ところが谷間の上空を覆う雲は妙にかっちりしている。

「あれは雲じゃない」大佐が荒々しく言った。「飛行船か何かだ」

かっちりしたかたちはどんどん大きくなった。はっきり見えれば見えるほど、目を疑うような存在になっていった。

「聖者や天使の群れだ」フッドがいきなり叫んだ。「いや、あれはブタだ！」

「たしかにブタみたいなかたちだな」大佐がそっけなく応じた。曲がりくねった川におのれの姿を映しながら、大きな風船状のかたちがますます膨れてゆくが、長いソーセージを想わせるその飛行船の胴体には、なんと垂れ下がった耳や足という飾りがついているではないか。これで擬似無言劇（パントマイム）が仕上った。

「またヒラリーの悪ふざけが始まったか。だがあいつ、何をするつもりだ」フッドが言った。

谷間に沿って上昇していた空飛ぶ巨大な怪物は〈青豚亭〉の上空で停止した。そうしてそこから、明るい色の羽に似た何かがひらひら落ちてきた。

「人間がパラシュートで降りてくるぞ」大佐がぼそっと言った。

「妙な感じの人間どもだ」フッドが応じた。まゆをしかめて見つめている。水平に射してくる光で目がちかちかするからだ。「うわあ、あれは人間じゃない。ブタだ！」

これだけ離れた地点から見ると、物体は華やかな色遣いのゴシック絵画に描かれた智天使(ケルビム)に多少とも似ていた。黄色い空は金屏風に似た背景の代わりになっている。ケルビムたちをぶら下げて漂っているパラシュートは、かたちや色からして、目を奪うほど派手な色を塗った羽毛で作った巨大な車輪を想わせたが、あたり一帯に赤々した光を放つ夕日を浴びていっそう毒々しく感じられた。石切り場の男二人には、見れば見るほどこの奇妙な物体がブタに違いないと思えた。ブタどもが生きているのかどうか、ここからではまったく不明だが。羽毛めいた物体が落ちていった〈青豚亭〉の庭に二人が視線を向けると、古い豚小屋の前に立ったジョーン・ハーディが、鳥のような頭を上げて空を見つめていた。

「若い女性のための変わった贈り物だ」クレインが言った。「それでも我らが若き友は、求愛を始めたら、それこそありえない贈り物をしそうだな」

大佐よりもさらに詩的感性に富むフッドの目には、もっと大きな空想の世界が広がっていた。フッドは相手の話をろくに聞いていないようだったが、話が終わるなり忘我の状態からはっと我に返ったらしく、両手をぱんと叩いた。

「そうだ！　我々はいつもその言葉に戻るんだ！」

「どの言葉に戻るんだ」友がたずねた。

「〝ありえない〟さ。それこそあいつの人生を貫いてきた言葉なんだ。その点ではぼくらの人生でも同じだが。あいつがやったことを見ただろ」

「むろんよく見たがね。でもきみが何を言いたいんだか、よくわからん」大佐が答えた。「ぼくらが目にしたのはもう一つのありえないことだったんだ。俗な言葉では挑戦とも呼ばれることだ。幾多の詩歌や戯言（ざれごと）や慣用句がありえないと決めつけてきたことだ。ブタが空を飛ぶ（現実に起こりえないの意）のを我々は見たんだ」

「なるほどかなり異様なことだな。だがブタが歩くのを許されないほどには異様でもないだろ」

二人は旅行用具をまとめると、険しい丘を下り始めた。

その途中、暗がりに立つ木々のあいだのいっそう深い暗がりへ入っていった。谷間の壁がいわば木々にかぶさるようになっている。クレインとフッドは、きらめきかつごちゃついた雲に囲まれ、地面から高い位置にいるという感覚を失った。まるで本当に幻を見たかのようだ。いきなりクレインの声が闇のなかから流れた。懐疑論者が夢について語るときに出すような声だ。

「どうもわからん、なぜヒラリーが一人でああいうまねをやれたのか」

「実際あいつには驚かされるな」フッドが応じた。「きみもあいつが戦争ですごいことを何度かやってのけたと言っていたぞ。それが今ではこんな常軌を逸した行動に出る次第となったが、これだって戦時中の行動と同じほど苦労がいるんだろ」

「同じどころじゃない、一人でここまでやるほうがずっと苦労を要する。戦争ではすべてが組織で動いていた」クレインが反論した。

「つまりきみ、ヒラリーは大変な傑物に違いないと言いたいわけか。百の手を持つ怪物か百の目を持つ神のたぐいだと。ふむ、何か是が非でも欲しいものがあると人間は怖いほど努力するんだな、ふだんはだらしない二流詩人のように見える人間でさえも。ぼくにはわかる気がするんだよ、ヒラリーが何を欲しがっているか。あいつなら手に入れる資格ありだ。その欲しいものは、ずばり自分の晴れ姿だ」

「それにしても、おれには謎だな」大佐がまゆをひそめた。「あいつは種明かししてくれるかね」

だがその謎の部分が解明される前に、他の不可解なことがいくつか発生した。

斜面の反対側では、神々の死者メルクリウスのごとく大地に着いたヒラリー・ピアースが、石切り場の赤土だらけのくぼみに飛び降り、両腕を上げてジョーン・ハーディに近づいていった。

「今は猫をかぶるときじゃない。まさに晴れ姿を見せるときだ。ぼくは栄光に包まれて、あなたのもとへやってきました」ピアースが声をかけた。

「あなた、泥に包まれているわ」ジョーンがほほえみながら応じた。「困ったことに赤い泥って乾くまでほんとに時間がかかるんです。払おうとしても無駄よ、それよりまず――」

「持ってきましたよ、黄金の羊毛（ゴールデン・フリース）（ギリシャ神話におけるイアソンの逸話参照）を、いや、ともかく黄金の豚皮を」抒情詩を口ずさむようなうっとりした表情で、ピアースは声を上ずらせた。「ぼくは労苦に耐えてきた。探求をなしとげたんです。ハンプシャーのブタをカリュドンのイノシシ（ギリシャ神話におけるカリュドンの王の逸話参照）並みの伝説的存在にしました。当局はブタを徒歩で運ぶのを禁じた。そこでぼくはブタをパッグだと偽って車で運んだ。次に当局はブタを車に入れるのを禁じた。そこでぼくはブタを病人だと偽って列車に入れた。次に当局は列車を使うのを禁じた。そこでぼくは朝に空へ飛び立つという手を使い、はるかな高みまで昇った。誰にも知られず、誰も試みたことがなく、誰の力も借りられない方法でね。強引な恋愛の仕方みたいなものだ。ぼくは自分の恋愛に不滅の命を吹き込みました。

きみの名前を空に書いたんだ。さあ、あなたにはどんなことを言っていただけるかな。ぼくはブタをペガサスに変えた。ありえないことをしたんです」

「わかっています。まあとにかく、あなたには好意を感じずにはいられませんが」ジョーンが言った。

「まあとにかく好意を感じずにはいられない」ピアースがうつろな声で相手の言葉を繰り返した。「ぼくは天を嵐のごとく攻めたてた。でもそんなに悪者じゃない。ヘラクレス（ギリシャ神話の英雄）は例の十二の難業を課されたにも関わらず許容されうる。聖ジョージ（イングランドの守護聖人）は竜を殺したことを容赦されうる。ねえ、凱旋してきたぼくに対する扱いがそれですか。古き世界の優雅な流儀ですかね。きみ、ひょっとして〝新しい女(ア・ニュー・ウーマン)〟（侮蔑の意がこもっている場合も多い表現）になられましたか？　お父さまは何をなさっていますか。なんと言っておられますかね——ぼくらのことを」

「あなたのことは頭がおかしいと申しております、もちろん。好意を感じずにはいられないようですが。結婚して自分の階級を離れる人間は信じられないそうです。でも、もしわたしがどうしても紳士と結婚するというなら、新型の紳士ではなくあなたのような方にしてくれと」

「ほう、自分が旧型の紳士でよかった」多少ほっとしたようにピアースが言った。「でも実際、こんな常識の蔓延(まんえん)は危険な域に達しつつありますよ。ささいな非常識に人を駆りたてる機会は皆無だ。たとえば、〝ああ、我にブタの翼あらば、飛び去り、安らかに休まん〟（旧約聖書詩篇第五十五章第六節のもじり）といった非現実の世界にね。もしぼくがこの世をひっくり返して、太陽や月の上に立ったら、きみはなんと言いますか」

「そうね、あなたは誰かにご自分の面倒を見てほしいとお思いでしょ、と」ジョーンはほほえみを絶やさず答えた。

なんのことか呑み込めないのか、一瞬ピアースは相手をぽかんと見たのち、おかしくてたまらんとばかりに笑い声を上げた。なんでこれが今まで目に入らなかったんだろう、我ながらふがいないなあと、そう思えるものを自分のすぐそばに見つけた人間さながらに。こういう人間は、かくれんぼうをしていて何かにつまずいて転ぶと、からだを震わせて笑うものだ。

「飛行する物体から落ちたとき、人は母なる大地からどんな衝撃を受けるのか。とくに乗っていた飛行船がただの飛行豚（ひこうとん）だったときは。本物の田舎者と本物のブタからなる大地――お気を悪くなさらないで。両者を混同するのは敬意の表れです。凡夫の良識（ホース・センス）はなんたる傑作か、それに天馬ペガサスの詩情と比べてなんと繊細なことか。大空を晴れわたらせ大地を優しくするもの、たとえば美や勇気や自信などもすべてそろうとき――うむ、きみはたしかに正しいよ、ジョーン。ぼくの面倒を見てくれますか？　家に留まって、ぼくのブタの羽を切り取ってくれますか？（「ブタが空を飛ぶ」参照）」

ピアースはジョーンの両手をつかんだ。だがジョーンはほほえんだまま口を開いた。

「ええ――ですから、どうしても――とにかく手を離して下さい、ヒラリー。あなたのお友だちが石切り場からこちらへおいでです」

なるほどクレイン大佐とオーウェン・フッドが斜面を降りて、衝立（ついたて）のように立ち並ぶほっそりした木々のあいだを通ってくるのが見えた。

「どうも！」ヒラリーが明るく声をかけた。「ぼくを祝っていただきたい。ジョーンがぼくのことをひどいペテン師だと思っていましてね、そのとおりなんです。ぼくは昔からいうところの幸福な偽善者（マックス・ビアボームによる短篇の題名）ですよ。いずれにしろぼくが今回の一件でちょっとインチキをやっていたと、お二人は思っておられるでしょうか。ですがここで一つお知らせがあります。まあ告白ですね」

「知らせとはなんだ」大佐が興味ありげに問うた。

ピアースはにやりと笑い、自分の肩越しに散乱しているブタのパラシュートを指さした。我が最後にして最高の愚挙を見よとばかりに。

「実を言うと」ピアースは笑顔のまま話を続けた。「あれは単なる締めの打ち上げ花火でした、勝利——失敗と呼ぶのもご自由ですが——を祝うためのね。もうこんなまねはするまでもありません。禁止令が解除されたので」

「解除された？」フッドが声を上げた。「いったいなぜだ。どうも気分が落ち着かんな、変人が突如そんな具合にまともになると」

「変人とは無関係の話です」ピアースが静かに応じた。「本当の変化ははるかな高みにありました。いや、むしろ低みかな。とにかく事態の背後にあったんです、大きな事業が大物たちの手で処理されるところに」

「どんな変化だ」大佐がたずねた。

「例のオーツさんが別の事業に乗り出しました」ピアースが静かに答えた。

「オーツ？　今回の件となんの関係があるんだ」フッドがピアースを見すえた。「アメリカ人が中世の遺跡をうろつき回っているわけか？」

「ああ、そうなんだよなあ」ピアースがうんざりしたように言った。「あの人は無関係だとぼくは思っていたんです。ユダヤ人や菜食主義者その他がぼくらの相手だとね。でもその連中は罪のない操り人形でした。実のところは、イノック・オーツこそ世界最大の豚肉出荷業者であり入荷業者だったんです。この辺の地元民との競合を嫌ったのは、ほかならぬオーツだった。しかも、おれの言葉はぜったいだと、あいつなら言いかねない。でもまあ幸い今では別な商売を始めているようですが」

ともあれ、オーツ氏がどんな商売を、しかもなぜ始めたかについて知りたい意志強固な読者がおられるなら、時期を待ったうえで「イノック・オーツだけのぜいたく品」譚を辛抱強く読むこと、それしか取りうる道はないようだ。しかもその究極の試練に耐える段階に達する前にも、「ホワイト牧師の捉えどころなき相棒」譚に耐えていただかねばならない。というのもすでに述べてきたとおり、いずれもが荒唐無稽の話であり、後ろから前へ展開してゆく場合も少なくないからだ。

〈法螺吹き友の会〉、すなわち考えられない（インポッシブル）ようなまねをする無分別な者の集合体に関する文書や記録には、弁護士オーウェン・フッドとその友人たる退役陸軍大佐クレインとが、某日の午後、川中の島へいわば徒歩旅行に出かけた事実が載っている。この島はフッドの人生に起きた恋愛がらみの出来事の第一現場となったところで、読者には他日それにまつわる物語を読むという負担に耐えていただいた次第だ。島はもっぱら自身の趣味である釣りの場としてフッド氏に使われていること、またそのとき準備の進んでいた食事が、氏の余暇には早々の妨げとなったことを述べておけば用が足りよう。旧友同士たる両名には第三の仲間がいた。年齢はずいぶん下だが、仲間というばかりか友でもある人物だ。淡い色の髪の元気な若者で、危うい感じを漂わせた目をしており、ピアースという名で知られている。近ごろ宿屋〈青豚亭〉の娘と結婚式を挙げた際には、弁護士と大佐も出席した。

　ピアースは飛行士だが、ほかにもいろいろ度の過ぎた戯れにふけっていた。年長の二人にも自分なりの奇抜な趣味があった。とはいえ、世の中に背を向ける年配者の奇癖と、世の中を変えようとする若者の熱意とのあいだには、つねに落差があるものだ。年のいった紳士の場合、ある意味で、自ら進んで逆立ちすることはあるかもしれない。だが青年とは異なり、世の中に逆立ちをやらせたいとは思わない。ヒラリー・ピアースのような男にあっては、ひっくり返すべきは世の中それ自体だった。しかもそれは本人にとっては娯楽であり、白髪まじりの仲間たちとしてはそんな若者の姿をただ見守るしかなかった。大きなゴム風船を相手に戯れる愛すべき子どもを見守るごとくに。

　ことによると、友情という事実についてはともかく、友情の中身に変化を与えるようなこうした時間にもとづく断絶感こそ、年配男二人の片方の頭に年上の一友人に関する記憶をよみがえらせた源かもしれない。この朝、自分たちの一党にとってはまさに第四の男たりうる唯一の同世代人から手紙をもらったのを、当の年配男すなわちオーウェン・フッドは思い出した。フッドはポケットから手紙を取り出した。笑みを浮かべているせいで、おかしみのある長くやせこけた顔にしわが浮かんでいる。

「ところで言い忘れていたが、昨日ホワイトから手紙が来たんだ」フッドが言った。

　クレイン大佐の日焼けした顔にも、声には出さぬほくそ笑みが表す印が刻まれた。

「もう読んだのか？」大佐がたずねた。

「うむ。今朝の食事後に元気を取り戻して、〝象形文字の群れ〟と取り組んだよ。昨日の労苦の時間から生まれた雲と謎は消え去ったようだ。〝楔形文字（くさびがたもじ）〟の一部については専門家の翻訳を待たなきゃならんが。だが文章自体は本来（オリジナル）の英語で書かれている」

「実に新奇（オリジナル）な英語だ」ふんとばかりに大佐が応じた。

「そうだな、我らが友は突飛（オリジナル）な個性の持ち主だ。友人を選ぶうえで独特（オリジナル）の基準を持っている男だから、ホワイトは我々と付き合っているんだと、ぼくはうぬぼれでさらっと言いたくなる。人物や物事を書き表すのに、名詞より先に代名詞を使うというあいつの癖のおかげで、ぼくにとっては冬の夜が何度も活気づいたよ。きみ、ホワイトには会ったことがないだろ」フッドがピアースに向けて言い足した。「あれには度肝を抜かれた。いまだにどきどきする」

「え、ホワイトさんがどうかされましたか」ピアースがたずねた。

「別に」クレインがいつもどおり歯切れよく答えた。「手紙を書く際に、〝敬具〟で始めて〝拝啓〟で締めくくる流儀を持っている。それだけの話だ」

「手紙を読み上げていただきたい」若者が言った。

「そのうちにな。人に知られてまずいことは書いてないから。まあ、もし書いてあっても、目を走らせただけでわかる内容じゃないがね。ワイルディング・ホワイト――なかには〝ワイルド・ホワイト（サル痘ウィルスの意）〟とくさす向きもあるが――は、英国の田舎の片隅に棲息する教区牧師の一人でね。ほら、こういう男が話題になると、大学時代の友人連中の頭におりおり記憶がよみがえるじゃないか、いったい地元教区の住民はあの牧師殿をどう見ているのかなと好奇心を刺激されて。実はな、ヒラリーくんよ、若いころのホワイトは今のきみに少し似ていたよ。五十歳のきみが英国教会の牧師としてどんな人物になっているのか、はじめはまともな想像もつくまいが、ホワイトのようになっているだろうと思えば一件落着かもしれん。でもきみには、もっとわかりやすい手紙の書き方をしてくれることだけは望みたい。あの男はいつも何事かについて興奮状態にあるから、それがなんらかのかたちで表に出るんだ」
この手の話はある意味で必然的に末尾から語ってゆくものだと、すでにどこかほかの箇所で述べてある。なるほどワイルディング・ホワイト師の手紙はそんな物語構成に即した文書だった。かつてなら力強くて上手だと評されたものの、元気がよすぎるのと急いでいるのとで、結局は判読しがたいほど乱暴になった字で書いてあった。どうやら以下のような文面らしい。

親愛なるオーウェン――心は決まりました。法律の見地から、きみに長々と文句を言われるだろうと覚悟はしていますが。なかでも一点、きみのようなしたたかな熟練弁護士から必ず言われそうなことは容易に予測できます。ですが実のところ、きみでさえ今回の一件ではそうもゆきますまい。材木は郡の反対側の端からやってきたのであり、あいつやあいつの取り巻きだの手下だのとは無関係だからです。おまけに、あれについては結局わたしが一人でやったのです、ちょっとした助けは借りましたが――このことは後述します。近ごろでさえ、ああいう助けを得られるか否かは本人自身の問題ではないと聞かされたら、わたしとしては驚くほかない。きみおよびきみの資格証明書に対してわたしは挑みたい、あれは狩猟法に分類されると主張してみよと。こんな書き方をしても、気にはなさりますまい。きみとすれば友としてのおこないのつもりだったのでしょうね、それはよくわかっています。とはいえ、もうはっきり語るべきときが来たはずです。

「そのとおり」大佐が言った。

「ええ」ややうつろな表情を浮かべてピアースが言った。「嬉しいな、はっきり語るべきときが来たと感じておられるのは」

「まったくな」弁護士がそっけなく応じた。「こんなふうに続けている」

きみには言いたいことがずいぶんありますよ、新たな取り決めについては。わたしが期待していたよりずっとうまく進んでいます。当初、あれは足手まといになりそうだなと心配でした。いつもそうなると思われている存在ですからね。でもまだほかに問題がいくつもある。なんのかんのと。神はおのが力を存分に発揮なさりし等々。こうなると、ときにはアジア人さながらの野蛮な気分にもなります。

「そうだ。そうなっている」大佐が言った。

「何が〝そうなっている〟んですか」もう我慢できんとばかりに、いきなり居住まいを正してピアースが問うた。

「きみは書簡体方式に慣れていないな」年長者の貫禄を示すようにフッドが言った。「文章の流れに乗れていないよ。これからこう続くんだ」

もちろんあいつはこの辺では大物です。下劣な連中はみなあいつを怖がっていて、わたしを除け者にするふりをしている。ああいう貧乏人どもには何も期待できません。それにしてもパーキンソンには驚かされたと言わねばならない。サリーはもちろん変わらずしっかりしています。でもひんぱんにスコットランドへ行っている。責めることはできませんが。ときおりおれはほんとに独りぼっちだと痛いほど感じます。でも落ち込んではいません。スノードロップは掛け値なく頭脳明晰な相棒だなどと言えば、きみには笑われるでしょうね。

「正直とっくに笑っていますよ」ピアースが哀しげに言った。「でもスノードロップって何者なのか知りたいな」

「子どもだろ」大佐があっさり言った。

「ええ。きっと子どもでしょうね。この方、子持ちなんですか?」

「いや。独り者だ」大佐が答えた。

「たしか地元のある女性に恋をして、そのせいで一度も結婚しなかったはずだ」フッドが言った。

「スノードロップが当の女性の娘だとすれば、小説や映画の筋書きどおりだな。実のところ女性は別の男と夫婦だったんだが。それでもスノードロップについてはまだほかに隠れた事情がありそうだ。いるだけで家のなかが明るくなる存在なんだろう」

スノードロップは我々のまねをしようとしています。連中はいつもそうですが。とはいえもちろん、あれがいたずらをしかけたりしたらやっかいでしょうが。スノードロップがみんなと同じく二本の足で歩き回ろうと思い立ったら、誰もがさぞ驚くでしょう。

「くだらん！」クレイン大佐がいきなり声を荒らげた。「子どものはずがない——二本足で歩くのが話題になるんだから」

「いずれにしろ、小さな娘は二本の足で歩きますよ」ピアースが思案ありげに言った。

「三本足で歩いたらけっこうな驚きだな」クレインが言った。

「博学なる友よ、我に弁論の機会を与えたまえ」法廷に立ったときの口ぶりでフッドが言いだした。「小さな娘が二本足で歩く事実を驚くべきものと、あの男は称するだろうか」

「小さな娘はいつだって人を驚かせます」ピアースが応じた。

「自分なりに結論を出してみたんだがね」フッドが言った。「スノードロップはきっと子馬だ。いかにも子馬につけそうな名前じゃないか（スノードロップはユキノハナの意）。はじめはイヌかネコかと思ったが、イヌやネコがあと足で立つぐらいで〝さぞ驚くでしょう〟は大げさな言い方だ。でも子馬が同じことをしたらちょっと驚かされるかもしれんよ、とくに自分が乗っていたら。ただこの見方も次の文とは符合しないんだ。『わたしは地面に落ちたわたしの欲しいものを取るよう、スノードロップに教え込みました』」

「わかったぞ、サルだ！」ピアースが叫んだ。

「ぼくもそう思った」フッドが応じた。「それでこの不気味なアジア的雰囲気の説明がつきそうだとな。だが二本足で立つサルなど、二本足で立つイヌ以上にありふれている。しかもアジアふうの謎に触れているのも、実は何かほかのことを指しているようで、特定の動物は関係なさそうだ。というのも手紙の末尾はこんな具合だから。『今なんだか自分の精神が、永遠というべきか、もっと大きくもっと古い時間枠のなかで動いている気がします。それに最初のうち東洋的な雰囲気だと思ったものは、夜明けや日の出という意味での東洋の雰囲気にすぎない気も。衰えたるインドの邪教集団のどんよりした秘術信仰（オカルティズム）とは無関係です。真の無垢と広大な時空間とを結びつけるなんらかの力なのです。そう、純白の雪をかぶった山に感じられるような。こうした心象風景（ビジョン）が浮かんだからとて、わたし自身の信仰は損なわれたりしません、むしろ強まります。でも実は、自分にはもっと大きな展望がある気がします。わたしは二つの意味から、この地元地域で自由について説教してゆきたい。つまるところ、わたしは格言の反証を挙げるべく生きているのかもしれません』」

「これだよ」手紙をたたみながらフッドが言った。「手紙のなかでぼくの心に伝わった唯一の文がこれだ。偶然ながら、我ら三人は様々な格言の反証を挙げるべく生きているわけだ」

　いかにもすばしこい男らしいきびきびしたようすでピアースが立ち上がった。「ええ、ぼくらは三人とも冒険を求めて生きてきたと言えるでしょうね、またはとにかくいくつか奇妙な冒険を経験したと。実のところ今このとき、冒険をしたいという気持ちがぼくの心に強く湧きました。この牧師さんについてぜひ調査したいな。手紙の意味をつかんでみたくなりましたよ、なんだか埋蔵された宝物の暗号文みたいだ」

　ここでピアースの口ぶりはもっともらしさを増した。「もしぼくの見立てどおり、ご友人の牧師さんが友人に値する方なら、目を離さないほうがいいのではありませんかね。前後をひっくり返した手紙を書くのはまったくかまいません。そんなことでは驚かない。自分が書きもしなかった手紙で何か物事を説明したと思い込んでいる人間は大勢いる。スノードロップの正体なんかたいした問題じゃない、どんな子どもだろうが動物だろうが、牧師さんご本人が好きに決めればいい。こういうのは古きよき英国調の風変わりなありさまですよ、詩をたしなむ職人とか頭のおかしい大地主とかね。あなた方お二人は同じ意味で風変わりだし。それはぼくにとってお二人の好ましい点の一つです。でもぼくの場合、もっと新しい世代の人間たちと付き合うことも多いので、新しい風変わりなおこないをいくらか目にします。でも正直なところ、古い風変わりなおこないと比べると、どれを取ってもはるかに劣る。ぼくは科学的飛行術の学徒です。この技術は新しいもので、ぼくも気に入っている。でも一種の超自然的飛行術というのがありましてね、これはまったく気に入らない」

「悪いが、なんの話だかまるで呑み込めんな」クレインが言った。

「そうでしょうとも」人を惹きつけるはっきりした言い方でピアースが応じた。「大佐のそういうところもぼくは好きだな。だけど新しい心象風景だの、今より大きな宗教だの、東洋の光や自由だのに関する牧師さんの語り口にはなじめません。そんな話をする人は山ほどいるけれど、みな山師か山師のお先棒かつぎだ。言いたいことはもう一つあります。以前ぼくらがよく話題にした〝大ぼら(ザ・ロング・ボウ)〟と比べてさえ、一か八かの賭けみたいな話です。今回の途方もない一件のなかでさえ途方もない当てずっぽうです。それにしても、なんだか背中がぞくぞくするんですよ、もし牧師さんのお宅へ行って、スノードロップとはなんぞやと居間へ入ってみたら、自分が目にするものに驚くんじゃないかな」

「何を目にするんだ」大佐が相手を見つめながらたずねた。

「何も目にしないでしょう」若者が答えた。

「いったい何を言っているんだ、きみは」

「つまり、ホワイト氏はその場にいないように思える誰かと話をしているんです」

探偵熱に浮かされたヒラリー・ピアースは、ワイルディング・ホワイト師について、年かさの友二名はじめ様々な人からさらに聞き込みをした。

オーウェン・フッドと交わした長い法律談義によって、いくつかの問題に関する法律面の概要が把握できた。おかげで例の奇妙な手紙の一部を読み解く手がかりが得られると言えそうだし、続いてほかの部分にも光明が投じられる結果となるかもしれない。ホワイトはサマセットシャー（イングランド南西部の州）西部の奥地に位置する教区の牧師だった。当地を代表する地主はアーリントン卿なる人物だ。実はこの大地主とホワイトとのあいだには揉め事があった。牧師がふつう他人と争いを起こす場合より革命的な内容の一件だ。ある予想外ないし異様な事態――今やアイルランドをはじめ世界の借地人のあいだで大きな不満を生んでいる――に、牧師は激しく反発したのだ。具体的には、借地人がおこなった改良工事ないし建設作業の結実が地主の手に渡ったということだ。ホワイトは地主から借りた家をかなり直して住んでいたのだが、先方に対して反抗したか絶交したか、ともかく一種の難局を迎えたため、家財一式を持ってこのいわば公舎（オフィシャル・レジデンス）を出て、地元地域の端に広がる森にある丘というか小山に、自ら一種の木造の小屋ないし平屋住宅を建てた。自分の手になる作業に対する借地人の権利をめぐるこの争いが、明らかに前述の手紙にあったいくつかの言い回しの意味だった。たとえば、郡の反対側の端からやってきた材木やら、本人自身の問題である仕事やら、不満を抱く借地人の追い出しをもくろむ某人物に取り巻きや手下がいると、それとなく触れている点やらだ。しかしながら、新たな取り組みや、それがどの程度うまくいっているのかに関する何気ないくだりが、本人の建てた平屋住宅なり、スノードロップの存在というもっと捉えがたい別の謎なりを指しているのかどうかは、いまだ明らかでなかった。

ピアースが様々な場で様々な人に繰り返したずねながら、どういう意味なのかはっきりしない表現がホワイトの手紙にあった。こんな一文だ。「当初、あれは足手まといになりそうだなと心配でした。いつもそうなると思われている存在ですからね」。クレインもフッドも、またピアースがその後の調査で会った数人も同じく指摘したところでは、自分は何か厄介なこと、またはともかく無意味なことに巻き込まれたのだと訴えるために、ホワイトはこんな表現を用いたのではないかという。自分では望みもしないなんらかの事態だ。ホワイトの手になる文言は誰も正確には覚えていなかった。が、みながほぼこんなふうだったと言うには、ある種の不快な負担か不毛な責務を指していたようだ。これではスノードロップが話題の主であるとは思えない。赤ん坊か子猫のことであるかのように、いつもホワイトはかわいい存在として書き送ってきたからだ。また自分のために独力で建てた家を話題にしているとも考えづらい。混乱している当人の生活には、どうも第三の存在があるようだ。濃霧さながら視界をさえぎっている支離滅裂な手紙の背景に、その存在がぼんやり浮かび上がってきた。

何かを思い出そうと、クレイン大佐がいらつき気味に指を鳴らした。「あの男が言っていたな、そいつは――ううむ、出てこないな――面倒の元か迷惑の種だと。でもあの男はいつも面倒と迷惑をかけられているんだ。ところで、まだ話してなかったが、おれもホワイトから手紙をもらったんだ。きみのところに来たと聞いた翌日だがね。もっと短いし、どうやらこんなには回りくどくない」クレインがフッドに手紙を渡すと、フッドは声に出してゆっくり読み始めた。

> まさか、ここアバロン島（アーサー王など英雄たちが死後に運ばれたとされる西方海上の極楽島）でも、英国住民が地主や卑劣な弁護士のせいでここまでばらばらにされることがあろうとは、思いもよりませんでした。もはや誰も我が家の移動に力を貸してくれようとはしません。それは違法だと、みな口をそろえて言い、警察を怖がっています。でもスノードロップに助けてもらい、我々は自宅を二、三回の往復ですべて移し終えました。今度こそあいつの土地からすっぱり縁を切った次第です。この世にはてめえの頭では想像もしえないことがいろいろあるのだと、向こうも認めざるを得ないでしょうね。

「だがな、おい」衝動に駆られたようにフッドが言いかけたが、いったん口を閉じると、ゆっくりていねいに言葉を継いだ。「どうもわからんな。これほど妙な話もない。ふつうの人間として妙というんじゃない。妙な人間として妙なんだ。ほかならぬこの妙な人間として妙なんだ。ホワイトのことならぼくはきみらよりも詳しい。だから言えるんだ、あの男の話し方はいつもぞんざいだが、話そのものにうそはないと。こちらが事実を突き止めてみると、ホワイトは厳密を心がけ、しかも衒学(げんがく)趣味を示しているのがわかる。訴訟好きでけんかっ早い人間はそういうものでね。あの男は、常軌を逸した行為に及ぶこともあろうが、それを実際よりなお常軌を逸しているようには見せかけない。つまり、地主の屋敷の窓を割ったとして、その数は五枚なのに六枚割ったぞなんて吹聴したりしないやつなんだ。こういうおかしな手紙の意味だって、いざ把握してみると、実にまっとうであるのがわかるよ。だがどういう具合にまっとうなのか。スノードロップは、正体についてはさておき、どんなふうに家そのものを、またホワイトを、ほかの場所へ動かせたのかな」

「ぼくの考えがおわかりのようですね」ピアースが口を開いた。「スノードロップというのは、どんなものであるにしろ、目に見えない存在だとぼくは言いましたよね。お二人のご友人はきっと心霊主義者になったんです。スノードロップは、霊魂(スピリット)だか支配霊(コントロール)だかなんだか、そういう代物の呼び名ですよ。そしてもちろん、郡の端から端へと家屋を放り投げたのは単なる子どもの遊びだと霊は言うでしょうね。でもそんなふうに自分や自宅などが放り投げられたと信じ込んでいるなら、この不運な紳士は妄想に陥っていると思います」

　年かさの男二人の顔は不意にぐっと年を重ねたように見えた。あるいは初めて老けて見えるようになったというべきか。相手二人の苦しげな顔を目の当たりにして、気を高ぶらせた若者は早口で言いだした。「こうしましょう、ぼくがお二人の代わりに向こうへ行って、ようすを調べてきます。午後にでも発とうかな」

「列車じゃ時間がかかりすぎる」大佐が首を振りながら応じた。「どことも知れぬ土地（ノーホエア）の向こうの端だぞ。それにきみ、明日は航空省へ行く予定があると言っていたじゃないか」

「あっというまに着きますよ」ピアースが明るく言い返した。「空を飛ぶから」

今にもここから消え去りそうなピアースの軽やかで若々しい身ぶりは、羽を身につけて空へ舞い上がった史上初の人間イカロス（ギリシャ神話における名工ダイダロスの息子）をまさに想わせた。

ことによると、この文字どおり天駆ける男の姿は、中年二人の記憶のなかでこそ鮮やかな光を放ったかもしれない。というのも、両者が再び目にした際の姿はかすかな変化をきたしていたからだ。次に航空省の石段で会ったピアースのようすは、少しばかりおとなしく思えた。だが独特の野性味ある目はいつも以上に野生じみていた。三人は隣り合ったレストランへ場所を移し、食事が並ぶあいだ取るに足らぬことを話題にした。だが鋭い観察眼を持つ大佐には、若者の心は動揺している、ないしは抑制されているとはっきり感じられた。何を話そうか各自が考えているなか、ピアースがテーブルのからし壺を見つめながらいきなり口を開いた。

「スピリッツって、どう思われますか」

「蒸留酒（スピリッツ）？　手をつけたことがない」大佐が応じた。「まともなワインなら誰が飲んでも害にならんぞ」

「そのスピリッツじゃありません。幽霊とか、そっちのほうです」

「わからんな」フッドが口をはさんだ。「ギリシャ語では不可知論のことだし、ラテン語では無知のことだ。それはともかく、きみはほんとにホワイトの牧師館で幽霊（ゴースツ）や霊魂（スピリッツ）を相手にしてきたのか？」

「わかりません」ピアースがまじめくさって答えた。

「まさか何かを見た気がすると言いたいわけじゃないよな！」フッドが迫った。

「お、不可知論者のご登場！」ピアースが苦笑いを浮かべた。「不可知論者って、本物の不可知論をちょっとでも聞かされると、すぐにそんなの迷信だと息巻くんだから。ほんとに霊かどうかは不明だと言っているだけです。それに、もし霊じゃないなら、いったいなんなのかも不明だってね。簡単に説明すれば、ホワイトさんはきっと何かの妄想を抱いているんだと思いながら、ぼくはあちらへ行きました。でも今では、その妄想を抱いているのはもしかしてぼくじゃないかなって気もします」

ピアースはいったん口を閉じ、落ち着きを増した口ぶりで話を続けた。「ともかくすべてお話ししたほうがいいですね。まずはじめに、これは解釈ではありません。事実だという可能性を考慮するのが間違いなく正しい。世の中にはああいう地方のように、ああいうたぐいのことがあふれているらしい場所もあるわけだ。ご存じのとおり、グラストンベリー（既出サマセットシャーの町。アーサー王の埋葬地とされる）の魔力があの土地に行き渡っているんですね、アーサー王の失われた墓にも、王が復活するときにも、マーリン（アーサー王伝説で王に仕えた予言者）の予言にも、そのほか全体に。まず第一に、地元民がポンダーズエンドと呼んでいる村は、〝この世の果て（ワールズエンド）〟と呼んだほうがいい。ここは沈む夕日の西側にある土地かなという印象を受けます。それから、牧師館は教区からかなり離れた西側にあるんです、道のない林と丘につながる広いへんぴな土地にね。我らの奔放な友人が明け渡したからっぽの古い館のことです。平らな古典建築が冷たくなった抜け殻みたいに立っていますよ。かつて貴族が田舎の敷地に建立(こんりゅう)した古典的な寺院と同じく空しい感じだ。でもホワイト氏はなんらかの教区活動をしていたに違いない。がらんとした大きな小屋があったから――学校の教室か体育館か、何かそんな場として使われるたぐいの。なのに本人の存在や活動の痕跡はまるでない。とにかく、村から西へかなり行って、ようやく古い牧師館に着くんです。で、そこからかなり西へ行って、やっと新しい牧師館に着くんですよ――実際に行けばの話ですが。ぼくの場合は、行ったとも行かなかったともいえる。マーリンの謎にまつわる話みたいですね。ま、先を続けましょう。

日没ごろポンダーズエンド近くの牧草地に着いて、残りは歩いて行きました。まわりのようすを細かく見たかったので。けれどもう薄暗くてよくわからない。大事なものに何も気づかぬまま夜になってしまいそうだとあせりました。牧師さんや牧師さんが一人で新しく建てた牧師館について、地元の人たちに一つ二つ訊いたんです。みんな牧師のことでは口が重かった。でもどうやら牧師館は、雑木林から上っていく丘にある元の敷地の端に立っているらしい。ますます暗くなったので場所は見つけにくかったけれど、ようやく着きました。ごつごつと連なる崖の低い突出部の下を林のふちが延びている地点です。ああいうところでは、牧草地が描くなだらかな曲線はときおり遮断されます。ぼくは木々の生い茂る斜面を下っているようだった。眼下には木々のこずえが海のごとく広がり、その海には、ぽつんと立つ丘の頂上が島のように浮かんでいました。

そうして、そこにぼんやりと建物が見えました。雲に覆われた空を背景にして黒く感じられる。一瞬ですが、雲のはざまから一筋の弱い光が射してくれたおかげで、少しはかたちがわかりました。妙なほど質素で、重量感がないんです。青白い光を背にして四本の柱が立っていて、大きな館がその上に浮いている感じでした。見ているうちに変な気がしたんです、まさかキリスト教の牧師が、自分の最後の家として風と一体化した異教徒の寺院を建てたわけじゃないよなと。身を乗り出してじっと見ているうちに体勢を崩して、険しいやぶを滑り落ちて林の一番暗い奥まで転がりました。その位置からだと、丘に立つ柱に支えられた家だか寺だかなんだかは見えなかった。まさに海のなかにいるように、ぼくは葉の生い茂る林に飲み込まれて、その後ほぼ三十分ほど絡み合った木の根や低い小枝のあいだをもがいて進みました。あたりは夜の闇と木の影とで二重に暗かった。そのうち気がつくと向かい側の斜面に立っていたので、そこから頂上に寺がある丘を上り始めました。網の目のように生えているイバラや枝分かれした木々のなかを歩くのは、そりゃ大変でしたが、それからしばらくすると、葉の群れからなる最後の幕を突き破って、木の生えていない丘の頂上に立つことができました。

そうです、丘の頂上に。草がはびこり、風に吹かれて髪の毛みたいに揺れていました。でもそれ以外の何かの痕跡となると、緑の頂上は頭蓋骨かと思うほどむき出しでね。建物の影もかたちもない。少し前にこの目で見たのに、おとぎ話の宮殿みたいに消えていた。暗いなかで目を凝らすと、雑木林のなかから出た広いわだちが頂上にまで続いているようでした。でもその先にあるはずの建物はない。それがわかったとき、ぼくはあきらめました。もう何も見つからないよと、どこかから声が聞こえた気がしました。ことによると見過ごしてしまったものがあるんじゃないかと、ちょっとぞっとしました。今来たところを後戻りして、細心の注意を払いながら丘を下りましたよ。でもまた木の葉の海に飲み込まれると、あることが起きて、ぼくは一瞬にして凍りつきました。誰かをしつこくはやしたてる声にも似た不気味な音が林の向こうから鳴り響いて、星空へと上がっていきました。なんの音かまるでわからない。今まで耳にしたこともない。馬のいななきをとてつもなく大きくした感じです。半ば人間ふうでもあったかもしれない。何かを勝ち誇るような、人をあざけるような、そんな響きがありました。

あの地域を立ち去る前に知ったことがもう一つあります。すぐここへ戻ってきたのは、お話ししてあったように、今朝の早い時間に予定を入れていたせいもありますが、今後ぼくらはどんなことに直面するか、お二人には知る権利があると、ぼくが感じたせいもありそうです。ご友人が架空の妖怪に苦しめられていると思うと驚きでした。もし実在の妖怪とのあいだに腐れ縁があるなら、同じぐらいの驚きですがね。ともかく村を離れる前に、ぼくがどんなものを見たのか、ある男に話したところ、自分も同じものを見たと聞かされました。でもそれは実際に動いていたそうです、夜に近い夕暮れ時に。高い柱に支えられた例の館ですよ、大地を進む大きな帆船のように野原を動いていたって」

オーウェン・フッドが目を見開いていきなり立ち上がり、テーブルを叩いた。

「おい」声には新たな響きがこもっていた。「みんなでポンダーズエンドまで行って、この一件に終止符を打たなきゃいかん」

「打てると思いますか」ピアースが物憂げに応じた。「どんなふうに打てるか、ご自分でおわかりですか」

「ああ」フッドがきっぱり答えた。「ぼくなら終わりにできると思う。どんな終わり方になるかもわかっているつもりだ。実はな、きみ、問題の全貌がぼくにはわかる気がするんだ。前にも話したことだが、ワイルディング・ホワイトは架空の妖怪に翻弄されるのとは正反対だよ、自分の気持ちや考えを正確に表現できる紳士なんだ。この一件でも実に正確だった。それがホワイトにまつわる謎そのものだったんだ——正確にすぎるという点がね」

「いったい何の話ですか」ピアースが問うた。

「つまり、ホワイトが使っていた言い回しを不意に思い出したってわけだ」弁護士が答えた。

「あれはまったく正確だった。つまらなくて耐え難くて味気ない真実だ。だがぼくもときには正確たりうる。さ、時刻表を調べておこう」


三人がポンダーズエンド村に足を運ぶと、村はヒラリー・ピアースの不思議な経験とは実にこっけいなほどそぐわぬ感じだった。こういう土地に来て、どうも活気がなくて眠ったようなところだと評したりする場合、その土地が土地特有の行事に際しては、なかでも祝祭に際しては、人の目をかっと見開かせるうることをわたしたちは忘れている。ピカデリーサーカス（ロンドンのウェストミンスター区の繁華街）ならば、クリスマスでもその他の日でもまったく同じようすに見える。だが地方の町や村の市場は、定期市や慈善市の日にはまるで違う顔を見せる。くだんの土地に初めておもむき、夜中に林でマーリンの逸話に匹敵するかに思える謎を目の当たりにしたピアースの場合、再び同じ土地を訪れるなり、にぎやかながらくた市の真っ只中にいきなり飛び込んでいた。この催事は金に縁のない人々に特売品を提供する慈善市で、ありとあらゆる中古品が売りに出される場だ。だが同時に一種の祝典とされており、あちこちに貼られた派手な色刷りのポスターやビラがその性格を雄弁に物語っていた。雑然とした現場を取り仕切っていたのは、気品を漂わせた長身で色黒の淑女らしかったが、なんとオーウェン・フッドが古い顔なじみのように挨拶をしたうえで、折り入って話があるからと、この女性を脇に連れ出して仲間二人を驚かせた。相手は市の仕事に大忙しのていだったが、フッドとの話はずいぶん長く続いた。ピアースには締め括りの言葉が聞こえたのみだった。

「ほう、慈善市のために必ず何か持ってくると言っていましたか。あれは約束を守る男ですよ、間違いない」

連れのもとへ戻ったフッドが語ったことは次のとおりだ。「ホワイトが結婚しようとした女性だよ、あれは。なぜうまくいかなかったか、ぼくにはわかっているつもりだ。状況が好転してほしいがね。だがほかにも心配の種がありそうだ。あそこにやぼな警察官の一団がいるだろ。警部やその他の連中だが。ホワイトの登場を待っているようだ。ホワイトが自宅を借地から動かす際に法を犯したという話だ。これまでずっと法の網の目をかいくぐってきたんだと。本人が現れたとき、ごたごたが起きなきゃいいんだが」

これがフッド氏の期待なら、根拠なき内容であり、期待が失望に変わるのは必至だった。〝ごたごた〟なる一言は、期待を抱いたこの紳士を待ち構えている出来事の、ごく控えめな表現にすぎなかった。十分もしないうちに、太陽と月とがそっくり入れ替わり、現実にありえぬ状況が限界にまで行き着いた世界に参加者の多数は入り込んだ。暗い雑木林のなかで、消えた寺院を探し歩いていたとき、自分は想像力の限界ぎりぎりに達したとピアースは思っていた。だがあの暗闇と孤独のなかで目にした代物など、これから白昼に群集のなかで目にする光景と比べれば、突飛でもなんでもなかった。

　喧騒の現場の一端に、いきなりある動きが生じた。後ずさりしながら言葉にならぬ悲鳴を上げる人の波だ。と、思うまもなく、その波は風のごとく参加者全体へと広がった。何百もの顔が同じほうに向いた——なだらかな斜面となって牧師館の敷地に隣接する林へと続く道のほうに。丘のふもとにある林から、寸法からすれば薄い灰色の大型バスでもおかしくない何物かが現れていた。だがバスではない。斜面をすばやく大またで上ってきたので、たちまち正体がはっきりした。ゾウだ、日光を浴びて灰色と銀色の巨大な形状がくっきり浮かび上がった。しかもその背中には、黒い僧服を着て、あせた色の髪をした元気そうな中年紳士が背筋を伸ばして座っている。獰猛なワシを想わせる横顔が、勝ち誇ったような視線を左右に投げている。

　前述の警部がどうにか一歩前に踏み出したが、突っ立ったまま動かなくなった。巨大な乗用馬にまたがった牧師は、おなじみのサーカスの調教師さながら市場の中央へ悠然と進むと、塀に貼ってある赤と青のポスターの一枚をどうだとばかりに指さした。そこには〝不用品持ち寄り市（ホワイト・エレファント・セール）〟という歴史ある表題が書かれてあった。

「ほら、約束は守りましたよ」牧師は淑女に明るく声をかけた。「ホワイト・エレファントをお持ちしました」

牧師はいきなり別の方向へはしゃぐように手を振った。群集のなかにフッドとクレインの姿を見つけたからだ。

「よくぞ来てくれた！　ただきみらも事情を知らされていなかったな。でもホワイト・エレファントを持ってくるとわたしは言ったぞ」

「たしかに言っていた」フッドが口を開いた。「しかしまあ、とても思いつかなかったな、エレファントが本物のゾウのことで比喩じゃないとは。手紙にあった〝東洋の雰囲気〟だの〝雪〟だの〝山〟だのは、こういうことだったのか。大きな小屋が立っていたのもこのためだったんだ」

「ちょっと待った」あぜんとしていた警部がはっと我に返り、感心したようなフッドの言葉をさえぎった。「こういうお遊びの意味がわからん。だがとにかく、わたしとしてはいくつか質問をしないと。失礼ながら、あなたは我々の通知を受け入れず、避けようとしましたね、我々の――」

「そうですか？」ホワイト師は悪びれずに応じた。「ほんとにわたしはあなた方から避けましたかね。ああ、そう、そうかもしれない。ゾウは永遠の誘惑物なんですよ、逃避への、雲散への、露(デュードロップ)のしたたりのごとく消え去ることへの。いや、スノードロップのごとくと言うほうが適切かな。行くぞ、スノードロップ」

最後の一言は厳しい調子で発せられた。ホワイトは皮の厚い動物の頭をぱちんとひと叩きした。

警部が対応するまもなく、何が起きたのか誰かが悟るまもなく、巨大な物体は滝に飛び込まんばかりに後足で立って重心を前へ移すと、駆けるように大股で歩きだした。群集はその進路から飛び散った。警察はゾウの登場を考慮に入れず待機していた。地元ではゾウなどめったに見ないからだ。自転車で追いついたにせよ、自転車に乗ったままゾウに登るのは難しかっただろう。また拳銃（リボルバー）は所持していたにせよ、大物を撃つライフル級の武器を携帯することは怠っていた。白い怪物は長く白い道をさっさと遠ざかっていった。粒のように小さくなった巨体が消えてしまうと、あんな驚異の的が存在していたこと、また自分が一瞬でもそれに目を奪われたことが、現場にいた人々としては信じがたかった。ただゾウが離れてゆくなか、鼻から出るような甲高い音をピアースは再び耳にした。夜の雑木林を恐怖で包み込んだかに思えたあの音だ。

次にロンドンで一堂に会した際、牧師から弁護士宛に来た別の手紙というかたちで、クレインとピアースも事の真相を多少なりと知る手がかりを得た。

「もう秘密が明らかになった以上、あの人の文面もすっかりわかるはずですね」ピアースがほがらかに言った。

「すっかりわかる」フッドが穏やかに応じた。「手紙はこう始まっている。『親愛なるオーウェン、わたしは心から感謝したい気持ちです、以前は革（法律書の比喩）のことをさんざん悪く言いましたが。馬の毛（法廷弁護士がかぶるかつらの比喩）のこともいろいろ』」

「なんのこと？」ピアースがたずねた。

「馬の毛だ」フッドがいかめしく答えた。「続きはこうだ。『実のところ、わたしのことはどうにでもできると連中は思っていたのです。あんなものは自分にはいないし、ほしくもないと、わたしはいつも堂々と言っていたから。でもわたしが見つけた——しかも掛け値なしに超一級のを——ことを連中が知ると、もちろん事情は一変しました』」

ピアースはテーブルに両ひじを立て、十本の指を黄色い乱れ髪にぐいと突き刺している。頭を抱えているふうだ。暗記物をする生徒さながら、ぶつぶつ小声でつぶやいている。

「あの人は見つけた、でもほしくなかった。それまでは見つけてなかった。そして超一級のを見つけた」

「何を見つけたんだ」クレインがいまいましげに問うた。「なんだかカッコの穴埋め問題みたいだな」

「ぼくは正解を出したよ」フッドが静かに言葉を継いだ。「カッコに入る言葉は事務弁護士だ。つまり、ホワイトには弁護士を見つけられないと高を括って、警察はホワイトに対して無礼にふるまったというのが文面の意味だ。実際そのとおりだ。というのもぼくがあの男の代理人になるとほどなく判明したんだよ、警察がホワイトに負けず劣らず法の網の目をかいくぐる行動に出ていたことが。要するにぼくはホワイトをこんな警察との泥試合から解放してやったわけだ。それゆえの、明瞭ではないにせよ誠実な感謝の念なんだ。だが続けてホワイトはいくらか自身に関わることを語っている。これはなかなか興味深い事例だと思うよ、本人が語り手として必ずしも輝きを放っていないにせよ。きみらも気づいているだろうが、未亡人のもとへ求愛しにいったサー・ロジャー・ド・カヴァリー（十八世紀初頭の雑誌『スペクテイター』に登場する架空の人物。愛すべき奇人にして地主階級の紳士）の精神で、我らの変わり者の友が何年も前に求愛した女性については、わたしは多少なりと知っていたんだ。名前はミス・ジュリア・ドレークといい、ある田舎紳士の娘だ。なかなか侮れない女性だが、いや、だからって誤解しないでくれよ。もうほんとに気立てのいい人なんだ。だが愛嬌のないユノ（ローマ神話最高の女神。ジュピターの妻）といった雰囲気を漂わせたあたりは、現実感あふれる資質に即応している。世の中には大きな事業を執行することに長けた人物がいるが、ジュリアはそんな女性でね。事業の規模が大きければそれだけ本人には嬉しいことなんだ。一つの村や小さな流域という限られた世界でそういう力が行使されれば、ときに影響は甚大なものになる。ジュリアがポンダーズエンドで不用品持ち寄り市（ホワイト・エレファント・セール）を取り仕切っていたのをきみらも見ただろ。あれが言葉どおり野生のゾウの大会だったにせよ、本人の感覚としては規模が大きすぎることはなかっただろう。その意味では、我らが友の白いゾウ（ホワイト・エレファント）は無用の長物（ホワイト・エレファント）では必ずしもなかったと言えそうだ。つまりだな、その意味では、くだんのゾウは無駄な代物でもなく、さほど意外な代物でさえもないってわけだ。だが別の意味では、実に大きな安堵の源となった」

「お話がホワイトさんの手紙と同じぐらいわかりづらく始まりましたね」ピアースが不満をもらした。「今の謎めいた序論はどんな結論を導くんですかね。何をおっしゃりたいのか」

「だから、あの女性のような実務のできる公人について、ぼくは経験からちょっとした秘密を知ったということだ。矛盾した話に聞こえるかもしれんが、ああいう実務を重んずる人は理論を重んずる人より病的な場合が多い。実務家は盛んな行動力を誇る。だがからだを動かさないときは何かを気に悩む場合も珍しくない。自らを律する力の持ち主だからこそ、人には知られていない自らの感傷的な気持ちを手に負えないほど強めてしまうんだ。実務家は愛着を抱いている対象を誤解する。そうして誤解を謎にしてしまう。しかも自分の苦しみを口に出さない。恐ろしい習性だ。要するに、実務家はなんでもできるが、いかにして何もしないでいるかを知らないんだ。理論家は何もしないでいられる幸福な人種だよ、我らの友ピアースみたいに――」

「ちょっと待った」ピアースが憤然と声を上げた。「どういう意味か、説明してほしいな。あなたが書物で学んできた以上にぼくは法律を破ってきたんですよ。今の心理学のお説教が新たな解説だというなら、ホワイトさんのほうがよほどましだ」

「ほう、そうかね。きみがぼくの解読よりホワイトの原文のほうを選びたいなら、かまわんよ、あの男はこう書いている。『わたしは感謝しないといけない。あんなごたごたも起きたが、申し分なく満足です。不用意な言葉遣いは慎むべきでしょうが、あの鼻がおかしくなるとは思いもよりませんでした。鼻のことを云々するのは少しおかしいでしょ、一番目立つかたちで現れたのは相手の鼻だろうとわたしは思ったのですから。あんなふうに人を軽くあしらう鼻を持つ強敵がいることを考えてみてほしい！　星空を目指さんばかりの尖塔は――』」

「どうやら」クレインが穏やかに口をはさんだ。「きみが正規の解説者としての役目を果たすほうがよさそうだ。誤解に思い悩む女性の話とやらはなんだったんだね」

「さっき言いかけたのはこういうことだ」弁護士が言葉を継いだ。「ホワイトのいる村で人が群がるなか、長身で色黒できりっとした顔の持ち主が昔と同様その群れを牛耳っているさまを見たとき、あの女性の思い出が頭にどっとよみがえってきたんだ。十年ぶりの再会だったが、顔がちらりと目に入ったとたん、他人には強く出ていながら本人はこっそり不安を抱えているのがわかったよ。自分には呑み込めず、誰かにたずねる気にもなれないことに関する不安だな。かつてあの人がキツネ狩りを好む平凡な田舎地主の娘で、ホワイトがシドニー・スミスの奔放な副牧師だったころ、ある郵便はがきに関する手違いの一件であの人が二カ月もすねたことがあったよ、二分で説明がつくような問題だったのに。ともかくホワイト以外なら誰でも説明できただろう。しかし、ホワイトが別のはがきをもとに、そのはがきの説明をしようとしても、明るい結末は生まれなかったかもしれんね、晴れやかな結末はなおさら無理だ」

「それにしても、今のお話が鼻とどうつながるんですか」ピアースが問うた。

「まだだめか」フッドは苦笑した。「きみ、長い鼻を持った強敵とは誰か、わからんのか?」

フッドはいったん間を措き、再び話を続けた。「今回の話の中核と見なしうる〝鼻〟のなんたるかについて考えたとたん、ぼくにはぴんときた。捉えどころがなく、しなやかで、意味ありげな鼻、本人たちとしてはエデンの園のヘビ。ふむ、今ではみんな自分のエデンに戻ったようだ。もうだいじょうぶだろう。なぜなら人々がばらばらのときこそ、ああした内緒事がそのはざまに生じるんだから。結局、あれはぼくらにとっては謎だし、あの人にとっても謎だとしても当然だな」

「今のお説も大部分はぼくにとって謎ですよ」ピアースが言った。「多少わかりかけてきたのは認めますが。つまり、明らかになった要点だとおっしゃるのは――」

「スノードロップに関する要点だ」フッドが答えた。「あれの正体についてぼくらが思い浮かべたのは子馬であり、サルであり、赤ん坊だった。ほかにもいろいろな。だが当の女性の頭にまず浮かんだ解釈のことは、ぼくらは考えもしなかった」

しばらく沈黙が続いたが、クレインが含み笑いをしてから言いだした。

「いや、あの人は責められんな。多少でも感受性のある女性が、まさかゾウという結論を出すとはふつう予想できまい」

「考えてみれば異様な一件ですね。ホワイトさんはどこでゾウを捕まえたんですか」ピアースが言った。

「それについても書いてあるぞ」フッドが手紙に目を落とした。「『わたしはけんかっ早いやつかもしれません。でもときにはけんかが好結果を生むこともあります。あれがピアース大尉一座の一員でなくても――』」

「何言ってやがる！」ピアースが声を荒らげた。「もうたくさんだ。自分の名前がこんな暗号文みたいな手紙に使われるなんて――戦時中にオランダの新聞に名前が載っていたのを思い出すな。そのときはほかの言葉も罵詈雑言なんじゃないかと疑ったもんだ」

「まあ、待て、もうすぐ意味を教えてやるから」フッドが努めて穏やかに応じた。「牧師殿はただ気楽な気分できみの名前をもてあそんだわけじゃないぞ。前にも話したとおり、こちらが事実をつかんでみると、あの男は正直を旨としているのがわかる。事実をつかむのが大変なんだがね。妙な話ながら、ある関連が確実にあるんだ。ぼくはたまに思うんだよ、ぼくらの冒険めいた諸々の体験に共通して起きる偶然の出来事には一つの関連があると。つまり、こういう意識せざる悪ふざけにひそむある目的だ。白ゾウ（ア・ホワイト・エレファント）と友だちになるなんて、どうもおかしな感じじゃないか――」

「我々と友だちになるほうがよけいおかしいぞ。我々は持て余し物（ホワイト・エレファンツ）の集まりだ」大佐が茶々を入れた。

「実際の話、牧師がしかけたこのおふざけは、我らが友ピアースのおふざけから生まれたわけだ」弁護士が言った。

「ぼくの⁉」若者が目を丸くした。「ぼくが自分でも知らずにゾウを引っ張り出していたって？」

「そうだ。きみ、憶えているだろ、規則に反してブタをよその土地へ運ぼうとしたとき、きみは（残念ながら）ブタをかごに入れて、獰猛な動物たちと旅しているかのようなごまかしをやったな。その結果として当局が動物の所有を全面的に禁止したわけだ。それで我らが友ホワイトはひどい弾圧事件だと受け止めたわけだよ、自分の居住地区で旅回りのサーカス一座が足止めを食った一件を。一座が難局を打開するために、ホワイトがゾウを引き取ったんだ」

「ホワイトの協力に対するささやかな報酬ってわけだな。妙な発想だ、ゾウというかたちでチップをもらうとは」クレインが言った。

「どんな影響が出るかわかっていたら、ホワイトも受けなかっただろう」フッドが応じた。「あれはけんかっ早い男だからね、長所も多いが」

みな黙ったが、やがてピアースが思案ありげに口を開いた。「妙な話だ、ぼくのブタ体験の余波がこんなところに及ぶとは。いわば大山鳴動（パルトゥリウント・モンテス）してネズミ一匹（ホラティウス書簡詩『詩論』一三九）の逆だ。ぼくがかごに入れたブタは、ゾウを世に送り出した」

「もっといろんな怪物を送り出すだろう」フッドが言った。「きみの冒険の影響はブタの飼育のほかにも及ぶと思う」

ともかく、そうしてほかの怪物や怪事件が生まれる件に関しては、読者はここで予告——というより脅迫——を受けるわけだ、「イノック・オーツだけのぜいたく品」と題した物語に巻き込まれることになりますよと。とはいえ当面、脅迫の中身は大空の雷のごとく、なかなか身に降りかかってはくるまいが。

V　イノック・オーツだけのぜいたく品

「大佐が自分の帽子を食べたときから、〈変人収容所（ザ・ルーナティック・アサイラム）〉は背景を欠いている」

以前の出来事との関連を無視してこんな一文だけを取り出しても意味はわかりづらいと、まじめな物書きとしては思わざるを得ない。この文を現実社会に役立たせるべく使おうとしたり、通りすがりの誰かに気軽な挨拶の言葉として投げかけたり、赤の他人に電報として送ったり、自分のすぐそばにいる警察官の耳にしわがれ声でささやいたりする者なら誰でも、これは必要かつ十分な文の資格なしというのが大勢の感想であるのに気づこう。べつに不健全な好奇心に縁がなくても、また世の中のありさまはすべて知りたいという過大な欲求がなくても、右記の文はなんのことか人はもっとよく知りたくなろう。でなければ行動を起こす理由にもできない。文の意味に関する唯一の解説方法や、文が記されるにいたった特殊事情を知るには、本書で紹介している物語の後戻りしたり曲がりくねったりする展開に従い、今や中年すぎになった者たちが若々しかった昔に戻らねばならない。

クレイン大佐がまだ大佐でなく、冒険の風に吹かれるたびに胸をざわつかせるが、晩餐用の服の着方を知らないのと同じく、自らを律するすべも知らぬ行動派の一青年ジミー・クレインだったころの話だ。すなわち弁護士ロバート・オーウェン・フッドが、法律の勉強を始めながらも、結局は法律を廃棄するまでになる以前、地上のあらゆる法廷を転覆せんとする新たな革命計画を胸に秘め、毎夜クラブ通いをしていたころの話だ。あるいはワイルディング・ホワイトが、田舎牧師として独立し、自ら身を置く階級や田舎の信条に立ち戻る――因習には立ち戻れないが――以前の話だ。当時ホワイトは一週間ごとに宗旨を変え、修道士の服装をしたり、イスラム教法学者の服装をしたり、ドルイド僧の本来の礼服だと自ら言い切る格好をしたりした――遠からず全英国民のあいだにドルイド教復活の気運が盛り上がるはずだからと。また三者の若き友たる飛行士ヒラリー・ピアースが、大きくなったら空を飛びたいと思いつつ、小さな凧を揚げていたころの話だ。要するに、以上の面々が息の長い交友の土台となるささやかな親睦会を作ったのは、なかの年長者たちもまだ若輩者だったころの話だ。会には何か名前が必要であり、会員のなかで思慮に富み冷静な判断力を持つ者が、仲間をじっくりくまなく観察し、様々な角度から熟慮したうえで、このささやかな会を〈変人収容所〉と命名した。

「夕食の席につくとき、各自の髪に麦わらを挿すのがよさそうだぞ、ローマ人が祝宴でバラの飾りを頭に載せたように」フッドが言いだした。「夕食用の服装にも合うぞ。同じ型の白いベストをみんなが着るなんて卑俗な社会習慣を変えるのに、ほかの方法は見当たらん」

「みんな窮屈（きゅうくつ）なベストを着ているんだろうな」クレインが言った。

「ぼくらの場合、壁に保護材を張った個室で別々に食事するわけかな、そういう点では」フッドが言葉を継いだ。「だが多少とも公の席として考えると、何かが欠けている感もある」

このとき、当時は修道士に変身していたワイルディング・ホワイトが勢い込んで口をはさんだ。一部の修道院じゃ、特定の聖性を備えた修道士は奥まった独居房で隠遁生活を送るのを許されるんだ、我々の会でも似た仕組みを作ろうじゃないか。すると、もっと円熟した合理的精神の持ち主であるフッドが、もっと穏健な修正案を出した。クッション張りの大型椅子なら保護材張りの個室の代わりになるぞ、それを誰よりも威厳ある変人用の王座にしよう。さらにフッドは静かながらも熱を込めて話を続けた。

「いいかな、嫉妬心やけちな野心で仲間割れしてはいかん。互いに言い争うのはやめよう、まぬけなまねのなかでもまぬけの最たるものだから。おそらくほかの会員よりもご立派に見える者が一人いるんじゃないかな、つまり明白かつ無類に頭の弱い者だ。そいつのために、クッション張りの王座を空けておこう」

先ほどの短い一言を口にしたあと、ジミー・クレインは黙ったまま部屋のなかを行ったり来たりしている。ホッキョクグマよろしく獲物を追いかけたい衝動にかられるたびに見せる動きだ。〝冒険〟の規模に関する限り、この奔放な面々のなかでもクレインはとくに奔放な男で、理由は誰にもわからぬが何度となく地の果てまで姿を消し、手段は誰にもわからぬが再び姿を現すのだった。若いころから趣味を持っていた。次々と人を煙に巻くようなホワイトの人生哲学より、もっと本人を不可解な存在に思わせる趣味だ。クレインは未開民族の神話に夢中だった。ホワイトが仏教とバラモン教それぞれの主張の関連部分について、一方に偏らぬ見解を披露しているのに対し、クレインの場合は、大きな魚が夜ごとに太陽を食べるだの、全宇宙体系は巨人を切りさばいて創られるだの、そんな信条を支持したいと言い切っていた。さらに当時はこうした点のほかに、何か名状しがたく、ある意味でいっそう深刻なところもあった。髪も整えず、熱っぽいまなざしとワシ鼻をしたワイルディング・ホワイトはといえば、せっかちで向こう見ずに行動するため、単に子どもっぽいという印象が強かった。ホワイトはイセト（古代エジプト神話における最高位の女神）の秘密を（本人の言によれば）つかんでいても不思議でないが、それを自分の胸にしまってはおけそうにない男だった。馬面の法律家オーウェン・フッドは、たいていの物事を嘲笑う――声には出さずとも――すべをすでに心得ていた。だがクレインには、はがねを想わせる強靭な好戦性があり、またのちに帽子の一件で証されるように、秘密ならばどんなつまらぬことでも厳守できる強固な意志もあった。世界各地の未開人について余すところなく学んでくるぞと言い放ち、長い旅に出ようとした際には、周囲の誰からも押し止める声は上がらなかった。あきれるほどよれよれの背広を着て、ベストの代わりに色あせた飾り帯（サッシュ）をまとい、荷物らしい荷物も持たず、大型拳銃をホルダーに入れて双眼鏡のように肩からつるし、クレインは旅立った。大きな緑の傘を歩きながら振り回していた。

「ふむ、帰ってくるときはもっと奇抜な格好をしているだろうな」ワイルディング・ホワイトが言った。

「それは無理だ」頭を振りながらフッドが異を唱えた。「アフリカの悪魔崇拝ぐらいじゃ、今以上にあの男を狂気に走らせることはできんよ」

「だが最初にアメリカへ行くんだろ」ホワイトが言い返した。

「そう、アメリカへな。といってもアメリカ人に会いにいくわけじゃない。アメリカ人は先住民（アメリカ・インディアン）よりつまらんと、あの男は思うだろう。おそらく羽飾りをつけて戦化粧（いくさ）（アメリカ先住民が戦の前に顔やからだに塗る絵の具）をして、帰ってくるんじゃないかな」

「頭の皮をはがれているだろうよ」願わくはといった口ぶりでホワイトが応じた。「頭の皮をはぐのは最良の赤肌人種（レッド・インディアン）社会における憤怒の表現だろ？」

「続いて南洋諸島を中心に活動するそうだ。あの辺の連中は敵を捕まえても頭の皮をはいだりしない。器に入れて煮込むだけだ」フッドが言った。

「まさかシチューの具になって帰ってくることはあるまい」含むところがありそうにホワイトが言葉を継いだ。「なあオーウェンよ、クレインみたいなやつなら自分の面倒は自分で見られるだろうと、そういう妙な信頼感がなかったら、我々だってこんな馬鹿話など軽々しくはできんと思わんかね」

「そうだな」フッドが重々しく答えた。「ぼくには確固たる信念があるんだ、クレインは無事に戻ってくると。だが実際、ずっとファンテ族（ガーナ地方の黒人部族）の一員みたいに日々を過ごしたあとでは、ひどい変人に見えるかもしれん」

　無分別な点では変人奇人会でも随一の男が久しぶりで文明社会に戻ってきたとき、どんなふうになっているかについて競い合うように予想するのは、会員にとって一種の娯楽になった。そうしていよいよクレインが戻ってくることがわかると、一種のヴァルプルギスの夜（中世ドイツの民間伝承で、魔女たちが魔の山に集まり、祝宴を開くとされる夜。ゲーテ『ファウスト』第一部参照）を迎えるかのごとき大がかりな準備がなされた。フッドのもとには、ときおりクレインから不可思議な神話が満載の手紙が届いたが、本人が故国に近づくにしたがい矢継ぎ早に電報が送られるようになり、ついにはこの夜に会の溜まり場へ顔を出すという通知が届いた。夕食が始まる五分ほど前のこと、ドアをノックする鋭い音がクレインの到着を告げた。

「手当たり次第に銅鑼もトムトム（アメリカやアフリカの部族が用いる胴長の太鼓）も叩きまくれ」ワイルディング・ホワイトが声を上げた。「ハイ・マンボーマンボー卿（マンボーマンボーはスーダン地方の部族の守護神）が悪夢に乗ってご到着だ」

「偏執狂の王に座っていただくお席をお出ししないとな」フッドが笑った。「ついにあれの出番が来たか」食卓の上座に置かれたクッション張りの大型椅子のほうを向いた。

そうするあいだにジェイムズ・クレインが部屋へ入ってきた。きちんとした仕立てのよい夜会服に身を包んでいる。むしろ古風で格式ばった服だ。髪は一方に分けられ、口ひげは短めに切ってある。クレインは感じのよい笑みを浮かべながら席につくと、天候について話を切り出した。

とはいえいつまでも話を天候に限るのは許されなかった。なるほどクレインは友人たちに対して、思いもよらぬ驚きをうまく与えた。ところが相手は古い付き合いの仲間だ、そんな自分の変貌の意味を隠しおおせるはずもなかった。結局クレインはこの祝いの席で自らの立場を説明した——のちのちまでほぼ例外なく維持し続け、これから起こる一件でも当初から行動の基盤となる立場を。

「世界中で野蛮人と呼ばれている部族と暮らしてきたよ」クレインが気負いなく言いだした。

「そしてこの人々について一つ真理を発見した。いいかな友人諸君、人は自立心や自己表現について、満足するまで語ってかまわない。だがね、おれは訪れた先々でいつも実感したんだ、自分の言うことを守ったり、敵と戦ったり、家族のために働いたり、そういう点で心から信頼できる相手とは、月が崇拝の対象である地域で月を前にして出陣の踊りをし、鼻に輪をはめるのが通例の地域で自分の鼻に輪をはめられる男なんだとね。とても楽しい時間を過ごせたよ。ほかの者が楽しく過ごすのを邪魔するつもりもない。ともあれ本物の人間形成とはいかなるものかを目の当たりにしたし、自分の部族に帰ってきたんだと、そう自信を持って言えるね」

これがイノック・オーツ氏の派手な登場および退場をもって幕を閉じる劇の第一幕だ。これを手短に語り、次いで第二幕へ移る次第だ。このとき以来クレインは、変わり者の友人との付き合いを続け、いささか型にはまった自身の習慣を守ってきた。新たな会員のなかには、クレインについて陸軍大佐だとしか知らぬ者も多かった。白髪まじりの軍人紳士というわけだ。クレインの愛想のない白黒の服装や細かな点にまでわたる洗練ぶりは、色遣いの多彩なボヘミアンの世界とは著しい対照をなしていた。そんな新会員の一人が飛行士ヒラリー・ピアースだ。クレインのことは好きだが、人となりはよくつかめないと思っている若者だ。フッドやホワイトとは違い、ピアースは年輩軍人の血気盛んな若者時代についてはまるで知らなかった。それゆえ岩や雪の下で炎がどれほど燃え残っているかは見当もつかなかった。並はずれて辛抱強い読者諸氏を相手に語った例の帽子事件に、ピアースは会員の誰よりも驚かされた。年長会員のあいだでは、大佐が見た目より若いのは周知のことだ。真実を熱く愛する記録担当者としては、右の話と同じ文脈で読者に伝えねばならぬこと——川辺での一件、ブタの一件、ワイルディング・ホワイトの大型愛玩動物の一件――が起きるたびに、ピアースが受けた印象は強まった。〈変人収容所〉を〈法螺吹き友の会〉と命名し直そう、会員の実績を儀礼というかたちで永遠に記念しようという案が出た。大佐は公式行事の場でキャベツ（「まぬけ」や「ぼんくら」の含意あり）の冠をかぶれと言われてその気になり、ピアースは会食の席にブタを連れてくるよう大まじめに求められた。

「きみの大きなポケットなら小さなブタは簡単に入るだろ。前から思っていたんだ、どうして世間ではブタをペットにしないのかと」フッドが言った。

「価値不明の代物（ア・ピッグ・イン・ア・ポーク）だからですよ、実際」ピアースが答えた。「まあ、当日の夕食の席でブタを食べる無作法を避けるぐらいの機転を利かせていただければ、ぼくもポケットにブタを入れてきてもいいですがね」

「ホワイトにすれば、自分のポケットにゾウを入れてくるのはいやだろうな」大佐が口をはさんだ。

ピアースは大佐にちらりと目を向けた。すると、まずまず尊敬できる頭に載った式典用キャベツが目に留まり、再び違和感を覚えた。このころ大佐は結婚したばかりで、はつらつとしていると言いうるほど若返っていたからだ。哲学者めいた若者は、何か重要なことを捉えそこねているように思え、ため息をもらした。だが次の瞬間、不自然な感もありながら緻密なこの奇談の中軸となる一言を発した。

「大佐が自分の帽子を食べたときから、変人収容所は背景を欠いている」

「これはけしからん」大佐が明るく応じた。「きみ、面と向かっておれを背景呼ばわりするつもりか」

「暗い背景です」なだめるようにピアースが言った。「気を悪くなさらないでください。つまり夜のとばりみたいに大がかりで謎めいた背景ってことです。おごそかで星のように輝く背景ですよ」

「夢でも見ているのか、きみは」クレインはむっとなった。

「まさにあのいにしえの夜を背景にして」若者は夢見ごこちのようすで言葉を継いだ。「ぼくらの祝祭の奇想天外な形態と情熱的な色彩が見えたんだ。あの人物が黒の外套を着て、立派な社交上の礼儀を守ってここに来る限り、ぼくらの無軌道ぶりの引き立て役が存在したわけです。ぼくらは常軌を逸しています。でもあの人物はぼくらの中心でした。中心なしには常軌を逸することはできない」

「ヒラリーの言うとおりだ」フッドが熱っぽく話しだした。「ぼくらは大きな過ちを犯したな。全員いっせいに頭がおかしくなったのはまずかった。順番におかしくなるべきだった。月曜、水曜、金曜には、ぼくは誰かのふるまいにぎょっとしていい。火曜、木曜、土曜になると、誰かはぼくのふるまいにぎょっとしてかまわないと。といって誰も度肝を抜かれないなら、頭がおかしくなることに倫理的な価値はない。もしクレインがぎょっとするのをやめるなら、我々はどうすればいいのか」

「ぼくらに何が必要であるかはわかりますよ」ピアースが身を乗り出すように言った。

「ぼくにもわかる」フッドが若者の発言をさえぎった。「正気の人間だ」

「近ごろではなかなか見当たらんぞ。広告を出すか」軍人が口をはさんだ。

「ぼくが考えているのは愚鈍な人間だ」フッドが言葉を継いだ。「つまり一から十まで従来どおりの人間のことだ、クレインのようないかさま師じゃなくて。必要なのは、お堅くてまじめな営業人だ、しっかり者の実務家肌の人間だ、莫大な商売上の利権に関わっている人間だ。一口に言えば馬鹿者だ。立派で円満（ラウンデッド）な人柄の均質化された馬鹿者だ。その非の打ち所ない顔には、丸鏡（ラウンド・ミラー）を見るときのように、我々の妄想がことごとく映され、新たに生まれ変わる。望ましいのは人生に成功した者だ、有り余る富を持つ者だ、つまり――」

「わかった、わかったぞ」ピアースが腕を振らんばかりに相手を制した。「イノック・オーツだ！」

「イノック・オーツって誰だ」ホワイトがたずねた。

「世界の大立者たちの知名度はこんなに低いのかね」フッドが言った。「イノック・オーツは豚肉（ポーク）だ、さらにはそれ以外のほとんどすべてだ。オーツは文明を一つの巨大なソーセージ製造機、つまり画一的な製品を作る機械に変えている。きみに話さなかったかな、ヒラリーがブタの一件でオーツと出合ったいきさつを」

「あの人こそあなたに必要な存在ですよ」ピアースが熱っぽく言いだした。「ぼくの知り合いでね。必ず連絡はつきます。大富豪だけど、どこまでも無知な人で、アメリカ人だけど、どこまでもまじめな人なんだ。ニューヨーク独特の楽観的な金儲け精神と、それを抑えるニューイングランド独特の悲観的な非国教徒ふう良心とを合わせ持つ人です。我々が誰かを驚かせるつもりなら、あの人が適任です。イノック・オーツを夕食の席に招きましょう」

「おれはお客さんに悪ふざけをしかけるつもりはないぞ」大佐が言った。

「そりゃあたりまえだ」フッドが応じた。「待ってましたとばかりに、向こうは大まじめに受け取るだろう。名所見物をしたがらないアメリカ人なんて、聞いたことあるかね。きみ、自分が頭にキャベツを載せた見物(みもの)だってことがわからんなら、アメリカ人旅行客に教えてもらう時期に来ているぞ」

「それに誰でもいいってわけじゃない」ピアースが言った。「あの医者みたいな人間を招く気にはなりませんよ、ホラス・ハンターとかいう――」

「サー・ホラス・ハンター」フッドが敬意を込めてつぶやいた。

「あの医者はごめんだ、陰険な俗物って気がしてならない。ぼくの招待は侮辱の表現としかなりようがないでしょう。でもオーツなら、ぼくは嫌いじゃないし、嫌うような存在でもない。そこが妙なところなんです。素朴で誠実な人間なんですよ、本人の基準ではね、かなりあいまいな基準だけど。あの人は盗人で泥棒ですよ、もちろん。自分ではわかっていないけど。ぼくらとは違う人間だから招きたいんです。だけど、自分が違う人間だってことを本人は気にしていないだろうな。ともかく害はないでしょ、ある人物を晩餐に招いて、本人には気づかれないまま背景になってもらっても」

ほどなくしてイノック・オーツ氏が招待を受け入れてクラブにやってきた際、多くの会員の頭には、夜会服を着た型どおりで堅い感じの人物が、反逆者に叱責でもするかのように初めて姿を現した前回の集会のことが浮かんだ。だが黒白の服を着てきちんとふるまっているのは同じながらも、前回の〝背景〟と今回の〝背景〟とではずいぶん違った点があった。クレインの礼儀正しさには、英国人特有のさりげないおもむきがあり、いかにも権力の座にあって肩の力が抜けている貴族ふうに見えた。妙な話だが、一方のアメリカ人と由緒ある家系の出である大陸貴族（いつ自分の娘の結婚相手になってもおかしくない）とのあいだに、一つ共通点があるとするなら、ともに民主主義の盛んな国に住んでいるため、いくぶん守りの構えを取っていることだろう。オーツ氏は申し分なく慇懃だが、多少とも堅苦しい面があった。心なしかぎこちなく椅子に近づくと、ややのろのろと腰を下ろした。たくましいが動作ののっそりした紳士で、血色の悪い大きな顔をしており、なんとなく図体の大きな赤色人種を想わせた。目は考え深げな感じで、しかも考え深げに火のついていない葉巻をかんでいる。こういうところは無口な人間によく見られそうな印象なのだが、この場合は違った。

オーツ氏との会話はとくに光る内容もないまま途切れなく続いた。ピアースや仲間たちの頭には、おれの奇行をちょっとこいつに披露してやろうか、子どもの目の前で妖しい踊り子を演じるようにと、そんな思いつきがまず浮かんだ。大佐とキャベツの一件、大尉とブタの一件、牧師とゾウの一件それぞれについてピアースたちは手短に話した。ところが、相手は単に聴き手としてこの席にいるわけではないのがほどなく会員にもわかった。とっぴな道化めいた行為の話を相手がどう思ったのか、それはわかりづらい。たぶんぴんとこなかったのだろう。ことによるときちんと聴いてさえいなかったかもしれない。いずれにしろアメリカ人も語り続けた。ゆったりした話しぶりだ。アメリカ人は相手に挑むような、おごったような、せかせかした話し方をするとうわさに聞き、会員が今まで抱いていた先入観は、いつのまにかずいぶん修正されていた。オーツは虚空を見つめながら、急ぐでもなく戸惑うでもなく語り続けた。実務を話題に出す人間に対するピアースの期待は十二分に満たされた。オーツの口からは事実と数字、とくに様々な数字がゆるやかに流れ出た。実際、ありふれた商業活動に欠かせぬ雰囲気を漂わせるべく、〝背景〟はやれることをすべてやっている。実務生活はあじけなくてそっけないはずだと、そんな会員の期待に〝背景〟はこたえている。ただ本人はむしろ〝前景〟になったかのような風情だった。

「相手から見せられたとき、これこそ条件提示だとわかりました」オーツ氏は話を続けた。「各支社には八万五千ドルという規定の売上高を超える額を要求できるだろうとね。計算したところ、古い工場をつぶすことで結局は十二万ドルの節約になるだろう。なるほど新たな事業を始めるのに三万ドルはかかるにせよ、ここからただ同然で原料を確保できるはずだ。ぴんときましたね、それが何より大事なんだと。自分が買わずにすむものを、火の消えたマッチ棒の先同然すぐに捨てられるものを、わたしは売る機会を得たのだ。相手方に在庫を増やしてもらい、廃棄処分される代物を底値で売ってもらうほうがずっといいと踏みました。そいつを商品に変えられれば万々歳だ。さっそくわたしは動きだし、一度に七十五万一千ドルの増収という成果を挙げました」

「七十五万一千ドル」フッドがつぶやいた。「それだけあればさぞ気が休まるだろうな」

「たぶんあのうすのろ連中、自分たちが何を売っているのか、わかっていなかったんでしょう」オーツ氏は言葉を継いだ。「でなければ、あんな具合に自分で使う気もなかったんだ。というのも、実際あれはたしかな情報だったが、誰もが思いつける事柄ではなかったから。わたしが豚肉を扱っているときは、むろんほかの連中には関わってほしくなかった。でもそのときは豚肉そのものではなく、わたしが望み、ほかの連中が望まなかった部位だけに金を使ったのですがね。お国のブタ飼育業者宛に通知することで、この秋には九十二万五千個ものブタの耳を輸入できました。しかもたぶん冬いっぱい委託販売品を入手できるでしょう」

フッドは法廷で、商売をめぐる事件に関して長たらしい証言を聴かされる経験を積んでおり、すでにこの時点では、うっとり夢見ごこちの表情を浮かべた詩人肌のピアースよりも、まゆをひそめつつずっと熱心に大富豪の独白を聴いていた——いつまでも続く小川のせせらぎという言葉なき音楽に聴き入るかのように。

「失礼、ブタの耳とおっしゃいましたか」フッドが勢い込んでたずねた。

「そのとおりですよ、フッドさん」なかなかの忍耐力と礼儀をもってアメリカ人が答えた。「はたしてみなさん方に対して、相手の提示条件をご理解いただけるだけの詳細な説明ができましたかどうか。ともかく——」

「まあ、詳細なご説明だったとは思いますが」ピアースが物足らなそうに応じた。

「ちょっと待った」フッドがしかめつらをして若者を制した。「ぼくはオーツさんの言われる条件をしっかり理解したいんだ。つまり、ブタが別の目的で切り刻まれたとき、あなたはブタの耳を安く買い、ご自分の目的に利用できそうだと思われたわけですか?」

「そうです」オーツ氏がうなずいた。「わたしの目的はアメリカ製の珍奇な商品のなかで史上最大の品にまつわることでした。宣伝の作戦としては、〝とてもできないと誰もが決めつけていることがあなたにはできます〟と訴えるのが一番。危険を恐れぬ行為だが、天をも恐れぬ所業ではないと。これはたちまち人の心を捉えました。我々は作業に取り組み、広告の第一弾を発表しました。〝わたしたちにもできる〟と中央に記し、残りの部分は空白にした質素なもので。こりゃいったいなんだと、世間を一週間も戸惑わせたわけです」

「あの、恐縮ながら」ピアースが低い声で言いだした。「あんまり大胆な営業方針を打ち出されると、そりゃいったいなんだとぼくらでも一週間は戸惑いかねないんですが」

「まあとにかく、ブタの皮と毛に新式の処理を施してゼラチンを抽出すれば、人造絹糸を作れることがわかりました。あとは宣伝の効果次第だ。そこで広告の第二弾を発表しました。〝今すぐほしいと彼女が……〟や、〝世界一すてきな女性が愛着ある炉辺（オールド・ファイヤーサイド）でお待ちです。あなたからの贈り物を、そう、ブタ印ささやきバッグ（パース）〟」

「財布（パース）だって！」ピアースがあえぐように言った。

「あなたのお考えはわかりますよ（「雌ブタの耳で絹の財布は作れない」、つまり格言「ウリのツルにナスビはならぬ」の意）」ささいなことでは動じぬアメリカ人がまた話し始めた。「我々は新製品をブタ印ささやきバッグと命名し、広告ビラを貼っていきました、我が社では最も機知に富んで人気のあるビラです――〝ブタに恋した女性がいた〟（十七世紀の伝承童謡「ブタに恋した女性」の冒頭の一節）。この童謡はご存じでしょうね。飛び切りかわいいお嬢さまがブタに耳打ちする図にしました。自慢ではありませんが、今やアメリカでは、賢い女性ならば我が社製のブタ絹バッグが欠かせません。それで格言が覆せるからですよ。お、何を――」

ピアースがふらつく足を踏みしめながら立ち上がると、アメリカ人の腕をぐいとつかんだ。

「やっと見つけた！」若者は金切り声を上げた。「どうかお願いです、あの椅子に座って（テイク・ザ・チェア）ください、どうか、あの椅子に！」

「会を取り仕切る（テイク・ザ・チェア）？」大富豪はあぜんとしておうむ返しに言った。相手に腕を取られ、もがいているかにも見える。「いやはや、みなさん、まさかこの会の進め方が議長の存在を必要とするほど儀式ばったものだとは。まあ、いずれにしろ——」

だが進行の仕方は必ずしも儀式ばってはいなかった。食卓の上座に置かれ、誰も座ったことのない例のクッション張りの大型肘掛け椅子のほうへ、ピアースはオーツを無理やり引っ張ってゆきながら、あえぐように何か大声で言っている。支離滅裂な発言ながら、謝罪めいた部分もあるようだ。

「悪気はないんです。誤解しないで——栄誉をたたえて（オノリス・カウサ）（大学の名誉学位授与式で用いられる表現）——あ、あなたこそあそこに座るべき人だ——我らの会はついに王様を見つけた、王の称号にふさわしい存在を」

ここで大佐が二人のあいだに〝介入〟し、〝秩序を回復〟した。オーツ氏は穏やかにその場を離れた。が、ピアースの興奮はまだおさまっていない。

「これこそぼくらの会の温厚で平凡な実務家の限界だ」若者が吐き捨てるように言った。「こういうのが白黒二色の地味な〝背景〟のふるまいなんだ」泣きだしそうなほど声がうわずっている。

「なのにぼくらはいっぱしの変人ぶっていた。おれは立派な左巻きのはずだなんて自己欺瞞に陥っていたんだ。神よ、我らを哀れみたまえ！　アメリカの大企業があっぱれな白痴に成り上がったのと比べれば、ぼくらは野生動物並みに正気だ。現代の実業界の狂いっぷりたるや、ぼくらが風刺しようと必死になっても空しいほどだ」

「いやあ、我々だってけっこう馬鹿げたまねをしでかしたぞ」大佐が愛想よく言い返した。

「わかった、わかりましたよ」ピアースが怒ったように応じた。「でもぼくらの場合は、自分を馬鹿げた存在にするためにやったんです。あのあきれたアメリカ人は平然とまじめな態度を貫いたんだ。やってのけた悪ふざけを通常の人間生活の一部だと思っている。あなたの議論自体がまさに答えになっていますよ。ぼくらは自分なりに精一杯はめを外しましたね、そのふるまいをおかしく見せるつもりで。だけど、現代の実業界に生きる人間が自分たちの流儀でやっていることからすれば、そんなのはゴミに等しかった」

「ことによるとアメリカの実務家のほうこそ、まじめにやりすぎて、おふざけの心がわかっていないかもしれんよ」ホワイトが言った。

「それはない。すばらしい諧謔精神の持ち主たるアメリカ人はごまんといる」クレインが言い返した。

「ならばぼくらは幸運じゃありませんか、たぐいまれな、言うに言われぬ、神々しい存在がぼくらの人生を通り過ぎていったんですから」ピアースが謙虚な口ぶりで応じた。

「通り過ぎて、かなたへ消えたかな」フッドがため息まじりに言った。「残念ながら大佐が再び我々にとって唯一の〝背景〟ってことになりそうだ」

クレイン大佐は考え深げにまゆをしかめていたが、このフッドの一言に、物思わしげな顔は苦々しい顔に変わった。くすぶっている葉巻を一度ふかして口から離すと、大佐はいきなり話しだした。

「どうやらきみらは忘れているようだな、おれが〝背景〟になったいきさつを。つまり人間が背景になることをなぜおれが是認しているかを」

「ずいぶん前にきみが言ったことを憶えているぞ。当時ヒラリーはまだ赤子だったはずだ」フッドが応じた。

「世界を巡るなかで、あることがわかったとおれは言ったんだ。きみら若い連中はおれのことを古色蒼然たる保守派（トーリー）だと思っている。だがいいか、おれは古くからの旅人でもあるんだ。これは同じ事柄の一部だ。おれは観光好き（トラベラー）だから慣行好き（トラディショナリスト）なんだ。この会に戻ってきたとき、おれは部族に戻ったんだと、きみらに話しただろ。世界中の種族を問わず、最も尊敬すべきは自分の部族に誠実な人間なんだと。鼻に輪をはめるのが通常の地域では、鼻輪をしている者こそ最も尊敬されると」

「憶えているよ」フッドが応じた。

「いや、憶えてないね」クレインがぶっきらぼうに言い返した。「きみがアメリカ人イノック・オーツを話題にするときなど、おれの話を忘れ果てている。幸いおれは政治とは無縁の男だ。きみらがオーツを大富豪だからという理由で粉砕する（ダイナマイト）かどうか、距離を置いて見守ってやろう。実をいえば、金銭に対するあの男の思いは、ノーマンタワーズ卿の場合と比べればたいしたことない。ノーマンタワーズにとっては、金は話題にするのもはばかられるほど聖なるものだから。だがきみらはオーツを大富豪だからとて粉砕していない。アメリカ人だからと嘲笑するのみだ。アメリカ国民らしくて異常な点がないからと、よき市民だからと、よき部族民だからと、鼻輪をするのが通常の地域で鼻輪をしているからと嘲笑している」

「つまり……秘密結社(クークラックス)（アメリカ南部で結成された白人至上主義組織）かな」独特のぼやけた言い方でホワイトが異議を唱えた。「アメリカ人はいくらおだてても――」

「きみ、おのれは鼻輪なんぞしたためしもないつもりか」突如クレインが声を荒らげたので、牧師ははっと我に返り、おれの鼻にはついているかなと探らんばかりにぎこちなく手を動かした。

「自分のような人間は、顔の真ん中にある鼻と同じぐらい露骨に自分の国民性を表してはいないと、そうきみは思っているのかね。きみのようにどうしようもなく英国人(イングリッシュ)たる人間は、アメリカで嘲笑される場合もありうるとは思わんのか？　うまい冗談と縁のない限り、よき英国人たりえない。よき英国人であればあるほど、なおさら冗談めいた存在になるんだ。だがそれでも、今よりよくなるほうが好ましい。鼻輪なんて、つけていない人間にはこっけいな代物だ。国家なんて、属していない人間にはこっけいな代物だ。だが自ら鼻を切り落として顔をだめにする世界市民とやらいう偏屈野郎になるより、鼻輪をつけるほうがましなんだ」

　世界の部族を巡る旅から帰って以来、大佐がこれほど長く話したのは初めてだったので、フッドは旧友を興味深げに見つめた。招待客の名誉を弁護すべく、またその客を歓待する際の要点にまつわる自身の鋭敏な感性を弁護すべく、大佐がどれほど奮起したのかは会員たちにも推し測れなかった。クレインは熱い口ぶりで話を続けた。

「オーツについてはそんな具合だ。きみらも知るとおり、あの男には我々の目から見て肉体的欠陥さながらに際立つ物の考え方や見方の偏り、感受性の鈍さがある。そういう点は人の気に障るものだ。おれだっていやな気になるよ、たぶんきみら以上に。若い革命家は自分を広い心と国を超えた視点の持ち主だと思っている。だが現実には、自ら気づかぬままに心は狭く、視点は国内に限られているんだ。我々のような時代の波に乗れん者には、自分が好みにうるさくて、その好みも国内に限られているのは百も承知だ。だがそれは単に好みの話じゃないか。それから我々には、いや、ともかくおれにはわかるんだよ、オーツは中西部にヒッコリー（北米産クルミ科の木）の生い茂る土地を腐るほど持っているから、正直者でよき夫よき父親でありうると。もしあの男がニューヨークの社交界に属する人間で、英国の貴族やフィレンツェの芸術愛好家を気取っていれば、とてもそうはいかなかっただろう」

「よき夫だなんて言わないでくださいよ」かすかにからだを震わせてピアースが言った。「〝ブタ印ささやき〟云々のご大層な宣伝を思い出すから。あれをどうお考えですか、大佐殿。〝世界一すてきな女性が愛着ある炉辺でお待ちです〟――」

「虫唾（むしず）が走るね」大佐が答えた。「背筋がぞくっとするよ。そんなのに携わるぐらいなら死んだほうがましだ。だがおれが言いたいのはそういうことじゃない。おれは鼻輪をつける部族民じゃない。鼻声で話す部族民（アメリカ人のこと）でもない」

「ほう、きみはそれを多少ともありがたいとは思わんのかね」ホワイトがたずねた。

「それにも関わらず公平な人間たりうることに感謝したいよ。頭にキャベツを載せたとき、他人にじろじろ見られるのはわかっていた。異邦の土地にいる我々はみな異邦人だし、好奇の視線を集める対象だ」

「オーツのことで理解に苦しむのは」フッドが言いだした。「今までひどい代物をさんざん目にしてきたのに平気でいられる点だ。どこの人間であれ、品が悪くてくだらなくて押しつけがましい宣伝文句によくも寛大でいられるものだ。寿命が尽きた炉辺（オールド・ファイヤーサイド）の話題なんぞよく出せるよな。警察が介入しないといかん」

「そこが間違いなんだ、きみ」大佐が言い返した。「いくら品が悪かろうが、狂っていようが、いやらしかろうがかまわん。だがあれは業界人だけに通じる用語じゃない。おれは何年も続けて未開部族巡りをしてきた。だから言えるが、あれは特定社会の隠語じゃない。疑問があるなら、あのアメリカの友人に奥さんのことや本人のまずまず大事な炉辺のことを訊けばいい。向こうもいやな顔はするまい。そこが異様なところなんだ」

「いったいなんのお話なんですか、大佐」ピアースが問うた。

「つまりだな、お坊ちゃんよ、会員は我らのお客さまにおわびしないといかんてことだ」

イノック・B・オーツ氏の登場および退場を描いた劇は、序幕を迎えたのち、こうして終幕を迎える次第となった。ともあれこの終幕も、〈法螺吹き友の会〉をめぐる次の劇の序幕となるわけだ。というのも、クレイン大佐の発言がピアース大尉にある種の影響を及ぼし、大尉の行動がアメリカの大富豪にある種の影響を及ぼしたからだ。酒とつまみを前にしてのあの動きが起きたことで、つまり椅子に座った大佐が憂鬱そうにからだを揺すり、口から葉巻を離したことで、一連の出来事からなる枠組みは新たな要素を加えるにいたったのだ。

ヒラリー・ピアースは、けんかっ早いながらも、人なつこく、はなはだしく楽天的な気性の若者だった。罪もない他人の気持ちを傷つけようなどと思うわけもない。また年かさの軍人の意見にも、あまり表には出さないが深い敬意を抱いていた。それからほどなくして、話題のアメリカ人がロンドンでの定宿にしている実にアメリカを想わせるホテルの、ごてごて飾りたてた広い入り口を通る際、ピアースは一瞬ためらったように立ち止まってから、あらためてなかへ進んでゆき、ドイツ参謀本部の部員にも見える制服を着た高圧的な職員たちに自分の名前を告げた。やがて姿を現した大柄のアメリカ人に、ぎこちなくも飾り気のない愛想のよさで出迎えられ、なんのわだかまりもなかったかのように大きなたるんだ手を差し出されたときには、さすがにほっとした。中世の土地をめぐる空想の一部たる豚小屋の建築様式や円熟した中世趣味ともども、あの晩における自分の夢見ごこちに近いふるまいは単に記憶に留められただけなんだと、とにもかくにもピアースは確信した。〈変人収容所〉の面々が数々の奇行を演じたことで、同じ晩には英国のどの居間でも似たような室内遊戯がおこなわれていたんだろう、という印象をアメリカから訪れた男には抱かせた。結局よその国はどこもいわばちょっとした狂人の館なんだと、どの国も思っているぞとクレインが暗に言ったことには、いくらか根拠があったのかもしれない。

イノック・オーツ氏は来客を大いにもてなし、英語とはとても思えぬ名前と奇妙な色のついたカクテルをいくつか勧めた。自身は食餌療法の一環として出された生ぬるい牛乳に口をつけたのみだったが。ピアースはいつのまにかオーツの自信あふれる態度に気圧され、頭が混乱してきた。

摩天楼の十五階からいきなり下に落ち、我に返ると他人の寝室にいた男を想わせるほど呆然たるさまだ。クレイン大佐が遠回しに言い及んでいた事柄を来客からそれとなく聞かされると、アメリカ人は腕を大きく広げて相手を抱擁するかのように自分の心を開いた。ドルの数字や計算を核とする果てしない座談はとりあえず終わった。それでもオーツはくつろいだようなゆったりした口ぶりで話し続けた。すこぶる悠長に、いささか単調に。

「わたしの妻は神の創りたもうた最も優れた女です。それでね、いいですか、妻と神、この両者のあいだでわたしが創られたんです。おそらく妻がいちばん苦労したでしょう。わたしが仕事を始めたころ、夫婦にはろくに家財もそろっていなかった。ウォール街（ザ・ストリート）の状況に関する自分の分析を信じて、いろいろ冒険に出ようという気になれたのも、妻にしっかり支えてもらえたからです。わたしは豚肉の値上がりに運をかけました。もし見込み違いだったら一巻の終わりでしたね。いや、塀の向こうに送られていたかもしれない。実際とにかく妻はすばらしかった。あなたにもお目にかけたい」

オーツは有無を言わせぬほどすばやく一枚の写真を取り出した。何か特別な席に出るためだろうか、申し分ない装いをしたなんとも品のある女性が写っている。きらきらした瞳をし、淡い色の髪を念入りに巻き上げている。

「妻は言ってくれましたよ、『あなたの運勢（スター）を信じるわ、イノック。豚肉をあきらめないで』とね。だから二人で押し通しました」いかにもいとしそうにアメリカ人が言った。

妻が夫をイノックと呼ぶほど両者が熱いきずなで結ばれたり、甘い言葉のやりとりがなされたりするのはとても無理じゃないかと、我知らず失礼なことを考えていたピアースが、自分のひねくれぶりを恥じていると、豚肉の王者が若き新たな友の目の光を受けて顔色を輝かせた。

「大変な時期でしたが、わたしは豚肉をあきらめなかった。妻のほうが先見の明がありそうな気がしましたから。もちろんそのとおりでした。妻はいつでも正しいんです。その後に他社と提携して、市場を独占できる絶好の機会が訪れました。おかげで妻には、本人が持っていてあたりまえの品物をいくつも与えてやれたし、取っていてあたりまえの主導権を取らせてやれました。わたしは社交界がどうも苦手で。でもよく夜遅くに職場から自宅に電話しましてね、妻が人付き合いを楽しんでいるようすを聞くと、心がなごむんです」

繊細度の高い文明に対する批判を骨抜きにして打ち砕くかのような、不器用で素朴な口ぶりでオーツは長々と語った。こうした属性は、人にはむろん愚かしく思われがちだが、そう思われたにせよ消え去ることはない。つまるところ、価値ある物事とはそのように定義できる存在なのかもしれない。

「それが世にいう〝仕事の愛情物語〟（銀行家ウィリアム・キャメロン・フォーブスによる一九二一年作品の題名）でしょうかね」オーツが言葉を継いだ。「わたしの仕事はどんどん拡大していきましたが、中心には愛情物語があるんだと感じられ、嬉しくてしかたなかった。さらなる拡大をめざしましたよ、世界中の同業他社と密接に提携していきたいから。あなたのお国の政治家たちを相手に、いくらか事態の調整をする必要がありそうだと思いました。ともあれ議会人というのはどの国も同じですね、なんら問題は起きなかった」

ピアースをよく知る者のあいだでは、この才気煥発な若者は左巻きだという共通の理解があり、本人もそんな印象の裏づけとなりうるふるまいを何度もしてきた。しかもある意味では、不本意ながら自分を物笑いの種に仕立てたことなど一度もなかった。とはいえ、とんだ変わり者だとしても、実に英国人らしい変わり者だった。ホテルで外国人と対面していて、単なる会話の流れから、いきなり自分の胸に秘めておきたい恋愛事情を話題に出すなど、ピアースとしては考えただけでもぞっとするようなことだった。それでも衝動的に、すなわちその時点にいたるまでに盛り上がっていた気持ちに突き動かされて、よし今だ、自分でもよくわからんがとにかくこの機会を捉えようと思った。

「あの、お伝えしたいことがありまして」ピアースはおずおず切り出すと、テーブルに視線を落としながら言葉を継いだ。

「さきほど、ご自分は世界で最も優れた女性と結婚なさったとおっしゃいましたね。奇妙な話ですが、ぼくもそうなんです。よくある偶然です。だけどもっと奇妙な偶然といえますが、実はぼくらも、自分なりにささやかな規模ながら、豚肉に深く関わったんです。出会いの場となった田舎の小さな宿屋の裏手で、ぼくの妻となるべき女性はブタを飼っていました。で、あるとき、ブタを手放すはめになりかねない事態が生じました。場合によっては宿屋も。いや、あるいは結婚もだめになるかもしれない。ぼくらはひどく貧しかったんです、あなた方の新婚時代のように。貧しい者にとっては、日常の様々な異常事態が人生そのものである例が多い。ぼくらは破滅するかもしれなかった。おそらく同じ理由で、あなたも豚肉に走ったんでしょうね。でもぼくらの場合、扱う対象は本物のブタだった。自分の足で歩き回っているブタです。ぼくらはブタのベッドを作り、ブタの腹を満たした。あなたはブタの名前を売り買いしただけですね。生きたブタを腕に抱えて仕事に臨んだり、ブタの群れを従えてウォール街を歩いたりしたわけじゃない。相手になさったのはブタの幻影であり亡霊だ、ぼくらの生きたブタを、いやことによるとぼくらも殺すことができるものだ。あなた、ご自分の愛情物語（ロマンス）がいかにぼくらの愛情物語（ロマンス）をだめにしそうになったか、それを弁明できますか。どこかに間違いがあったに違いないとは思われないんですか？」

　長い沈黙のあとオーツが口を開いた。「まあ、それはとてつもなく大きな問題だ、かなり議論をしないと」

　両者の議論が行き着く先はひとまず措こう。疲労困憊した読者が体力気力を取り戻し、「グリーン教授の考えもつかぬ理論」譚に耐えられるようになれば、それはおのずと明らかになる。こちらの短篇については、結末まで我慢して読んでやるとおっしゃる諸氏には後日お目にかけることになろう。

Ⅵ　グリーン教授の考えもつかぬ理論

〈法螺吹き友の会〉言行録のなかでは、本篇は単なる枝葉か幕間（まくあい）か牧歌ではないかと、他の諸篇の立体感や迫真性の源たる大がかりな構成面の効果を欠く話、それも甘ったるい代物にすぎぬではないかと、そんなふうに見えたにせよ、読者諸氏には早急な非難は避けられたい。というのもオリバー・グリーン氏のささやかな恋愛譚には、寓話の場合と同じく、この種の題材における究極の神格化と最後の審判の発端を見出しうるからだ。

話の始まりはある朝のことだろうか。かなたへ傾斜してゆくにつれて、紫色が濃くなっている灰色の広大な丘陵地帯から上昇してゆく大きな雲の群れの下から、ようやく鮮やかな日が射してきた。どこまでも続くかのような斜面のかなりの部分は縞状になっている。耕した畑がいくつも並んでいるせいだ。そのなかを舗装していない小道が走っており、そこを大またで歩く二人の男の姿が朝空を背景にくっきり浮かび上がっている。

二人とも背が高い。が、種類と時期こそいささか違え、かつて職業軍人だったという事実を除けば両者にほとんど共通点はない。年のころからすると、父親と息子だといってもよさそうだ。若いほうが自信ありげでどうだと言わんばかりに高い声でしゃべり続けており、年かさのほうはときおり言葉をはさむ程度だというようすを見ると、実際に父子だとしてもおかしくなかっただろう。だがそうではなかった。妙なことに両者は友人同士として歩きながら話し合っていた。どこか別の場所で述べた本人たちの一連の行為についてよく知る向きには、一方はかつて英国近衛連隊にいたクレイン大佐であり、他方は近ごろまで英国陸軍航空隊にいたピアース大尉だと察しがついただろう。

あるアメリカ人の大物資本家を話題にして、あなたは自分のおこないの過ちと向き合うべきだと、ぼくはそうはっきり言ってやりましたよと、若者は勝ち誇って語っているかに見える。口ぶりからすると、いかがわしい連中と付き合っているかのようだ。

「胸を張りたい気分ですよ、ほんとに。殺人者（マーダラー）を悔い改めさせるのは誰にでもできる。大富豪（ミリオネア）を悔い改めさせるのはちょっとした業（わざ）なんだ。きっとイノック・オーツも事情を理解したはずですよ、昼食の席でぼくと話をしたおかげでね。あのとき以来オーツは〝別人のごとき善人〟になったんだ」

「若気の過ち（ワイルド・オーツ）をやめたわけか」クレインが応じた。

「でもまあ、見方によってはおとなしい過ち（クワイエット・オーツ）ですよ。クエーカー・オーツ（アメリカの食品会社および同社製のオートミールの名。ここでは「クエーカー教徒のオーツ」とかけている）といってもいいぐらいに。あの人は清教徒（ピューリタン）で、禁酒党員（プロヒビショニスト）で、地球市民主義者（インターナショナリスト）です。つまり、暗黒に包まれて死の影がかかった存在すべてだ。でもとにかくあなたがおっしゃったとおりでした。根はいい人間です。それは見ればわかる。だからぼくは高貴な野蛮人（ノーブル・サベージ）に福音を説いて、宗旨変え（コンバート）へと導いたんです」

「ん、だが何に導いたんだね」大佐がたずねた。

「私有財産（プライベート・プロパティ）」ピアースがすぐ答えた。「大富豪なのに、本人は言葉も知らなかった。でもぼくがなるべくやさしく基本概念を説いたら、そのとりこになっていました。大規模な強奪をやめて小規模な財産を創り出してはどうかと、ぼくは提言しました。ずいぶん革命的な内容だとオーツは感じたようですが、正しいと認めました。いやとにかく、あの人はこの英国に広大な地所を購入しているんです。慈善家を演じよう、理想的地所の持ち主になろうともくろんで。手入れは怠らないようにしてね。毎朝、雑草は衛生的に機械で刈り、作男たちは月に一度だけ前庭に入るのを許されて、芝地への立ち入りは許されない。でもぼくは言ってやったんです。『人に物を与えるなら、いさぎよくやったらどうですか。友人に鉢植えの植物をあげる場合、植物愛護協会（動物愛護協会のもじり）から検査官を呼んで、友人がきちんと水をやっているかどうか確かめてもらったりしませんよね。友人に葉巻を一箱あげる場合、一日に何本吸うかについて月例報告書を書かせたりもしないでしょ。寛大の精神（ジェネロシティ）をもう少し気前よく（ジェネロス）発揮されたらどうですか。農奴ではなく自由民を生むためにご自分のお金を使われたらどうでしょう。借地人に土地を与えてすっぱり手放すか、でなければ格安でゆずってやればいいじゃありませんか』と。オーツはそのとおりにしました。ほんとにそうしたんです。何百人もの小地主を生み出して、この地域の様相をがらりと変えました。だから大佐にはそんな小農場の一つをごらんいただきたいわけです」

「ふむ、見たいものだね」大佐が言った。

「いろんなごたごたも絡んでいまして。大騒ぎですよ」得意げに若者は言葉を継いだ。「大規模な企業連合（コンバイン）をはじめ諸々の存在が、あらゆる手口で小規模農家を押しつぶそうとしている。小農場主の側はアメリカ人による介入に不満の声さえ上げている。英国に外国人が介入するという構図を目の当たりにして、ローゼンバウム・ロウやゴールドスタインやグッゲンハイマーがいかに頭を悩ませているか、容易に想像がつくでしょう。外国人が自分の土地を英国民に返してすぐ立ち去れば、介入の程度はいちばん軽くすむんじゃないかな、違いますか。ぼくが後始末を任されました。それは正しい判断だ。ぼくはオーツを自分の可処分物品（プロパティ）だと見なしています。ぼくの改宗者、ぼくの弓と槍の捕虜だ」

「きみの長い弓（ロング・ボウ）（「大ぼら」とかけている）の虜なんだろうね」大佐が応じた。「察するところ、抜け目ない実業家ぐらいしかあっさり信じてくれる人間がいないようなことを、きみはたくさん語ったんだろうね」

「ぼくが長い弓を使うとするなら」ピアースがもったいぶって答えた。「それは英国の自由農（ヨーマン）にふさわしい勇敢な行動の記憶の染みた武器です。自作農階級を確立するうえで、まさにぴったりの武器じゃないですか」

「あそこに何かあるぞ、別の武器らしく見えるが」クレインが静かに言った。

長い斜面に並んだ農場の建物群の全貌が視野に入る地点まで二人は来ていた。家庭菜園と果樹園のバラの向こうに、草ぶき屋根といくつか格子窓が見える。端の窓は開いている。建物群のはずれにあるこの窓から、大きな黒い物体が突き出ている。硬直していて円筒形のようだ。菜園の上まで延びており、朝日を背景に黒々と光っている。

「銃だ！」ピアースが思わず叫んだ。「榴弾砲（りゅうだんほう）みたいだな。それとも対航空機銃か？」

「対飛行士銃だな。きみがやってくるという話が伝わって、警戒しているんだ」

「でもあの男、いったい銃で何がしたいんだ」黒い輪郭を見つめながらピアースがぶつぶつ言った。

「あの男って誰だ」大佐がたずねた。

「ほら、あの窓、あれは下宿人に貸している部屋の窓ですよ。グリーンって名の男です。世捨て人みたいなものだから、ある種の奇人ですね」

「反武器派の奇人じゃないんだな」大佐が言った。

「いやはや」ピアースが小さく口笛を吹いた。「事態はぼくらの想像を超えて進行しているのかな。結局これは革命なのか、それとも内戦なのか。ぼくら自体が一つの軍隊なんだろう。ぼくは空軍を、大佐が歩兵隊（インファントリー）を代表していると」

「きみは幼児（インファンツ）の代表者だ。この世と対峙するには若すぎる。きみもきみの革命とやらもな！　実際あれは銃じゃないぞ、なるほどそう見えなくもないが。もうおれにはなんだかわかる」

「じゃあ、なんでしょう」

「望遠鏡だ。ふつうは観測所で使うかなり大型のやつだな」

「銃と望遠鏡とを兼ねているんじゃありませんかね」最初のひらめきを捨てきれぬピアースが粘った。「〝流れ星（シューティング・スターズ）〟って表現を見たことが何度かありますが、どうもぼくはその文法と意味を取り違えていた気がする。農家の若い下宿人は地元で盛んなあるスポーツの真似事をしているつもりかもしれない――カモ撃ち（ダック・シューティング）の代用だ！」

「なんの話だ、きみ」大佐が声を荒らげた。

「下宿人が星を撃って（シューティング・ザ・スターズ）いるかもしれないってことです」

「夜逃げする（シューティング・ザ・ムーン）つもりでなければいいがね」クレインが茶化した。

　二人が話していると、果樹園の緑葉やきらめく微光のなかを、銅色の髪と人目を引きそうな角ばった顔の若い女が近づいてきた。その姿を見たピアースが、当の農家の娘さんだと踏んで、ていねいに挨拶した。こういう新たに生まれた自作農に対しては、借地人や農奴とは違い、小なりとはいえ地主として接すべしということをピアースは心がけていた。

「ご友人のグリーンさんが望遠鏡を外に出していますね」ピアースが言った。

「はい、お殿さま（イエス・サー）。グリーンさんは一流の天文学者だとのことです」

「〝サー〟なんて必要ないんじゃないかな」ピアースは思案ありげに言った。「新しい平等な関係よりむしろ忘れられた封建主義を想わせるから。それより〝ええ、市民（イエス・シチズン）〟と呼んでもらうほうが嬉しい。そうすればぼくらは対等の立場で市民グリーンについて話を続けられますよ。あ、ところで、こちらは市民クレインです」

　市民クレインは自分につけられたばかりの称号には無反応のまま、若い女に深々と頭を下げた。ピアースが言葉を継いだ。

「市民を自称するなんてちょっとおかしな感じだな、ぼくらは都会（シティ）を出て大喜びだっていうのに。田舎での平等関係をぴたりと表す言葉がぜひ必要ですね。〝同志〟は社会主義者に独占されてしまった。今ではリバティ（ロンドンの高級百貨店）のネクタイをして、先をぴんと尖らせたひげを生やさないと、同志にはなれないんだ。ウィリアム・モリス（一八三四〜九六。英国の代表的マルクス主義者、工芸美術家、作家）の発想はよかったな、互いに〝隣人（ネイバー）〟と呼び合おうなんて。ちょっと田園調が強まる。あの――」ここで若い女に物をねだるような表情をした。「あなたにぼくのことを〝おやっさん（ガファー）〟って呼んでいただくのは無理ですよね」

「間違いでなければ」クレインが口をはさんだ。「目当ての天文学者が庭をうろついているぞ。青物いじりが好きなのかな。グリーンって名前に合っている」

「ええ、よく庭を歩き回ったり、牧場や牛小屋までぶらついたりなさいます」若い女が応じた。「ご自身と対話するのがお好きなんです、打ち立てたご自慢の理論を解説するといって。会う人ごとにも解説していらっしゃいますし。牛の乳を搾っているわたしの横で解説してくださることもあります」

「あなただってぼくらに解説できるでしょ」ピアースが言った。

「それなりに」女は笑った。「いわゆる四次元理論のような内容で。でもとにかく、お会いになったら、ご本人が解説なさるはずです」

「ぼくには必要ないな。自分が素朴な零細自作農だから、求めるのは三次元と牛一頭（十九世紀後半のイングランドにおける土地改良運動の標語「土地三エーカーと牛一頭」のもじり）だけです」

「牛が四次元なんだろうよ」大佐が言った。

「わたし、四次元の世話をしに参りませんと」女がほほえんだ。

「農民はみな間に合わせの仕事で暮らしているんです、二つ三つ副業をやったりして」ピアースが言った。「妙な種類の家畜を飼っているんだな。牛とニワトリと天文学者で食っている人間の姿を思い描いてくださいよ」

そうするあいだに、農家の娘が先ほど通った小道を話題の天文学者が歩いてきた。顔の上半分を覆わんばかりに大きな角ぶちの薄青いめがねをかけている。徹夜で星空を眺めるため、目を保護するよう言われているからだ。おかげで、生来は腹蔵なく健康的な表情をしているのに、病人かと誤解を招きかねない外見になってしまった。腰をかがめているが、からだつきは頑丈そうだ。本人は心ここにあらずというふうだ。ときおり地面に目を落としては、見えるものが気に入らんとばかりに顔をしかめている。

オリバー・グリーンは青年教授だが、年のわりにかなり老けた男だった。少年の趣味として科学の世界に足を踏み入れる段階から、中間に入るべき若者としての息抜き期間を飛ばし、中年男の野心の具として科学を扱う段階に達していた。さらにいえばその異様な凝り性は、功を奏した——ともかく自分の年齢からすれば大成功をおさめた——ことで、ますます凝り固まった。昼の光が一日を満たすように、結局は自分の全人生を満たすにいたった雄大で普遍的な万能理論が頭に浮かんだとき、すでにグリーンは自分の研究課題と関連する主要な各種学会の正会員だった。我々がここで万能理論を展開しようにも、昼の光さながらの結果が出るかどうかは疑わしい。グリーン教授はいつでも理論を立証する気でいた。だが仮にこの場で我々が成果を示しえたにせよ、ここからの四、五頁は、恋愛物語の構成部分にはまずならぬような、ぎっしり印刷された数字の縦列で埋まることになろう。幾何学模様のおかげであちこち華やかになるかもしれないが。とりあえず、グリーンの理論は相対性原理やら、静止物体と運動物体との関係の逆転やらと関係ありと述べておけば十分だ。飛行士として、静止物体にぶつかるのではという予感もときに抱きながら、運動物体に乗ってかなりの時間を過ごしてきたピアースが、グリーン相手に少しばかり理論の話をした。科学的飛行術に興味があるので、友人たちより理論科学にも親しんでいる。クレインの場合は民間伝承、フッドの場合は古典文学、ワイルディング・ホワイトの場合は秘儀の解釈が趣味や興味の対象だ。だが若き飛行士もいさぎよく認めていた――自分がちっぽけな飛行機で飛ぶ位置からはるか仰ぎ見る高等数学の宇宙に、グリーンが舞い上がっていることを。

　いつもどおり、解説するのは簡単だという前置きから教授は話を始めていた。実際その前置きどおり解説は簡単だった。だがグリーンはよく話の締め括りに、理解するのも簡単だと、当てにはならぬことを力説した。相手がいつも理解しているとはとても言いがたい。いずれにしろ、この年バース（イングランド南西部の都市）で開かれる有名な天文学会で、グリーンは自慢の自説に関する力作論文を発表する予定であり、それもあってサマセットの丘陵地帯の農夫デイルの家で、天文学用の宿を取った、というか天文学用の器具をすえつけたのだ。自分の子分（プロテジェ）であるデイル一家が見知らぬ他人に宿を提供しようとしていると聞いた際、イノック・オーツ氏は地主としてどうしても疑念を払拭できなかった。しかしながら、そんな権威者ぶった態度は過去の遺物ですよ、自由農は殺人も犯しかねない偏執狂にも自己判断で部屋を貸してやれるんですと、ピアースからぴしゃりと念を押された。それでもピアースとしては、当の偏執狂がただの天文学者（アストロノマー）だとわかっていささかほっとした。占星術師だとしても事は同じだっただろうが。この農場に来る前、天文学者はここよりずっとさえない場所に望遠鏡をすえていた——ブルームズベリー（大英博物館などがあるロンドンの住宅地区）の下宿や、ミッドランド大学の薄汚れた建物だ。自分は周囲の環境には影響されないとグリーンは思っており、実際かなりの程度そうだった。にも関わらずこうした田舎の環境における空気や色彩は、ゆっくり妙なふうに自分のなかへと浸透してきた。

「発想は実に単純なんです」くだんの理論についてピアースから励まされたグリーンは力を込めて言った。「もちろん証明には少し技術面の問題がありますが。誰にもわかりやすいありのままのかたちにまとめられれば、あとは天体の反転を示す数学の公式如何だ」

「いわゆる世界をひっくり返すってわけですか。大賛成だ」ピアースが応じた。

「物体の運動に適用される相対性原理は誰もが知っている。自分が車で村を出た場合、村が自分から遠ざかると言ってもいいわけだ」教授が言葉を継いだ。

「ピアースが車で外出すると、村のほうが遠ざかっていく」クレインが口をはさんだ。「ともかく村人は遠ざかる。でもピアース自身はたいてい飛行機で村人を脅したがる」

「え、そうですか」天文学者はいくぶん興味を示した。「飛行機ならもっと有効な実験モデルになれそうだ。飛行機の動きと、便宜的に恒星の不動性と呼ばれているものとを比較してください」

「ピアースにぶつかられると、恒星もちょっと不動性をなくしそうだ」クレインが言った。

グリーンは哀しげに、だが気持ちをぐっとこらえてため息をもらした。言葉を交わした部外者のなかでは最も知的な者にさえ、やや失望を感じるほかなかった。クレインたちの発言は矢のごとく鋭い（ポインテッド）が、ほとんど的に命中して（トゥー・ザ・ポイント）いない。何も語らぬ存在のほうが自分にははるかに好ましいという思いがますます強まった。花や木は何も語らない。それぞれ列をなしたまま、世間のいわゆる天文学の誤謬に関する自分の講義を何時間でもじっと聴いてくれる。牛は何も語らない。牛の乳を搾る娘は何も語らない。いや語ったにせよ、その口から出るのは心地よくてやさしくて、りこうぶらぬ言葉だ。グリーンはいつもどおり牛のいるほうへぶらぶら歩いていった。

　牛の乳を搾っている例の娘は、酪農婦という呼び名から世人の心に描かれる女性像にはあてはまらなかった。マージェリー・デイルは地元の郡ではすでに一目置かれている裕福な農家の娘だった。学校で高尚なことをいろいろ学んだあと実家に戻り、その気になれば恩師たちにも教えてやれそうなことを手当たり次第やり続けた。こうした知識の釣り合いないし不釣り合いのさまが、牛を見つめながら、また一種の独白になるきらいも多いが相手と対話をしながら、グリーン教授にもいくらかわかってきた。自身の特別の関心事のまわりを密林さながらびっしり取り囲む他の諸事について、似たような感情を抱いたからだ。すなわち娘のさりげない反応や多彩な余技から与えられた印象やら生まれた連想やらだ。ことによると、おれはこの娘に教えを受けている教師なのかな。そんな疑念がぼんやり心に浮かび始めたのかもしれない。

　大地と大空はすでに夜の色に染まりつつある。枝を広げて一列に並ぶリンゴの木の背後で、青空は澄んだ黄緑色の光を放っている。それを背景に、広々した農場が黒っぽい輪郭を浮かび上がらせた。月に照準を合わせた銃のようにすえつけられた大型望遠鏡を覗いているうち、農場の輪郭に何か奇妙な物が付け加わっていることにグリーンは初めて気づいた。どういうわけか一つの物語を体現しているかのようだ。タチアオイの花もまた驚くほど背が高く見える。グリーンとしては〝花〟と分類したいところだが、とにかくここまで大きな植物を見せつけられると、街灯柱にもなれそうなヒナギクかタンポポを目の当たりにしている感じだ。ブルームズベリーにはこんな代物はないと、内心グリーンは決めつけた。この巨大な花々も一つの物語を体現しているかに思えた——ジャックと豆の木の物語だ。いかなる影響がゆっくり自分に浸透しているのかは判然としないが、最も遠い記憶のなかにそっくり同じ物体があるのをグリーンは感じた。自分のなかで作用しているのがなんであれ、それははるか昔の、文字を読み書きする以前に知った何かだ。夏の嵐に吹かれる曇の群れのもと、いくつもの部分に区切られた暗い野原があるという夢想——前世の人生から現れたかのようだ——や、その野原で目にするはずの花々は宝石に似ているという感覚がグリーンに芽生えた。ロンドンの庶民地区（コックニー）の子どもなら誰もが、自分はこういうところにいつもおり、客として訪れたことはないと感じる、そんな田舎の家にグリーンはいた。

「今晩は自分の論文に目を通さないといけない。考えを煮詰めませんと」グリーンが唐突に話しかけた。

「うまくいってほしいわ。とにかく、あなたはいつも論文のことをお考えだと思っていました」娘が応じた。

「うむ、まあ——だいたいね」グリーンはいくぶん困ったように答えた。実のところ自分は論文のことなど考えていないのをおそらく初めて自覚したのだろう。では何について考えているのか、自分でもよくわからないのだ。

「論文を理解するには、ほんとに頭がよくないといけないんでしょうね」マージェリー・デイルが如才なく言葉を継いだ。

「どうかな」グリーンは心もち守勢に回っている。「きっとあなたにもわかるようなものを――いやもちろん、あなたのことを賢くないと言っているんじゃない。つまり、間違いなくあなたは賢いからわかる――何を見てもわかる――はずだと思うってことです」

「ある種のことなら、なんとか」娘はほほえんだ。「あなたの理論は牛や乳搾り用の腰かけには関係ないんでしょうね」

「関係ありますよ、なんにでも」グリーンは力を込めた。「すべてにです、実際のところ。腰かけや牛からだって、ほかの何にも負けないぐらい簡単に理論は証明可能です。ほんと、実に簡単なんだ。通常の数学的公式を逆転させた場合、運動を定点として、また静止を運動の一形態として扱うことで、現実に同じ結果は得られるんです。今まで地球は太陽のまわりを回り、月は地球のまわりを回ると言われてきました。でもぼくの公式によって、初めて太陽が地球のまわりを回るような扱いが――」

マージェリーが目を輝かせて顔を上げた。「わたし、ずっと思っていたんです、そんなふうに見えるって」熱い口ぶりだった。

「これからもきっとそう思いますよ、ね、自分でわかってほしい」〝どうです〟とばかりにグリーンが応じた。「同じ論理的反転によって、地球は月のまわりを回ると想定しないといけないってことを」

娘のきらめく瞳に疑いの影が射した。「まあ！」

「とにかく、あなたが例に出されたことは、たとえば乳搾り用の腰かけでも牛でもなんでも、同じ目的にかなうんですよ、どれもふつうは動かない存在とされているから」

空いっぱいに影が広がるなか、変わらずに輝いている月をグリーンはぼんやり見上げた。「ふむ、あなたが話題に出したものを例に取れば」意味のない恐れと身震いに促されるようにグリーンは話を続けた。「月があそこの森の向こうから昇り、大きな曲線を描いて空を端から端まで通っていき、またあの丘の向こうに留まるように見えますね。でも月を円の中心と見なすことで、今の場合と同じ数学的関係を維持するのは簡単でしょう。で、牛のような物体が描いた曲線は――」

マージェリーが頭をのけぞらせながらグリーンを見た。瞳が笑みを含み、燃えたつように光っている。が、相手をあざけっているのでは毛頭なく、民間伝承とまさにぴったり内容が一致したことに対する無邪気な喜びを示していた。

「すごいわ！　じゃあ雌牛はほんとに月を飛び越える（ジャンプ・オーバー・ザ・ムーン）（「大喜びする」の意あり）のね！」

グリーンは自分の髪に手を当て、ややしばらく黙っていたが、難解なギリシャ語の引用句を思い起こした男を想わせるように、いきなりしゃべりだした。

「あ、それ、どこかで聞いたことあるぞ。こう続くんだ――〝子犬が笑って――〟」

ここであることが起きた。観念の世界では子犬が笑うという事実よりはるかに劇的なことだ。

天文学教授が笑ったのだ。物質の世界が観念の世界に符合したとするなら、リンゴの木の葉がぴくぴくしながら舞い上がったり、鳥が空から落ちたりしても不思議でない。むしろ牛が笑ったかのようだ。

そっけなくてぎこちない笑い声がやむと、あたりはしんとなった。次いでグリーンが自分の頭に置いていた手が大きな青のめがねをさっと取ると、相手をにらみつけるような青い目が現れた。グリーンは少年さながらに、いや子どもじみてさえ見えた。

「そのめがね、いつもかけていらっしゃるのかしら。それをかけていると、あなたのお月さまが青く見えるんでしょうね。めったに起きないこと（ワンス・イン・ア・ブルームーン）が起きるっていう格言か何かありませんか？」

グリーンは手にしているトンボの目のような代物を地面に投げると踏みつぶした。

「まあ、なんてことを！　突然めがね嫌いになられたようね。ずっと愛用なさるだろうと思っていたのに——そう、いわば徹頭徹尾（ティル・オール・イズ・ブルー）」

グリーンは首を振った。「徹頭徹美（オール・イズ・ビューティフル）です。あなたは美しい」

こんな戯言（ざれごと）を口にする男を相手にする場合、通常マージェリーは理性的で毅然たる態度を取る。そういう殿方（ジェントルメン）は紳士（ジェントルメン）ではないと判断したときはとくにそうだ。だがなぜかこのときは警戒心（ディフェンス）が起きなかった。相手が救いがたい（インディフェンシブル）というよりあけっぴろげ（ディフェンスレス）に見えたからだ。マージェリーは無言だった。一方グリーンは多弁だった。とはいえ理屈に合う発言が増えたわけではない。同じころ、近隣の町にある宿屋の休憩室では、フッドやクレインはじめ〈法螺吹き友の会〉の面々が、天文学の新理論の意義と将来性についてさかんに論じ合っていた。バースの講堂では、当の理論を解説するための準備が進んでいる。理論の提唱者はそのことをすっかり忘れていた。

「ずいぶん考えてみたんですよ」ヒラリー・ピアースが言いだした。「今夜バースで講演をするあの天文学をやっている男のことをね。どうもあの男はぼくらと同類みたいだ、遅かれ早かればくらはあの男と、または向こうがこっちと、関わりを持つことになるぞという気がしたんです。ぼくらとつながりができるのは、必ずしも快適な結果とは限りませんがね。そのうち何かひと悶着が起きそうだって、ひしひしと感じます。星占い師に相談しようかと思うほどですよ。なんだかグリーンはぼくらの円卓のマーリン（アーサー王に仕える高徳の予言師）みたいだな。まあともかく、あの星占い師はおもしろい天文学の理論を打ち立てたわけです」

「どういうわけだ」ワイルディング・ホワイトが意外そうにたずねた。「きみはその理論とどんな関係があるんだ」

「ぼくは理論をしっかり理解しているんですよ、グリーンにだってとても想像できないほどに。それにね、あの男の天文学理論は天文学寓意なんです」

「寓意?」クレインがおうむ返しに言った。「どんな寓意だ」

「ぼくらの、です。よくある話ですが、ぼくらは気づかぬまま寓意を地で行っているんです。グリーンが理論を語っているとき、ぼくは自分たちの歴史について一つ気づいたんです、今までは考えたこともなかった」

「いったい何を言っているんだ、きみは」大佐が問うた。

「グリーンの理論はですね」物思わしげにピアースが言った。「ほんとは止まっているのに動いている物体や、ほんとは動いているのに止まっている物体と関係があるんです。ほら、みなさんはいつもぼくのことを動いている物体みたいだとおっしゃいますよね」

「ときにはどきりとさせる物体だ」温かく励ますように大佐が応じた。

「つまり」ピアースは静かに言葉を継いだ。「ぼくのことを、しょっちゅう車でぶっ飛ばしたり、飛行機ではるかかなたまで飛んだりするやつのようにおっしゃるわけです。ぼくに対するそういう批評は、あなた方に対する世間の批評とほとんど同じです。ぼくらはまったく行きすぎたふるまいをしていると正気な人はたいてい思っている。ぼくらは狂人の集まりで、警察から逃れたり、飛行機で宙返りをしたり、しょっちゅうなんらかの馬鹿げたまねをたくらんでいるとね。でもその点を考えてみると、むしろぼくらは今いるところにいつも留まっていて、ぼくら以外の世界のほうこそたえず動いたり移ったり変わったりしているんだ」

「そうだな。話の意味がうっすらわかりかけてきたよ」オーウェン・フッドが応じた。

「ちょっとした大胆な行動に出たとき」ピアースが話を続けた。「ぼくらはみな一定の立場を保っていて、そこを離れまいとしますよね、いかに大変だとしても。それこそがおもしろい点なんです。でもぼくらのことをとやかく言う連中は自分の立場をしっかり守らない――伝統的だか保守的だかの立場であっても。どの一件を取ってみても、ふらついているのは向こうであって、こっちは揺るぎない。帽子を食べると宣言された大佐は実行なさった。それが変てこな帽子をかぶるって意味だと気づくと、ご自分はかぶった。でも地元の住民たちときたら、帽子は変てこだっていう信念を持ち続けなかった。流行はなんとも変化しやすく微妙なものです。流行が終わりに近づくと、同じような帽子をかぶらなくてよかったのかどうか、地元民の半ばは不安に陥りました。テムズ河畔の工場の一件では、フッドさんが古い風景をほめたたえたのに対して、ハンターさんは古い地主をほめたたえた。でもいつまでもほめはしなかった。新たに土地を得た者たちが現れるや、ハンターさんはそちらへ擦り寄っていった。あの人の保守主義は俗物根性の別名だから何も保守できなかった。ぼくはブタを持ち込みたかった。そうして持ち込み続けました。手口のせいで精神病院に収容される可能性はありましたが。一方、億万長者のイノック・オーツは豚肉の輸入を続けなかった。すぐ何か別の派手なふるまいを始めたんです。はじめは会社をまたたくまに大きくし、次にはイングランド各地の農場を買いあさった。商売人気質というのはどっしりしていない。たとえ正しいほうへ向きを変えるのが可能にせよ、とにかく変わりやすい。みんな似たような話なんですよ、ゾウをめぐる小さなごたごたにいたるまで。ホワイトさんを追いつめようとした警察も、相手には後ろ楯があることをフッドさんが示すと、ほどなく手を引きました。おわかりですか、何事によらずこれが道義の現状なんです。現代世界は物質第一だ。でも堅固じゃない。目的を、いや、これが目的だと新聞や小説に書かれて、ときにはほめられもするいろんなことを追求するうえで、厳格でも過酷でも無慈悲でもない。物質第一主義は石とは違う。むしろ泥みたいなものですよ、もっと言えば泥水だ」

「きみの言い分ももっともだ」フッドが応じた。「わたしも今の話に少し付け加えたい。現代英国における成功の機会をざっと計算してみると、状況はまあ似たようなものだ。怪しげであやふやな雰囲気のなかでは、とても革命だの根本的な改革だのは起こりそうにない。だがもし起きるとすれば、成功する可能性はあると信じる。ほかの勢力はすべて無力で不安定だから、革命に抵抗などできようはずがない」

「要するに、きみは何かとんでもないまねをしでかそうってことだな」大佐が言った。

「考えつく限り最もとんでもないまねをね」ピアースが明るく言い返した。「天文学の講演をするんです」

この試み（エクスペリメント）におけるとんでもなさの度合いは、ある新聞記事に最も簡潔なかたちで述べられていると言えよう。翌朝、新し物好きたち（エクスペリメンタリスツ）と親しい向きは、気がつけばいつも以上に戸惑いながら当の記事を見つめていた。クラブの席に座り、お気に入りの日刊紙を目の前に広げたクレイン大佐の場合、次の見出しで始まる一文をただならぬ表情でまじまじと見た。

科学者会議で驚きの一幕
講演者、錯乱のすえ逃亡

バースで開催中の天文学会第三回会議の席上、痛ましくも驚くべき一幕があった。日程表によれば、若手の天文学者としては指折りの逸材とされるオリバー・グリーン教授が、「惑星運行に関する相対性理論」と題した講演をおこなう予定だった。ところが講演のおよそ一時間前、題目を変えるという趣旨の電報が教授から主催者側に送られてきた。新たに星を発見したので、早く科学界にその事実を伝えたいのだという。会場全体が大きな興奮と熱い期待に包まれた。

しかし講演が進むにつれて、そうした感情は当惑に変わっていった。講演者は自信ありげに、ある恒星の周囲を公転する新たな惑星の存在を公表したが、分光分析や望遠鏡によって把握できたことよりむしろ、地層などの特徴をあきれるほど詳しく説明し始めた。内容をまとめると、その惑星が異様なかたちで生命を生み出し、それが巨大な物体となって倍化ないし分裂していき、ついには平らな繊維ないし明るい緑の舌に変わるということらしい。さらに教授は、かたちは同じようでも動きやすさでは優る別の生命体について、いっそう奇妙な説明をしだした。この生命体は代わる代わる揺れ動く四本の幹ないし柱に支えられており、末端には奇妙な曲線を描く物体が付属しているという。このとき、最前列にいた若い男性――次第に落ち着きをなくしていた――がいきなり大声を発した。「ああ、それは雌牛だ！」すると教授は、曲がりなりにも示していた科学者らしい貫禄ある態度をがらりと変え、雷鳴さながらの声でその野次に応じた。「そうだ、もちろん雌牛だ。おまえらにはとても気づかなかっただろうよ、雌牛が月まで飛び上がってもな！」痛ましくも教授は腕をぐるぐる回しながら辻褄の合わないことをわめきだした。自分も仲間の科学者も、自分たちのいる世界に目を向けたためしのないトンマどもだ、この世界には何にもまして目を見張らせるようなものがあるのにと。だが見当違いもはなはだしいことに、女性美に対するほとばしるような賞賛であるらしい発言の後半については、司会者や会議の役員たちが医者と警察を呼べと騒いでさえぎってしまった。かのホラス・ハンター卿――何より心理生理学者として有名だが、自身の専門分野に役立てようと様々なことを学んでおり、会議にも出席して天文学の進歩に興味を示していた――が現場で見たところでは、残念ながらグリーン教授が痴呆症を患っているのは明らかだという。直後になされた地元の医師による診断でもそれは裏づけられた。不幸な教授は再び騒ぎを起こすこともなく世間から追われるかもしれない（「精神病院へ収容される」の意）。

だがこの時点で、さらに異様な事態が展開された。最前列に席を取り、野次を飛ばして何度か講演の進行を妨げていた前述の若者が、すっくと立ち上がり、グリーン教授こそ会議で唯一の正気な人間だと大声で言い放つと、教授を取り囲んでいる一団に向かって突進し、檀上からホラス・ハンター卿を投げ落とした。さらには、同じく騒ぎたてた仲間と二人で医者や警察官から〝狂人〟を必死に引き離し、建物の外へ連れ出した。逃げた者たちを追う側はまず新たな謎に突き当たった。相手の姿がどこにも見えない。当の三人は飛行機で逃げたことが今では判明している。名をピアースというらしい若者は、知る人ぞ知る飛行士で、かつて陸軍航空隊に所属していた。ピアースに協力し、飛行機を操縦した別の若者についてはいまだ身元不明だ。

夜のとばりが下り、デイルの農場の上空で星がきらめいている。望遠鏡は空しく上を向いたままだ。大きなレンズには、持ち主が大いばりで言い及んだ月が無意味に映っている。だが持ち主は戻ってこない。それゆえデイル家の娘マージェリーはいささか説明しづらい問題を抱えており、二度ほどそのことを話題に出した。つまるところ、娘の家族が言うように、当の下宿人はバースのホテルに泊まるのが自然ではないか、とくに天文学者たちによる酒を飲みながらのどんちゃん騒ぎが夜遅くまで延々と続くのなら。「うちには関係ないことだわ」農場主の妻がほがらかに言った。「あの人だって子どもじゃあるまいし」だが娘としてはそうとも決めつけられなかった。

翌日、マージェリーはふだんより早く起き、いつもの仕事を始めた。その仕事ぶりは、何かの偶然か、いつも以上にふつうらしく見えた。無為に過ごした午前の時間帯には、当然かもしれないが心は前日の午後の一件に立ち戻った。下宿人のふるまいはとてもふつうとは思えなかった。「あの人が子どもじゃないって言えるのは幸いだわ。知恵遅れでもないって、同じぐらいはっきり言えたらどんなにいいか。あの人、ホテルに行ったりしたら従業員にいろいろごまかされそう」農家の娘は独り言をつぶやいた。

日中、自分のまわりのようすがぎくしゃくして味気なくなればなるほど、青い月に取りつかれた青めがねの男に訪れそうな運命が、マージェリーにはますます不安に感じられた。グリーンの行動に対して家族や友人はどこまで責任を負っているのか。あの人はほんとにちょっとおかしいのだから。グリーンの口から家族の話が出たことはなかった。いろいろな話を聞いたのは憶えているのだが。グリーンが友人と話している姿を見たためしもなかった。一度だけピアース大尉と天文学を話題にしていたことはあったが。ただピアースという名が頭に浮かんだせいで、たちまちほかのもっと関連性のある事実が思い出された。大尉は二年ほど前、丘陵の反対側にある〈青豚亭〉の娘と結婚し、その宿屋で暮らしている。妻はマージェリーの友人だ。二人は近隣の田舎町の同じ学校に通い、世間でいう切っても切れない間柄にある。友人同士というのは、離れがたい仲という段階を通り、離れていてもだいじょうぶという段階へと達するものなのかもしれない。

「ジョーンは何か知っているかしら。とにかく大尉ならご存じかもしれないわ」マージェリーはつぶやいた。

農場主の娘は厨房に戻り、朝食の準備で食器などを出し始めた。まだ下に降りてこない家族のために思いつく限りの用事をすませると、また庭に出て門のかたわらに立ち、自宅の農場と〈青豚亭〉のある谷間とを分け隔てる木々の茂る険しい丘を見つめた。マージェリーは子馬に馬具をつけることを思いついた。それが終わると、丘を越える道をやや落ち着かぬようすで歩いた。

地図の上では、〈青豚亭〉まではわずか数キロだ。マージェリーはこの十倍の距離でも楽に歩ける。だが科学に関する資料ではよくある例だが、地図というのは実に不正確な代物だ。二箇所の低地のあいだを走る尾根の道は、緩やかに波打つ平原と比べると、山脈並みにくっきりしていた。農場のすぐ向こうにある暗い森を通る道は、最初のうち狭い通路のようだったが、やがてはしごのように上向いているかに感じられた。低い天蓋（てんがい）を想わせるようにびっしり並ぶ木々を見上げながら、この道を登り切ったときには、ああ、ずいぶん歩いたわとマージェリーはしみじみ思った。木々が途切れ、雲ひとつない空が広がる頂上まで来ると、別世界を見つめる人のように尾根の向こうにじっと目を向けた。


事業を拡大していた時期のイノック・オーツ氏は、人も知るとおり、神の大草原（ゴッズ・グレイト・プレーリーズ）と自ら名づけた範囲を何度もさりげなく話題に出した。ヨハネスブルグ（南アフリカ共和国の都市）を出発点、ないしは中継点としてロンドンに来ていたローゼンバウム・ロウ氏は、領土拡張政策支持の演説をするなかで、〝果てしなき草原地帯（イリミタブル・フェルト）〟によく言い及んだ。だがアメリカのプレーリーも、アフリカのフェルトも、イングランドの低い丘から見える広い谷間と比べて、実のところ大きく見えないし、見えようはずもない。人は現にはるか遠くに見える景色——地平線すなわち人間の視界を横切るように天が引いた線——にこそ、遠いという距離感を抱くのだ。その景色の限界ほど無限を想わせるものはない。我らの狭い島には、そうしたどこまでも続く無限性が存在する。まるで島のなかに七つの海があるかのようだ。新たに現れた風景を眺めているうち、マージェリーとしては魂が広大な空間にいやされ、満ち足りてゆく気がし、また理屈に合わぬ話だが、ついには空虚にあふれた気にもなった。目に入る景色はどれもすばらしいばかりか、すばらしさが増してゆく感じだ。日光が射すなか立ち並ぶ高い木々を見つめるマージェリーの目には、どの木もさらに成長してゆくかに映った。太陽の位置が次第に高くなり、それにともない全世界が立ち上がったかのようだ。丸天井を想わせる大空もゆっくり上に昇りつつある気がする。まるでスカートが引き上げられ、はるか高い光のなかへ消えてゆくかのようだ。

マージェリーの眼下の広漠とした窪地は、地図帳の頁さながら豊かな色に染まっていた。かすかに見える草地や穀草地や赤色地は、新たに創造された世界の帝国や王国であっても不思議ではない。ともあれもうマージェリーの目には、松林の上に位置する丘のてっぺんに青白く光る石切り場の跡が映っている。またその下を見ると、そばに宿屋〈青豚亭〉がある川がきらめきながら湾曲している。マージェリーがてっぺんに近づくと、小さな黒点がいくつもついた三角形の緑野がなおはっきり見えてきた。黒点は小さな黒豚だった。もっと小さな点が別に一つあるが、これは子どもだ。マージェリーを背後から、または内部から駆りたてて丘を上らせた風のような力は、地すべりさながらくずれた長い道筋を景色からすべて吹き払ったかのようだ。だから道はみなあの一点を指している。

道が平らになり、マージェリーが農場や村の横を通るようになると、心の〝嵐〟はおさまっていった。自宅の農場をぶらついていたときのような、分別ある冷静な気持ちが取り戻せた。こんな微妙な用事でやってきて、友人に迷惑をかけてしまうことに責任や当惑さえ感じられた。だけどなんたってわたしは間違ってないんだと、マージェリーは強く自分に言い聞かせた。ふつうなら、どこかをさまよっている下宿人に対して、さも動物園から逃げたライオンであるかのように誰も怯えたりなどしない。だが結局マージェリーには、このライオンをいささか恐い野禽と思いたくなるだけの理由があった。なにせ口ぶりが実に変わっているので、こいつはちょっと左巻きだなと、半径十キロ内外にいる誰もが感じただろう——本人のしゃべりを耳にしたならば。幸いなことに誰も聞いたためしはなかったが。ともかくみなの意見を想像してみて、自分の意見も確認できた。人間性に格差をつけてはいけない。正気かどうか疑われる哀れな男性が行方不明なのに、途中で捜索をやめるわけにはゆかない。

マージェリーは宿屋に迷いなく足を踏み入れると、早起き人間には珍しい心からの明るい表情でジョーンに挨拶した。マージェリーはこの友人よりも多少とも年下で、生まれつき多少とも陽気だ。ジョーン・ハーディは子育てにかかりきりの日々を送り、早くも心の負担を感じていたが、あいかわらずいささか冷ややかな諧謔精神の持ち主で、用心深い笑みを浮かべながら友人の苦労の告白に耳を傾けた。

「いったい何があったのか、わたしたちは知りたいのよ」訪問者は心もちぞんざいな言い方をした。「もし危ないことが起きたんなら、わたしたち、みんなに責められるかもしれないわ、あの人があんなふうだってことは知っているけど」

「どんなふうよ」ジョーンがほほえみながらたずねた。

「ほら、ちょっと変わっているから。言いたくないけど。牛とか木とか、新しい星を見つけたとか、あの人が話すことったら、そりゃもう――」

「あら、じゃあよかったわね、ここに来たのは」ジョーンが穏やかに応じた。「だって、どこにいらっしゃるか正確にわかる人間は、この地上にはほかにいないはずだから」

「え、どこにいるの」

「地上じゃないわ」ジョーンが答えた。

「まさか――亡くなった？」マージェリーが作ったような声で問うた。

「だから空中にいるのよ。というか、よくあることだけど、うちの夫と一緒なの。あの方が警察に捕まる寸前に夫が救い出してね、二人で飛行機に乗って逃げていったわ。夫が言うには、しばらく雲のなかに隠れているほうがいいそうよ。あの方の話しぶりはご存じよね、もちろん。安全なときを狙って、夫と二人でときどき地上に降りてくるわ」

「逃げていった⁉　捕まる⁉　安全なとき⁉」マージェリーは目を丸くして声を張り上げた。

「なんなの、いったいなんの話？」

「つまり、どうやらあの方、あなたに話していたようなことをバースの講堂に詰めかけた科学者にも話したらしいの。すると言うまでもなく、こいつは狂っているとみんな騒ぎだしたのよ。科学者ってそういうために存在するようね。そしてみんなであの方を病院に収容しようとしたとき、ヒラリーが――」

農場主の娘が怒髪天を衝かんばかりの形相で立ち上がった。すでに日は昇り、天は高かったが。

「収容する⁉　科学者って連中、よくそんなことが言えたわね。あの人が狂っているなんて！　狂っているのは自分たちよ、そんな戯言を口走るぐらいだから。ふん、あの人の専門家としての頭脳にはかないっこないわよ、もうろくした連中がはげ頭を寄せ集めたって――わたし、その頭をまとめてぶんなぐってやりたい。きっと卵のからみたいに砕け散るでしょうよ、あの人の頭は鋳鉄みたいに固いけど。あなた、知らないのかしら、あの人は旧態依然とした連中の専門分野で相手を打ち負かしたのよ、星座やらなんやらの問題で。みんなねたんでいるんでしょうね、どうせそんなところだろうと思っていたわ」

くだんの自然科学者連の名前や、あるいは名前どころか存在もよく知らなかったからとて、マージェリーは当人たちの人物描写をおこなうに、激しい言葉遣いを控えたりしなかった。

「ひげづらの、たちも悪けりゃ意地も悪い老いぼれどもったら。徒党を組んではクモみたいに汚い巣を張って、自分たちより優れた者を絡め取ろうっていうんだわ。もちろん何から何まで陰謀よ。そろいもそろって頭がおかしくて、まともな人を見ればすぐ憎むんだから」

「じゃ、あの方はまともだってあなたは思うの？」ジョーンが重々しく問うた。

「まとも？　何が言いたいの。もちろん完全にまともよ」マージェリーが言い返した。

海のような広い心でジョーンは黙ったが、やがて口を開いた。

「まあ、うちの夫が一役買ったからには、当面あなたのお友だちも安全よ。あの方、どんなに妙な感じがする物事でも、たいていやりとげるから。それに、あなただけに話すけれど、今ヒラリーはほかにもいろいろやりとげようとしているのよ、それもけっこう大きな問題でね。誰が何をしようと、あの人が戦うのを止められやしない。なんだか世の中全体を相手に戦おうとしているみたい。だから話に出てきた科学者たちがまとめてこてんぱんにやられるところを見ても、べつに驚かないわ。今、大がかりな準備が進んでいる最中でね。夫の友だちのブレアって人が気球や何かを使ってさかんに動いているの。きっとそのうち何か大きなことが起こるわよ、もしかしたら国中で」

「そうなの？」「トミーは外？」ミス・デイルはぼんやり応じた――市民感覚や政治感覚が悲しいほど欠けているのだ。

二人は当家の息子のことや取るに足らぬ様々なことを話題にした。互いに相手を申し分なく理解し合った仲だった。

読者にとって、もし理解しそこねた点がまだあるなら、また（信じがたい気もしないではないが）どうしても理解したい点があるなら、「ブレア司令官の比類なき建物」譚をじっくり読むという重い負担は避けられない。さらに言えば、読者にはほっとするような告知だろうが、こうした逸話からなる物語は、真相解明かつ結末へと近づいてゆくだろう。

Ⅶ　ブレア司令官の比べる物なき建物

イーデン伯爵は三度目の政権奪取を果たしていた。それゆえ本人の顔や姿は政治漫画で、いや路上でもすでにおなじみのものだ。黄みを帯びた髪や締まって張りのある体軀には、どこかわざとらしい若々しさが感じられた。だが顔をよく見ると、しわが何本も走っており、意外に老けているなと人は思ったりもした。伯爵は職務面では実に経験豊富で才気煥発な人だった。社会主義政党をさんざんやりこめ、社会主義政府をひっくり返すことに成功した（一九二四年の総選挙によって、マクドナルドの労働党内閣からボールドウィンの保守党内閣に代わったことを指すか）ばかりだ。その際には自分で大いに楽しみながら創作した韻を踏んだ標語や格言を活用した。〝国有化（ナショナライズ）ではなく合理化（ラショナライズ）しよう〟という傑作標語が伯爵を勝利へと導いたのは、今や衆目の一致するところだ。だがこの物語が始まる時点では、首相としてほかにもいろいろ課題があった。たとえば、すぐ相談に応じてほしいという求めが、伯爵にはとくに大事な三人の支持者――ノーマンタワーズ卿、科学的政治の一大提唱者たる大英帝国四等勲士ホラス・ハンター卿、慈善家ロウ氏――から寄せられていた。三者はある問題に直面していた。アメリカの某富豪が突如として狂気に陥ったことに関わる一件だ。

首相はアメリカの富豪たちと多少とも面識があった。かの国の平均的ないし典型的な富豪像とは違うぞと、そう思わせるような行動をしがちな向きとも付き合いがある。そんななかの一人が、英国陸軍省に対して、戦争を一挙に終わらせる計画を強引に売り込んできた発明家のグリッグだ。無線電信を用いてドイツ皇帝を感電死にいたらせることなどがその中身だという。ほかにはネブラスカのナパー氏もそうだ。氏はアングロサクソンの団結の象徴と称して、シェイクスピアの崖（イングランドのドーバーにある崖。『リア王』第四幕第一場のグロスター伯爵の台詞参照）をアメリカへ移そうと交渉を試みたが、交換条件として我が国にプリマスロック（マサチューセッツ州プリマスにある岩。ピルグリムファーザーズが乗っていたメイフラワー号がアメリカに到着した記念史跡）を贈る案をアメリカ共和党から大反対され、説明もしないまま撤退した。また魅力や教養に恵まれたボストン人ヤツガシラ大佐も、首相の知り合いの一人だ。清浄推進やユリ普及（ユリは純潔の象徴）の運動をしている大佐は、英国では大歓迎されたが、本国の大使や同郷の名士がこぞって大佐の出迎えを拒んだことが知れると、英国民もさすがに驚いた。本国での記録によると、大佐はシンシン刑務所（ニューヨーク州オシニングにある州立刑務所）に収容されてもおかしくない人物だったという。

　だが豚肉で財を成したイノック・オーツの場合、事情はかなり違っていた。イーデン卿の支持者三人が、サマセットにある美しく大きな首相邸の庭の食卓を囲みながら、首相に熱っぽく説明していたころ、どれほど常識外れの富豪でも、かつて思いついたためしのないことをオーツ氏はやってのけていた。ある点までは、氏も外国人の一富豪としてふつうの行動に出ていた。周囲からも多く賛同の声が上がるなか、氏はある郡のおよそ四分の一に及ぶ地所を購入した。世間の予想では、当の土地は禁酒主義か優生学に関するアメリカの実験場になるのではと見られ、それに向けて英国の農民大衆も一種の未開墾地を売りに出した。ところが現実の展開は異なり、氏はいきなり乱心し、自分の土地を借地人たちへの贈り物にしようと決めた。こんな前代未聞の異常事態によって農場は借地人の地所となった。米国人の富豪が英国から英国の事物を、すなわち地代や遺跡や絵画や大聖堂やドーバーの崖を奪ってゆくのは、すでに誰にとっても見慣れたありふれた行為だった。だが米国人の富豪が英国の土地を英国人に与えるのは、弁明の余地なき内政干渉であり、革命を誘発する侵略行為に等しい所業だった。そこでイノック・オーツは首相諮問委員会（ザ・カウンシル）に呼び出され、あたかも被告席にいるかのように、椅子に腰かけてテーブルをにらむ次第となった。

「早くも実に憂慮すべき結果が出ている」ホラス・ハンターが大きめな声で言いだした。「一例を挙げたいと存じます、閣下。サマセットのデイルなる一家が下宿人としてある精神異常者を受け入れました。その者はことによると殺人狂かもしれません。実のところ一説によると、寝室の窓から大砲かカルバリン砲を突き出していたそうでして。地所の管理責任者や地主、弁護士、教養ある人間が一人もいなかったため、一家が寝室をベンガル虎に貸すのを防ぐ手立てはなかったわけです。ともかく当の男は頭がおかしく、天文学会で何やらわめきながら檀上に突き進むと、美女だの月を飛び越えた雌牛だのについて語ったといいます。例の不埒な扇動者のピアース――かつて陸軍航空隊の一員でした――が現場におり、騒ぎを起こしたすえに飛行機で左巻き男を運び去りました。あまたいるこうした無知な連中がおのれの好き勝手にふるまうのを許されれば、似たような事件がいたるところで起きるでしょう」

「まったくそのとおり」ノーマンタワーズ卿があとを受けた。「実例ならほかにいくつも挙げられます。話によると、やはり変人仲間のオーウェン・フッドなる男は、小さな農場を購入して、馬鹿馬鹿しくもそこをぐるりと銃眼付きの壁で取り囲み、壕を掘り、跳ね橋を取りつけたのです、〝英国人の家は各自の城だ〟という標語のもとに」

首相が静かに話し始めた。「英国人はいかに英国人らしかろう（イングリッシュ）と、いずれ悟るのだろうな、おのれの城は砂上（イン・スペイン）に立っているのだと。空中に（イン・ジ・エアー）浮かんでいるとまでは言わないが。ところでオーツさん」向かいの端に座っている暗い顔の大柄なアメリカ人に恭しく（うやうや）言葉をかけた。「わたしがこういう奇想物語（ロマンス）に共感できない人間だとは、どうかお思いになりませんように。まあどれも現実離れした話ではありますが。それにしても、この手の逸話は英国の精神風土にはそぐわないと、あなたにもやがておわかりいただけるだろうことは信じて疑いません。我もまたアルカディアに住みし（エト・イン・アルカディア・エゴ）（ニコラ・プーサン［一五九四～一六六五］の絵画で、牧人たちが美女に示している碑銘。「わたしにもそれはわかっている」の意）ですな。万人が理想郷（アルカディア）で笛を吹いている（パイピング）（「権威ある立場を得る」というほどの意）さまを我々はずっと夢見てきましたが、結局のところ人はすでに笛吹きに金を払っていたわけです。とはいえ、もし知恵ある者なら、金を出せばまだ口も出せる」

「わたしには大いなる喜びですね、もう手遅れだと申し上げるのは」オーツがうなるように応じた。「変人たちには、自分の始末は自分でつけるすべを学んでほしいと存じます」

「いずれにしろ、あなたは学んでほしいとお思いなんですな」首相は穏やかに応じた。「それにわたしとしては、もう手遅れだと速断したくはない。互いに無理のない合意を形成する可能性はまだ残っていると感じますが。贈与証明書――法律文書とされているものです――は今でも法律をめぐる議論の主題であり、改定の余地ありでしょう。偶然ながら昨日わたしはこの件で法務長官と話をしました。そこで、ほんのわずかでも首相ご自身から参考になる――」

「要するに、取り決めの穴を突く仕事は報われるぞと、今後ご自分の顧問弁護士にお話しなさるというわけでしょうか」オーツ氏が用心深く言った。

「いわゆるぶっきらぼうな西洋流諧謔ですかな」首相がにやりとしながら応じた。「わたしとしてはただ、この国では再検討と修正を加えることで、大きな取り引きが可能になると言いたいだけです。我々は、誤りを犯すにせよ、その誤りを元どおりに直している。我が国の歴史書をひもとけば、そうしたことを表す決まり文句が見つかります。〝不文憲法の融通性〟（英国には成文憲法がない）ですよ」

「我々にもその手の決まり文句はございますよ」アメリカ人が思案ありげに応じた。「汚職です」

「いやまったく、あなたがそこまで几帳面に計画を立てる方だったとは」いささか短気なノーマンタワーズ卿が不意に声を張り上げた。

「ばったくぼってぶ道徳だ」ロウ氏が慈善家らしい一言を述べた。

イノック・オーツ氏は、海から姿を現した怪獣レビヤタン（旧約聖書詩篇第一〇四章第二十六節など参照）を想わせるように、ゆっくり立ち上がった。血色の悪い大きな顔は表情を変えていない。だが本人は夢見ごこちでふらふら遠ざかってゆきそうだ。

「まあわたしも、事業を拡大していたところ、少し後ろ暗いことに手を染めたかもしれない」オーツが言いだした。「いわゆる山上の垂訓（マタイによる福音書第五～七章参照）を手本としない取り引きも数え切れないほど。でもわたしが誰かを打ちのめしたにせよ、向こうがこちらを打ちのめそうと画策したことに対抗した結果だった。そういうのは、たとえ貧しいにせよ、わたしに対して今にも銃で撃つか、ナイフで切りかかるか、したたかになぐりつけるかするような連中だった。それにわたしの国では、みなさんのような方は明日にでも誹謗中傷の嵐を浴びるか、名誉を汚されるか、殺されない程度に傷めつけられるかするでしょうね、民衆(ピープル)が手に入れた土地をうちの顧問弁護士が取り上げようとしている、などと口走ったりすれば。英国の風潮は違うとおっしゃるかもしれない。とにかくわたしは自分のやりたいようにやります。あなたについては、ええと、ローゼンバウム――」

「ロウです」慈善家が言った。「なぜわたしの名を言いたがらない人間がいるのか」

「決してそんなことは」アメリカ人が愛想よく言った。「実に妥当なお名前で」

オーツはのろのろ部屋から出ていった。あとに残された四人は不可解なアメリカ人の後ろ姿を見つめた。

「あの男は今のままで行くでしょうね、というより、関係者はみな今のままで行くでしょう」ホラス・ハンターがうめくように言った。「いったいこれからどうすればいいか」

「もう手遅れだというあの男の言い分どおりかもしれない」ノーマンタワーズ卿が苦々しげに言った。「何をすればいいものやら」

「わたしにはわかる」イーデン卿が口を開いた。ほかの者はそろって卿に視線を向けた。だが若々しい黄色の髪を生やし、しわを刻んだその老け顔に浮かんだ微妙な表情の意味は、誰にも読み切れなかった。

「文明の資源、いまだ枯渇せず（英国の元首相グラッドストーンの言葉）」首相はいかめしく切りだした。「かつて各国政府が民衆に向けて発砲しだした際に言っていたことだ。ふむ、みなさんが民衆を撃ちたい気分であるのは理解できる。あなた方には、アメリカにおける自分の権限――いやもちろん公徳心のもとに行使しておられるでしょうが――の源、すなわちサー・ホラスの公衆衛生の改善策やノーマンタワーズ卿の新たな地所などが、もはや粉々にされているのではないか、救いがたくも田舎くさいがらくたに変わり果てているのではないかと、そう思えるのでしょう。土地を確保しないと、支配階級の運命はどうなるんだというわけですな、え？　うむ、お話ししよう。わたしには次の動きが読める。今やその方向へ進むときだ」

「どんな動きでしょうか」ホラス・ハンターがたずねた。

「土地の国有化です」首相が答えた。

サー・ホラスは口をぽかんと開けて椅子から立ち上がったが、あわてて口を閉じて座り直した。自ら〝反射作用〟とやら称しそうな態度だ。

「だがそれは社会主義です！」飛び出そうなほど目を見開いてノーマンタワーズ卿が叫んだ。

「真正社会主義だとは思いませんかな」首相が静かに思いをめぐらすように答えた。「真正社会主義と呼ぶほうがいい。選挙の際に忘れてならんたぐいのことです。向こうは社会主義、こちらは真正社会主義だ」

「要するに、閣下は共産主義者（ボルシェビキ）を支持なさるおつもりなのでしょうか」からだに染みついた俗物根性を思わず忘れるほど真摯な心もちでハンターが迫った。

「いや、逆に共産主義者がわたしを支持するだろう」首相はスフィンクスを想わせる謎めいた笑みを浮かべた。

いったん間を置き、首相は物足りなそうな口ぶりで言葉を継いだ。

「もちろん、心情的には少し悲しい。我が国の由緒ある見事な城や荘園、郷紳（ジェントリー）の邸宅……こういうものが公有財産になるわけだ、たぶん郵便局のように。わたし自身、ノーマンタワーズで過ごした楽しい日々を思い出すと――」テーブル越しに、その土地の名を持つ貴族にほほえんだ。「それから、サー・ホラスはウォーブリッジ城――あれも立派なところだ――で充実した生活を営んでおられる。ああ、そうそう、ロウさんも城をお持ちだ、名前は失念したが」

「ローズウッド城です」ロウ氏がややむっとしながら言った。

「それにしても〝国有化ではなく合理化しよう〟はどうなるんですか」サー・ホラスが立ち上がりながら声を上げた。

「どうも」イーデン卿が明るく話しだした。「〝合理化ではなく国有化しよう〟でないといかんかな。結局は同じになるんだが。いずれにしろ、なんらかの新たな標語は容易に作れる。たとえば、やはり我々は愛国政党、国民政党だ、〝愛国者（ナショナリスツ）に国有化（ナショナライズ）を任せよう〟はどうですかな」

「いや、わたしに言えますのは――」吠えたてるようにノーマンタワーズが口を開いた。

「もちろん埋め合わせはなされる」首相がなだめるように応じた。「相当額の補償は可能だ。ふむ、来週の今日の四時にしましょうか、あなた方ご一同にここへ顔をそろえていただければ、計画をすべて提示できるでしょう」

翌週、再びやってきて、首相の日当たりのよい庭に招き入れられた面々の前に、首相のいう計画が提示された。明るい芝生に置かれたテーブルは、大小の地図や大量の公文書で覆われていた。首相の数多い私設秘書の一人ユースタス・ピム氏が、その地図や文書のそばをうろついている。イーデン卿自身はテーブルの上座に位置して、知的な顔をしかめながらある文書をじっくり読んでいた。

「みなさんも合意の条件をお聞きになりたかろうと思いましてね」首相が話し始めた。「どうも我々は、進歩の大義のため、ずいぶん犠牲を払わないといけないようだ」

「いや進歩なんて――」我慢しかねるとばかりにノーマンタワーズが言いだした。「つまりわたしとしては、閣下がわたしの地所をどうなさるか――」

「あなたの地所は第四部門の城郭・寺院地所課の管理事項となります」イーデン卿は自分の前にある書類を指さした。「新法の条項により、こうした件の公的管理権は当該郡の知事に授けられる。あなたの城の場合は――ううむ、と――ああ、そうそう、もちろんあなたが地元の知事ですよ」

ノーマンタワーズ卿は硬い髪を逆立てて目を見開いたままだ。だが小ぶりな、かつ抜け目のなさそうな顔には、新たな表情が浮かんできた。

「ウォーブリッジ城は話が別です」首相が言葉を継いだ。「残念ながらこの城は、近ごろの豚コレラをめぐる騒ぎのせいで寂れた地域にありますね。例の騒ぎについては、公衆衛生責任者（ここで首相はサー・ホラスに軽く頭を下げた）に、めざましい働きぶりを示していただいた。この地域は公衆衛生責任者の管理下に置く必要がありましてね、城や大聖堂や牧師館など、豚コレラが発生しそうな場所を調査してもらうために。この件はこんなところです。これはまあ特別だから。ほかの件はほぼ問題ない。ローゼンバウム城――ローズウッド城ですかな――は、新しめの物件なので、第五部門で管理されます。耐久建築物であるカストディアン城の財産帰属者の指名権は政府に与えられる。政府は地元の社会科学や経済学に対する貢献を評価して、ローズウッド・ロウ氏を財産帰属者に任命することに決しました。もちろんこうした件では、地所の現所有者に対して例外なく相応の補償がなされます。また新任の役人に対しては十分な報酬と交際費が支払われる。それによって各々の地所は歴史かつ国民性にふさわしいかたちで保存できますからね」

喝采を求めるかのように首相は黙った。サー・ホラスは多少いらついたようすで口を開いた。「しかしですね、わたしの城は――」

「しつこいな！」初めて我慢しきれず本音をあらわにするように、首相が声を荒らげた。「わかりませんかね、あなたは今までの二倍の金額を手にするんです。まず自分の城を失うことで補償を受け、次いで城を守ることで収入を得るんだ」

「閣下」ノーマンタワーズ卿がへりくだるように言った。「今までにわたしが申し上げたこと、または匂わせたことにつきましては、恐縮に存じます。英国の大政治家の御前におりますことをつい失念しておりました」

「いや、まったく簡単な話なんだ」イーデン卿がざっくばらんに言いだした。「わかってほしいね、民主的な選挙を何度も経たにせよ、我々がいかに楽々と権力の座を保ってきたか。いかに上院のみならず下院も巧みに支配してきたか。やることはいわゆる社会主義と同じになるだろう。我々の立場は変わらない。ただ我々は貴族（アリストクラッツ）ではなく官僚（ビュロークラッツ）と呼ばれるだろうが」

「ははあ、わかりました」ハンターが言った。「例の欺瞞に満ちたくだらない標語、〝土地三エーカーと牛一頭〟の寿命が尽きるわけですね」

「でしょうな」首相はにやりとして応じると、地図を次々に折りたたみ始めた。が、最後のいちばん大きいのをたたむ途中でふと手を止め、声を発した。

「お！」

テーブルの中央に一枚の手紙が置いてあった。口を閉じた封書だ。自分が保管している書類には見えぬ一枚だ。

「これはどこから届いたんだ」首相が鋭さを増した声で問うた。「きみがここへ置いたのか、ユースタス」

「いいえ」ピム氏が手紙を見つめながら答えた。「初めて目にいたしました。今朝の閣下宛の手紙のなかにはございませんでしたが」

「郵送されてはこなかったぞ。使用人も誰一人としてこれを持ち込んではいない。いったいどうやってこの庭に届いたんだ」

首相は指で封を破り、戸惑い顔でしばらく文面を見つめた。

ウェルキン（大空ないし天国の意）城、一九××年九月四日

謹啓

遠からぬうちに閣下がウォーブリッジ城など我が国の由緒ある城郭を処分なさるべく、準備に入っておられるとのこと、そこで不肖わたくしの地所ウェルキン城に関して、こちらなりの対策を採らせていただく都合上、閣下のご計画をお知らせいただければと存じ、一筆認めた次第でございます。どうぞよろしくお願い申し上げます。

敬白

ウェルキンのウェルキン

「ウェルキンて誰だ」首相はキツネにつままれたような顔をした。「わたしと面識があるような書きぶりだな。だがこちらは覚えがない。ウェルキン城はどこにあるんだ。また地図で調べないと」

ところが何時間も地図をながめたり、『バーク貴族名鑑』や『ディブレット貴族名鑑』、名士録、地図帳などありとあらゆる参考文献を調べたりしても、この慇懃ながら毅然たる姿勢を示す郷紳の存在は突き止められなかった。

イーデン卿は少し不安になってきた。この国の各地方には妙に大きな影響力を誇る者がおり、いきなり表に現れて騒ぎを起こす可能性も否定できぬことを承知しているからだ。また、社会の大変革をめざす政策を実行するうえで、支配階級を味方につけること（と同時に個々人の理解を得ること）が重要であるのも承知している。ともあれ首相は不安を抱いていたものの、その気持

ちもやがては薄らいでゆくはずだった。が、数日後に起きたある一件のせいで、また事情は変わった。
ゆっくりお茶でも楽しもうと、首相が同じ庭の同じテーブルにつこうとしたところ、なんと別の手紙が目に飛び込んだ。今度の置き場所はテーブルではなく、すぐわきの芝生だったが。一通目のときと同じく消印がない。筆跡も同じだ。だが文面はさらにとげとげしかった。

ウェルキン城、一九××年十月六日

謹啓
ウォーブリッジ城の例に見られるとおり、大規模な財産没収計画を続行なさる旨、どうやらご決意なさったものと拝察します。しかも長く栄えある伝統を誇るウェルキン城については、なんら言及なさるおつもりもないと思われる以上、わたくしとしては我が父祖から受け継いだ砦を死ぬまで防衛しますと、そうご通告するほかございません。それに加えて、今後は公然たる抗議の声を上げてゆくべく決意いたしました。次回の閣下宛書簡は、全英国民の正義感に訴えるかたちのものとなりましょう。

敬白
ウェルキンのウェルキン

長く栄えある伝統を誇るウェルキン城が相手であるため、首相の十二名の私設秘書は、百科事典や年代記や歴史書を調べることに一週間かかりきりになった。だが首相自身としてはそれより別の問題のほうがなお気がかりだった。こういう手紙がなぜ二度も自宅まで、いや庭まで運び込まれたのか。どちらも郵送されたわけでなく、使用人はみな見たこともない代物だと言っている。しかも首相は誰かにこっそり監視されているわけではないか。首相とはそういう存在ではある。だが数年前のこと、動物の殺生は正しいと信じる人々を菜食主義者たちが片端から殺害しだした事件以来、イーデン卿は厳重に身辺警護されていた。自宅と庭のあらゆる出入り口にはつねに私服警官が配置されており、その一致した証言からすると、手紙が庭に運ばれる可能性は皆無と見てよさそうだった。それでも庭のテーブルに置かれていたという小さな疑問は残る。イーデン卿は厳しい顔でしばらく物思いにふけっていたが、椅子から立ち上がりながら口を開いた。

「我らがアメリカ人の友、オーツ氏と話をしてみよう」

諧謔精神のゆえか、または正義感のゆえかはともかく、イーデン卿は特別陪審員三名の前にノック・オーツを呼び出した。いや、見方によってはオーツの前に三名を呼び出したとも言いうる。首相のひそかな共感の中身ないし真意が以前にも増してわかりづらいからだ。首相は当たり障りのない話題をいろいろ挙げてゆくなかで、実にさりげなく手紙の件を持ち出すと、オーツに向かって唐突に語りかけた。

「ところで、こういう手紙について何かご存じですかな」

アメリカ人はいつもどおり無表情のまま、しばらく返事もしなかったが、ようやく口を開いた。

「なぜわたしが何か知っているとお思いなのでしょうか」

「だってあなたは」もう黙っていられんとばかりにホラス・ハンターが勢い込んで言いだした。

「例の〈法螺吹き友の会〉の左巻き連中とつるんでいるじゃありませんか、こういう騒ぎを起こしている張本人と」

「いやまあ」オーツは穏やかに応じた。「あの者たちのふるまいを多少とも気に入っている点は否定しません。元気あふれる人間は好きですから。いずれにしろ連中は元気な点ではお国で指折りの存在です。しかも話はそれに留まりません。苦労をいとわぬ人間がわたしは好きなんです。実際あの者たちは苦労をいとわない。あれは馬鹿どもだとあなた方はおっしゃる。ですが、連中の無分別には一つの型があると思います。とにかく自分の常軌を逸した誓いを守るために苦労をいとわない。飛行機で天文学者を運び去った者たちの話が出ましたね。ふむ、あの無謀な行為でピアースに協力したベリュー・ブレアのことはわたしも存じています。軽く見てはいけない男だ。お国の航空学における一先達ですよ。あの男が連中とつるむとすれば、連中の思想信条のなかには、科学的知性人にとって把握したい気に駆られる要素があるということだ。ヒラリー・ピアースのためにブタをめぐる騒動を演出したのはブレアです。ビヤ樽のような大きな気球を作り、ブタどもにパラシュートを渡して」

「そんなこった」ハンターが声を上げた。「愚劣なおこないのなかでも――」

「戦時中にブレア司令官という人物がいたのは憶えている」首相が静かに言いだした。「みなからベローズ・ブレアと呼ばれていた。専門的な仕事をしていたな、飛行船に関する新しい計画で。だがわたしはただオーツさんに、ウェルキン城の所在地をご存じかどうかお聞きしようとしただけなんだが」

「きっとこの付近のどこかですよ、手紙が人の手で届けられたようだから」ノーマンタワーズが言った。

「それはどうでしょうか」オーツが異を唱えた。「わたしが存じているイーリー（イングランドのケンブリッジ州東部の町）に住むある男は、そういう手紙の一通を人の手で送りつけられました。それにランズエンド（イングランドのコーンウォール州の岬で、英国の最南端）の近くに住む別な男など、その手紙は近くに住む人間から来たに違いないと思っておりました。おっしゃるとおり、手紙はいずれも人の手で送り届けられた感じですね」

「誰の手だ」妙に怖い顔つきで首相が言った。

「オーツさん、ウェルキン城の場所はどこですか」ノーマンタワーズが迫るように問うた。

「まあ、あらゆるところですよ、言ってみれば」オーツが思案ありげに答えた。「要するに、どこであってもおかしくない。ああそうだ——」いきなり口調が変わった。「実は、ここだ！」

「ふうむ。ここで長いこと四方八方に目を配っていれば、我々には何か見えるはずだと思っていた」首相が穏やかに言った。「まさかみなさん、答えが察せられることをオーツさんに問うだけが目的で、わたしがあなた方をここにお引き止めしているとは思っておられますまい」

「どういうことですか、閣下。何が見えるとお思いでしたか？」

「消印なき手紙の発信源です」イーデン卿が答えた。

庭の木々の上空で、大きなまばゆい物体がうねるように動いている。はじめは有色の雲かと思われたが、入り日に向き合う雲の群れが浴びるのと同じような光、つまり熱っぽいと同時に冷ややかな感じの光で輝いていた。不透明な炎さながらの輝きだ。近づいてくればくるほど、ますます目を疑うような様相を呈してきた。重量感のある大きさと見栄えだ。雲が黒っぽいこずえをこすってくしゃくしゃにしてしまいそうな感じだ。空にこんな代物が浮いている場面など今まで見たこともない。立体派（キュービスト）の雲だ。こんな日没時の雲景（クラウドランド）を見つめる人々は、やや気味悪いほど申し分ない城や町を目にしているような気になることもよくある。ともあれ、空に何かの前兆を見た場合のように、自分が大声で叫んでしまう、いや金切り声さえ上げてしまうほど、その申し分なさの程度が高い例もあろう。まさに今その程度にいたったのだ。庭の上空を滑らかに進む大きな光る物体は、おとぎの国の城のように銃眼付き胸壁と砲塔に囲まれている。しかも夢幻の世界（クラウドランド）では考えられぬほど、建築学の原則にかなっている。これを目にした者の頭に、ある成句と格言がふと浮かんだ。

「閣下、ほら、あれ！」オーツが独特の鼻にかかった間延びしたような声をうわずらせた。「閣下がおっしゃっていた夢の光景ですよ。城が空中に浮かんでいる」

飛行物体の影が日の当たる芝生の上を動いてゆくなか、空を見上げる面々の目に、巨大な気球のつりかごさながら、物体の下の部分がだらりと垂れ下がったさまが映った。面々の頭に、ブレアとピアースとによる上空からの奇行や偉容を誇るブタの姿が浮かんだ。物体がテーブルの上を通り過ぎるとき、つりかごから白い斑点が離れて落ちてきた。一通の手紙だった。

次の瞬間、白い斑点に続いて吹雪のように何かがどっと流れ落ちた。無数の手紙や小冊子や紙片が芝生全体に広まった。客たちは紙くずの散乱する〝荒地（ウィルダネス）〟に立ち尽くし、取り乱した（ワイルドリー）ように目を見開くしかないようだ。だが鋭敏にして経験豊富なイーデン卿の目は、政治選挙でなぜか皮肉っぽく〝文書(リテラチャー)〟と呼ばれる資料類を捉えた。
しばらく時間はかかったが、十二名の私設秘書が散らばった資料を拾い集め、芝生を元どおりきれいにした。よく調べると、資料は大きく二種類に分別できるのがわかった。〈法螺吹き友の会〉の選挙運動用文書と、空中の私有財産に関する何やら軽やかな空想物語とだ。なかでも重要な文書——不気味な笑みを浮かべてイーデン卿が今までになくじっくり調べている——は、以下のような文章から始まっていた。

英国人の家はもはや英国の地に立つ各自の家にあらず。各自の城たるものありとせば、それは空中の城にほかならず。
その概念に違和感を、または非現実感をさえ抱かしむるところありとせば、雲間に自宅を持つは地上に自宅を持たぬより、ごうも奇抜ならずと我らは返す。

そのあとには、政治的価値観をさほど強調してもいないくだりが続く。慧眼(けいがん)の士であれば、〝科学者〟ブレアよりむしろ〝詩人〟ピアースの影響を察知しそうだ。「彼ら大地を盗みし。我ら空を切り割かん」。だがここから筆者はどうも説得力に欠ける主張をつづってゆく。ミヤマガラスやツバメに対して、「新たな領域たる青い牧草地」の生け垣を表すよう、列をなして大空に浮かぶ訓練を施したのだという。ごていねいにも、鳥類学上の正確な境界を点線で示した空間図入りの説明を加えてある。そのほか、雲を取り扱うことや、虫をついばむように鳥をけしかけるこ

となど、やはり科学に関わるくだりもある。この部分は有名な社会的経済的標語で終わっていた
――〝土地三エーカーと牛一頭〟。
ところが読み進めるイーデン卿の目つきは、大事な社会再建の問題について考えるにせよ意外なほど厳しさを増していった。文書の筆者はこう続けた。

　上記の綱領に支離滅裂な点があるかに見えても驚くなかれ。支離滅裂は我らの政治全体の特徴だ。かねて私有物だった土地は公有化されたが、かねて公有物だった空気が私有化されると奇妙に思えるのではないか。これこそ〝公的情報(パブリシティ)と私的秘密(プライバシー)〟という問題の現状だと我らは答える。たしかに私有物は公有化されつつある。だが公有物は私有化されたままだ。

　ゆえに、ひいきのオウムを見て目を細める大英帝国四等勲士ホラス・ハンター卿の写真を新聞各紙で目にし、我らも気持ちを和ませた。我らはここまで卿の暮らしぶりに通じている。卿のこんな笑顔は単に内輪向けのものかもしれないが。しかし、自宅に暮らし続けているからという理由で、卿が近く三万ポンドの公金を受け取る予定だという事実は、厳重に秘匿されている。

　同様に、我らは目にしたのだ、新婚休暇(ハネムーン)を楽しむノーマンタワーズ卿の顔が満載の写真入り新聞を。各頁の記事では、卿の恋愛模様(ロマンス)と控えめに紹介されているが。実情はどちらにせよ、昔かたぎの生まじめな向きは、この一件を他人には無関係なことだと片づけるかもしれない。しかしながら、はじめは自身の城を出るからという理由で、次いではその城へ戻るからという

理由で、税金――納税者に無関係なわけはない問題――がたんまり卿の手元に入るはずなのだ。しかもこんな家内の一件は、納税者には語るに足らぬ些事(さじ)と見なされている。

また我らがよく耳にするところでは、ローゼンバウム・ロウ氏の趣味が中国の愛玩犬(ペキニーズ)の品種改良だという。そんなことが必要かどうかは神のみぞ知るところだ。ともあれ、大いばりで人に話さぬほうがよさそうなたぐいの趣味ではあろう。また一方、ローゼンバウム・ロウ氏が、同じ家をめぐって二度も公金を受け取る予定であり、かつ家自体も手放さずにいるという事実は世間から隠されている。ここまでロウ氏が好き勝手にやれることには、首相に金を貸している点が大きいが、そういうやはり興味ある事実も隠されている。

首相はなおさら不気味な笑みを浮かべ、ほかの文書の一部に対して、軽やかだが名残惜しそうな視線を投げた。体裁は選挙ビラのようだが、とくにどの選挙とも関わりはなさそうな代物だ。

クレインに一票を。自分の帽子を食べると言い、実際に食べてみせた男だ。自分の宝冠(コロネット)を人々が飲み込むようすを解説しようと述べていたノーマンタワーズ卿は、まだその言葉どおり実践してはいない。

ピアースに一票を。ブタは空を飛ぶとピアースは言い、たしかにブタは飛んだ。空を飛ぶ(フライ)国際急行列車が運行される予定だとローゼンバウム・ロウ氏は述べたが、そうはならなかった。ロウ氏が羽(フライ)をつけて飛ばせたのは、みなさんの金だった。

〈法螺吹き友の会〉に一票を。うそをつかないのはあの者たちだけだ。

　雲のなかへ消えゆく空中の城を首相は立ったまま目で追いかけた。意味ありげな目つきだ。周囲にいる支離滅裂な実利主義者たちには理解しえないことが、首相にはかなり理解できるのだ。そういう資質の持ち主だった。本人の精神構造にとっての良し悪しは別の話だが。

「ずいぶん詩情に富んでいるね」首相がそっけなく言った。「ヴィクトル・ユゴーだったか、いや別のフランス詩人だったか、政治と暗雲について何やら発言していたな。世の人々はこう言っている、『いやはや、詩人は上の空（イン・ザ・クラウズ）（「世事に超然としている」の意もあり）だと』。稲妻（サンダーボルト）は空の上だな」

「狂乱の民（サンダーボルツ）ですと！」ノーマンタワーズがふんという顔つきで言った。「あんな愚劣な連中に何ができますか、あちこち歩き回りながら花火を投げ飛ばすぐらいが関の山です」

「まったくそうだ」イーデン首相が応じた。「しかし、まさか連中は今ごろ火薬庫に花火を投げ込んでいたりしないでしょうな」

　首相は困ったような顔でいつまでも空に目を凝らした。もう例の物体はとっくに見えなくなっていたが。

　追いかけていた物体を実際に目が捉えていたら、首相は驚いただろう——本人の底知れぬ懐疑精神に、いまだ驚きという感情を受け入れる余地があるのなら。その物体は夕焼けの雲のごとく森や牧場を越えて沈む夕日に向かうか、または月の西にある架空の城さながらに、夕日の北西へとわずかに向きを変えるかした。さらにはヘレフォード（イングランド西部の都市）の緑の果樹園や赤い塔をはるかあとにし、広々した平原に入った。人の手になるほかのいかなる塔よりも大きな塔がいくつもそびえ、ウェールズの大きな城壁が控え壁で支えられた平原だ。円柱状の岩壁(クリフス)や亀裂(クレフツ)からなるこの荒地のはるかかなたに、奇怪な空飛ぶ船は裂け目ないしくぼみを一つ見つけた。その底に沿って一本の黒い線が引かれている。ごつごつした谷のあいだを走る黒い川にも思えたが、実は別の深淵に通じる裂け目だった。飛行船は曲がりくねった裂け目をたどるように進み続け、小峡谷に連なる裂け目のある場所まで来た。大釜のように丸く、見上げるように高い木の幹のふしのように思いがけない峡谷だ。飛行船は裂け目のなかへ沈み、下方に広がる巨大な洞窟に入っていった。なかは人工の灯火があちこちにつき、黄泉の国に落ちた星が輝いているようにうっすら明るい。木の舞台や露台が敷かれており、木の小屋や大きな荷箱や、どこか軍需品の臨時集積場を想わせるような代物がいくつも載っていた。岩の壁には様々な気球の覆いが広げられている。一部のものの輪郭は空中の城よりはるかに奇怪だ。動物のかたちをしたものもあり、あの太古の壁の上で、最後の化石ないしは有史以前の巨大な生物の最初の輪郭に見えた。何やら空想のなかで、黄泉の国に新たな世界が創られつつあることを暗示しているかのごとき雰囲気があった。空飛ぶ城から降りた男は、ペットにでも気づいた者であるかのように、壁一面に描かれた古代ギリシャの大きな絵画に似た大きな昔風のブタの輪郭に気づいた。というのも、この若い男はヒラリー・ピアースといい、空飛ぶブタを商取引の材料とした経験を持つからだ。この日は空飛ぶ城を扱う役目を任されていたのだが。

　ピアースが降りた舞台の上には、書類に一面を覆われたテーブルが置いてある。イーデン卿のテーブルの上よりも書類の数は多そうだ。だがこちらの場合は図形や数字や記号だらけといってよい。テーブルをはさんで向かい合った二人の男が、上体を乗り出して話し合っているが、ときおり言い争いにもなっている。科学畑の人間なら、背が高いほうの男を見ればグリーン教授だとわかるかもしれない。科学界は失われた環（ミッシングリンク）さながら、教授をずっと科学の研究室に閉じ込めておこうとしている次第だ。また背が低くがっちりした男を見て、英国革命における組織作りの指導者ベリュー・ブレアだと、ごく一握りの人間は気づいたかもしれない。

「ぼくはここにじっとしてるつもりはない」ピアースがせかせかと言った。「またすぐ出ていきます」

「なぜじっとしていられないんだ」パイプに火をつけながらブレアが訊いた。

「お二人の話が途切れるのはよくない。途切れないのはもっと困る。いや、ぼくがここにいるあいだのことだけど。あなた方の科学談義は、聞きかじる程度でもぼくの役に立つ。口が滑らかなときのお二人のようすはよく知っています。グリーン教授が独特の皮肉めいた口調で〝九九二〇・〇五〟と言う、と。するとあなたが穏やかなおかしみを込めて〝七五・〇〇七〟と応じる。教授のような機知に富む人にとって、これは願ってもない始まりだ。すぐ〝九八二・〇九〟と切り返すだろう。あまり趣味はよくないだろうが、熱い議論を戦わせる呼び水としては絶好ですね」

「ブレア司令官は寛大なことに、ご自分の計算をわたしにもやらせてくださる」教授が言った。

「幸いでしたよ、あなたのような数学者と組んで十倍の計算をやれて」ブレアが応じた。「まあとにかく」ピアースがさりげなく言葉を継いだ。「お二人が数学にのめりこんでいるので、ぼくはおいとましますます。実はグリーン教授に伝言があったんです。下宿先のミス・デイルのことで。でもそんなささいな用事のために、科学研究のじゃまをしちゃいけませんね」

グリーンは書類からさっと顔を上げた。

「伝言！　どんな内容ですか。ほんとにぼく宛かな？」

「八二八二・〇〇三」ピアースが冷ややかに答えた。

「気を悪くしないで」ブレアがなだめた。「教授に内容を教えてやりたまえよ、そのあとで帰るなら帰ればいい」

「まあ要するに、あなたの行き先を知ろうとして、ミス・デイルがうちの妻を訪ねてきたってわけです」ピアースが言いだした。さらに「ぼくが教えてあげましたよ、教える相手が誰であっても可能な範囲で。それだけの話です」と付け加えたが、口ぶりはむしろこう語る感じだった。

「それで十分なはずだ」

なるほど十分であるかに見えた。というのも、再び妙な書類に視線を落としているグリーンが、そのうちの一枚を我知らずくしゃくしゃに握り締めているからだ。そのようすは自分の感情をぐっと抑える男のようだった。

「じゃ失礼」ピアースが明るく言った。「ほかの溜まり場にも顔を出さないと」

「ちょっと待った」背を向けた相手にブレアが声をかけた。「私的な知らせのほかに、何か公的な知らせはないのかね。政界の状況はどんな具合だ」

「数学の公式で表現すれば」ピアースが肩越しに応じた。「政界の現状はこうですよ、ＭＰ（国会議員）の二乗《スクエアード》（スクエアードには「買収された」の意あり）足すＬＳＤ（ポンド＝シリング＝ペンス。一九七一年までのイギリスの通貨単位）割るＵ（アッパー、つまり上流階級のことか）イコールＬ（ロウワー、つまり下流階級のことか）。Ｌは暴走《レット・ルース》するんですよ、現世《アポン・アース》でね」

ピアースは再び空中の城へと舞い上がった。

オリバー・グリーンは立ったまま、くしゃくしゃになった書類を見つめていたが、いきなりそれを伸ばし始めながら口を開いた。

「ブレアさん、自分が恥ずかしくてなりませんよ、ぼくは。あなたが山中の世捨て人よろしくここで暮らすなかで、ご自分の重要な抽象観念をひたすら追い求め、貴重な大義のために一身を捧げんとして、いわば荒地の岩肌にご自分の計算を書きなぐっておられるのを目にすると、おれはちっぽけな人間だなあって気がするんです、自分のつまらん問題にあなたやご友人を巻き込んでしまって。もちろんその問題は、ぼくには小さなことではまったくない。でもあなたには取るに足らぬことに見えるでしょ」

ブレアがこれに答えた。「あまりよくわかりませんね、あなたが抱えていた問題の本質がなんであったかは。とにかくそれは徹頭徹尾あなたの問題です。そりゃ残りの事柄に関しては、ぼくらは喜んであなたにも加わっていただきますよ、計算機としてのあなたの貴重な役割を別にしても」

〈法螺吹き友の会〉新規加入者のなかで、最新にして世俗的な意味で抜群に有能な一員であるべリュー・ブレアは、中年になりたての男だった。がっしりした体格だが均整が取れており、身のこなしも軽やかで、革の上下を身につけていた。ほぼいつもきびきび動き回るので、顔よりからだのほうが人の目についた。ところが今現在のように、珍しくもゆったりと腰を下ろして一服タバコを吸うようなとき、ブレアの顔には元気というより温和な表情が浮かぶのが見て取れるかもしれない。あごの短い四角の顔に、意志の強そうな低い鼻と、頭にびっしり生えた黒髪よりずっと明るい色の思慮深そうな目がついている。

「まったくもってホメロス的だな」ブレアが言った。「二つの勢力が一人の天文学者のからだをめぐって争うとは。いずれにしろあなたは一種の象徴になりますね、向こう側はあなたを狂人呼ばわりするという狂気に陥ったんだから。あなたを悩ませる権限など誰にもありませんよ、問題の個人的側面に関しては」

グリーンはブレアの言葉の意味をかみしめているふうだったが、最後の一句を聞いて迷いを吹っ切り、話を始めた。少年を想わせるぎこちなさの残る口調ながら、回りくどい表現はいっさい用いず、自分のぶざまな恋愛沙汰の一部始終を相手に語った——聴かされた雌牛が死んでしまうような、いやむしろ踊りだすような、そんな曲に合わせた自分の精神世界の崩壊を。

「あなたを面倒に巻き込んでしまいましたね、わたしを殺人犯みたいにかくまわせてしまった」グリーンがきっぱり言った。「あなたにとっては、月を飛び越える雌牛ではなくて、むしろ搾乳用の三脚椅子（ミルキング・スツール）につまずいて転ぶ子牛のように見える代物のためにね。こういう一大事業に力を尽くそうという人間は、ああいうたぐいのことなど打ち捨てておくべきなのかな」

「ふむ、べつに恥ずべきこともなさそうですが」ブレアが応じた。「それにこの場合、ほかのことは打ち捨てておくべきだという発言には賛成できません。作業によってはそれも当てはまるでしょうが、これは違う。少し秘密の話をしましょうか」

「よろしければ、どうぞ」

「雌牛が月を飛び越えることは決してありません」ブレアが重々しく言った。「それは雄牛の群れによる一つの気晴らしです」

「おっしゃる意味がわかりませんが」教授が言った。

「つまり女性はこの戦争から除外できないということです。これは地上戦だから」ブレアが答えた。「もし本当に空中戦なら、あなた方だけでやりとげられた。でも農夫が自分の農場や家庭を守る戦争では、今までずっと女性は現場に深く関わってきたんです。アイルランド人に対する強制立ち退きがおこなわれた（一八八五年、イングランド議会で、アイルランドに対する小作人土地購入促進法が成立した事実などを指すか）ころ、女性が窓から熱湯を注いだ例もあったし。そうだ、一つ話をしましょう。教訓のある内容だから関係ありです。それに結局、いわば今度はぼくの番だし。あなたは月を飛び越す牝牛の真実を語られた。これからぼくが空中の城の真相を語ります」

ブレアは黙ってタバコを一服吸うと言葉を継いだ。

「あなたは不審に思われたかもしれませんね、ぼくのような実に味気ない実務家肌のスコットランド人技師が、子どもの風船じゃあるまいし、どうしてあの大空に幼稚な茶番劇さながらの宮殿なんて代物を造るにいたったのかと。答えは子どもの場合と同じでね。ある種の状況のもとでは、男は本来の自分とはまるで違う人間たりうるからです。あの戦争に対する準備期間に、ぼくはアイルランド西岸の人里離れた地域で、ある政府関係の仕事をしていました。言葉を交わす相手は少なかった。でもそのなかに、破産した大地主でマローンという男の娘がいましてね、二人でずいぶん話をしましたよ。まあぼくは、そこいらを歩けばすぐ見つかるような、いかにも技師然とした技師だった。ほこりまみれで、むっつりしていて、汚れた機械をいじくり回していた男だったわけです。一方、相手はケルトの詩に出てくる王女さまかと思うような女だった。小さな炎のような、巻いたもつれ髪（エルフロックス）（髪のもつれは妖精のいたずらとされていた）からなる赤い王冠をかぶり、ガラスさながら薄く光るように見える小さないたずらっぽい顔をしていて。あの娘の魅力のせいで、誰でも歌を聴くようなつもりで沈黙に耳を傾けてしまうでしょう。気取り（ポーズ）のない女で、存在が一つの詩（ポエム）でした。そういう人間はほかにもいるだろうが、彼女のような存在は数少ない。ぼくも自分なりにがんばりましたよ、科学の不思議や空中に浮かぶ大建築物の話をしてやって。するとシーラはよくこう言うんです。『実際にあなたがそれを建てたとき、わたしにとってどんな意味があるのかしら。わたし、透き通った宝石みたいな空の大岩からひとりでに城が出来上がるのを夜ごと見ているんです』とね。そうして大西洋の上空で、緑色の夕焼けを背景に真紅や紫色の雲が浮かんでいる方向を指さしました。

　ぼくは狂人呼ばわりされるだろうな、自分が狂人になった経験がない人間には。ともかくシーラには、自分自身は感動できるが科学の力ではどうにもならない、そう決めつけている事柄があるんだと思うと、ぼくはいらだちました。子どもみたいに気分が落ち込みましよ。シーラはおれを蔑んでいるのかと疑いかけた。シーラの見方は間違っていると証明すると同時に、シーラが正しいと見なしていることはなんでも実行したかった。おれの扱う科学は、敵である雲の領域に乗り込んで、戦いに勝てるはずだと。ぼくは研究を続け、ついには空中に浮かぶ一種の虹の城を創り上げました。頭の片隅でふと思ったんですよ、シーラは本物の天使だから羽をつけているのが当たり前だとばかりに、本人の住処である雲のところまで運んでやろうかと、そんな途方もない発想が浮かんだときがあったなとね。あなたも今度うわさを耳にされるでしょうが、結局そんなまねはできなかった。でも実験が進展するにつれて、恋愛のほうも進展していきました。その件は別に語るまでもないかな。ぼくとしてはただ結末をお聞かせしたかったんです、教訓があるから。シーラとぼくは結婚の準備にかかりました。いろいろと相手任せになってしまいましたがね、こっちは大事な作業の完成に向けて動いていたから。そのうちようやく準備も整い、オリュンポス山（ギリシャ神話の神々が住んだ土地）までニンフ（ギリシャ・ローマ神話における美しい妖精）を運ぶために雲に乗って降りてきた異教の神のように、ぼくはシーラと接したいと思うようになりました。ところでシーラは、すでにある町外れの、小さいながら実にしっかりしたレンガ造りの屋敷の主になっていたんです、驚くほど安くそこを手に入れて、近代設備を様々に整えましてね。そうしてぼくが空中の城の話をすると、シーラは笑って言ったんです、自分の城はもう地上に降りていると。これが話の教訓です。女性は、なかんずくアイルランド女性は、結婚問題ではいつも非常に現実的でね。月を飛び越えるのは雌牛にあらずとぼくが言ったのはそんな意味です。雌牛は三エーカーの土地の中央にしっかり根を下ろしているし、土地をめぐる争いではつねに頼りになる。だからこの物語では女性は不可欠の存在なんです、とくにあなたの話やピアースの話に出てくるような、土地から生まれたかのごとき女性は。地域共同体の理想を実現すべく運動組織体(クルーセイド)が世の中に必要なら、ネクタイを締めていない男たちがうってつけです、たとえばフランシスコ会（アッシジのフランチェスコが一二〇九年に創立した修道会）のような。でも私有財産を確保する戦いという問題では、女性を排除するなんて不可能だ。家族のいない家族経営農場はありえない。ぼくらはキリスト教にもとづく中身のある結婚生活を再び送らなければならない。いかがわしい複婚制(ポリガミー)（一夫多妻ないしは一妻多夫の婚姻形態）のもとでは、自分の財産など持ちようがない。そんなのは家庭じゃなくてハーレムだ」

グリーンはうなずき、両手をポケットに入れたままゆっくり立ち上がると、口を開いた。「戦いといえば、こうした地下活動めいた大がかりな準備を目にすると、最後は戦いになるとあなたが考えておられるのは、まあ容易に想像がつきますね」

「結局のところ戦いになったと思いますよ」ブレアが応じた。「イーデン卿がそう決定なさいました。ほかの者たちには、自分が何をしているのか呑み込めていないかもしれない。でも首相は違います」

ブレアはパイプを叩いて灰を落としてから立ち上がり、自分の作業を再開しようと山中の実験室へ向かった。ほぼ同時刻に、笑みを浮かべながら物思いにふけっていたイーデン卿が、我に返ったように目を上げると、タバコに火をつけ、大儀そうに室内へ入った。

同席者たちに対して首相は自分の胸の内を明かそうとしなかった。自分にまつわる英国が、自分の青年期を取り囲み、かつ自分の余暇とぜいたくを支えた英国ではないことを理解しているのは、一同のなかでは首相だけだった——様々な物事が、時間の経過とともに速度を増しながら分解しつつあり、自己分裂している物事は善くもあり悪くもあるのだ。そうした物事の一つが、このあからさまな、わかりやすい、人を脅すような新事実だった——小作農の存在だ。小規模農家の階級は現存しており、世界中の同じ階級のように、自身の農場を確保する戦いを続けているのかもしれない。例の庭でなじんだ大がかりな社会的調整が、イギリス全土でなじむかどうかは、もはやなんともいえなかった。ともあれ首相の疑念は結局どこまで正しかったか、また首相の企画がどこまでうまくゆくかという話は、「〈法螺吹き友の会〉の究極的根本原理」譚の一部となる。それを読み終えると、心身ともにぐったりした諸氏も、ようやく一息つけるかもしれない。

Ⅷ　〈法螺吹き友の会〉の究極的根本原理

ロバート・オーウェン・フッド氏は茶色（ブラウン）の包装紙にくるんだ荷物を手に持ち、茶色（ブラウン）の革表紙の本が並ぶ書斎から出てきた。（友人のピアース氏のごとき）おふざけ好きな人間なら、煎じ詰め（ブラウン・スタディ）るのもいいけれど、出がらしにならないようねにと、軽口を叩いたかもしれない。ともあれフッドは日の当たる庭に入った。妻がお茶の用意をしていた。来客があるからだ。強い日差しのなかで、フッドは妙な具合に以前と違って見えた。テムズ川流域で未来の妻と知り合い、その川に火を放つ離れ業を演じて以来、長らく災い多い時を過ごしてきたのだが。放ったあの火は、あれから時空間のなかで燃え広がり、大災害のもととなった。そのなかで現代文明のかなりの部分が破壊されたわけだ。だが（擁護者たちが主張するように）英国農業は被害をまぬがれており、英国史には新たにもっと望みの持てる一章が付け加わった。フッドの角ばった顔にはずいぶんしわが刻まれていた。それでもくしを入れていないまっすぐ伸びた銅色の髪は、同じ色のかつらさながら以前と同じ状態を保っている。妻のエリザベスは以前とさほど目立つ違いもなかった。夫より若いからだ。やや神経質なのか、または近眼なのかと、その瞳はそんな感じを与えており、象牙色と金色からなる本人の美しさに幾分なりと人間らしいおもむきを添えていた。だが年齢のわりには服装はいつもいくぶん古風だった。というのもエリザベスは今では世間から忘れられた貴族の血筋を引いていたからだ。一族の女たちは、しとやかさと同時にある種の厳かさをも漂わせつつ、地方の由緒ある邸宅に暮らしていたが、その後に宝冠がキャベツのように売却されたり、ユダヤ人が地方の名士に金銭を貸したりする時代が訪れたわけだ。またエリザベスの夫にも古くさい面があった。近ごろフッドはある成功した革命に加わり、革命家にふさわしい名前をつけていたが、いくつか偏った好みの持ち主でもあった。自分の妻が貴婦人（レディ）であることに大満足というのもその一つだった――とくにああいう貴婦人であることに。

「オーウェン」不安めいた厳しい表情を浮かべながら、エリザベスが茶卓から顔を上げた。「また古い本をいろいろ買っていらっしゃるのね」

「あいにく、ここに並んでいるのはとりわけ新しい本だ」夫が応じた。「でもある意味では、もはや古代史になっているな」

「どんな古代史なの。バビロンとか有史以前の中国の歴史？」

「我々の歴史だね」

「それは困るわね。でもどういうことなの？」

「つまり我らの革命史だ。大判印刷物（ブロードシーツ）に書いてあるような、近年の栄光ある勝利についての信頼できる真の叙述だよ。一九一四年の大戦争がきっかけとなって、ある出来事がろくに起きてもいない時期に、その出来事の記録が世に出るという現象が始まった。あの戦争の場合、まだ終戦を迎えてもいないなかで定説とされる記録が作られた。だが我々のささやかな内戦は、ともかく幸いにも終わりを迎えた。これがその戦いに関する最新の記録だ。筆者はなかなか頭の切れる男でね、対象を突き放して観察しているが、理解力が高く、いい意味で少し皮肉っぽい。何よりもラッパ吹きの戦いについてはかなりうまく書いている」

「わたしなら、そういうのを我らの歴史とは呼ばないわ」エリザベスが穏やかに言った。「わたしたちの歴史を書いたり本に載せたりできる人がいなくて、ほんとによかった。あなた、自分がいつ花を追いかけて川に飛び込んだか、憶えていらっしゃる？　あのときテムズ川に火をつけたんじゃないかしら」

「我が赤毛にかけて、間違いない」夫が答えた。「でもテムズ川に火をつけたつもりはないよ。テムズ川がぼくに火をつけたんだ。ただ、きみは昔からあの川の妖精であり、あの流域の女神だったね」

「そんなに大昔から生きてはいないはずだけど」エリザベスが応じた。

「ほら、いいかね」本の頁をめくりながら夫が声を上げた。「『〈法螺吹き友の会〉による近年の農業振興運動が成功をおさめるまで、社会通念では英国において革命的な変化を起こすのはおよそ不可能だった。記憶に新しい農民の抗議運動の成功は――』」

「今はその本から離れてよ」妻がとがめた。「お客さまがいらしたから」

客はワイルディング・ホワイト師だった。近ごろの勝ち戦で際立った役割を演じた男だ。ときに公共性が強く司教にも似たような役割だった。だが私生活でのホワイトは、いつも神経を逆なでされたようにぴりぴりしていて、ワシを想わせる顔に真剣な、または憤慨したような表情を浮かべていた。手紙を書く場合と同じく、口から言葉を発する場合もせかせかしたありさまで、相手に対して説明しているのではなくけんかを売っているとしか思えなかった。

「いいかね」ホワイトが声を張り上げた。「例の企画について、わたしはきみと話しにきたんだ――イノック・オーツがアメリカで書いたものだよ。オーツはほんとにいいやつ（ア・ジョリー・グッド・フェロー）で、しかもそれだけではない。とにかくやっぱりあの男はアメリカ出身者なんだ。だから実行はたやすいと本人は思っている。だがきみも自分の目で見ればわかるよ、そんなにたやすいものかどうか。トルコ人やらなんやらのことを考えるとね。アメリカを話題にするのはまことにけっこうで――」

「アメリカなんかどうでもいい」フッドが気軽に応じた。「ぼくはむしろ七王国（七～八世紀にアングロ＝サクソン族がイングランドに侵入して建設した七つの王国）に肩入れしている。ちょっとここを聴いてほしいな、我が国の歴史に残る七王国の叙事詩や我々自身の内戦に関するくだりだ。『記憶に新しい農民の抗議運動の成功は――』」

　新たに二人の客が到着したため、フッドはまた本を引用しそこなった。クレイン大佐は黙ったまま、ピアース大尉はうるさいほどしゃべりながら、それぞれ門を入ってきた。大尉は田舎出の若妻を伴っている。夫妻は宿屋〈青豚亭〉を親から引き継いでいた。ホワイトの妻はいまだ田舎におり、クレインの妻は長らく戦争宣伝のチラシ作りにいそしんでいたが、今は平和宣伝のチラシ作りに同じくいそしんでいる。

　革か紙のあごをした怪物さながらの書物に、まさにぐいとつかまれて飲み込まれそうになっている人物が世の中にはいるものだが、フッドはそんな一人に数えられた。ときにうっかり沼にはまったり、熱帯の奇妙な人食い植物のつるにからめ捕られたりする旅人を想わせるように、本に生け捕りにされたといって過言でない。ただしこの〝旅人〟は、魅入られたような顔をし、戦うそぶりも見せなかったが。ある一文の途中からいきなり黙り込んで活字を目で追いかけていたかと思えば、いきなり声に出して熱っぽく読み始め、部屋に誰がいようとかまわず本の登場人物と議論したりした。本来は無礼な男ではないのだが、フッドは家のなかに現れるさえない幽霊さながら、ほかの者の部屋をふらふら通り抜け、ほかの者の書棚へ向かい、そこで姿を消すのだった。また、友人と会って一時間ほど過ごすために百五十キロの道のりを行ったり、今まで目にしたためしのない端本(はほん)のことをあれこれ考えて、三十分も無駄に過ごしたりした。フッドにはそんな薄気味悪いまでの自意識の欠如ともいいうる面があった。女性の接待役としてのたしなみについて古風な考えを持っていた妻は、ときに夫の分までからだを動かさねばならなかった。

「『記憶に新しい農民の抗議運動の成功は』」と、フッドが楽しげに読み始めたところで、新たに訪れた客二人を迎えようと妻はさっと立ち上がった。客はグリーン教授とベリュー・ブレア司令官だった。以前から〈法螺吹き友の会〉会員のあいだには、互いの最も現実的な面と最も非現実的な面とを結びつける奇妙な友情が存在してきた。ピアースの言葉を借りれば、その友情は負の無限大の平方根にしっかり根づいているのだという。

「お宅の庭は見事ですねえ」ブレアがエリザベスに話しかけた。「最近ではあれほどの花壇はなかなか見られなくなりました。いずれにしろ、昔の庭師の流儀は正しかったという事実は忘れるわけにはいかないなあ」

「宅の場合、どうも何から何まで時代遅れのようでして」エリザベスが応じた。「でもわたしはあいうのが気に入っております。でも子どもたちはどうかしら」

「『記憶に新しい農民の抗議運動の成功は』」フッドが歯切れよく読み始めた。「『疑いなく――』」

「ほんとうにもう」妻が笑いながら言った。「あなたって何事によらず限度を超えたお馬鹿さんね。いったいどうして、戦争に行かれて実情をよくご存じの方々に対して、その戦争の歴史を朗々と読み上げる気になるのかしら」

「ちょっと失礼」クレインが口をはさんだ。「ご婦人に反論するのはまことに好ましくないのだが、奥さまは間違っておられる。一般に兵士がどうしても把握できないのは、戦争の実情なんです。どんなことが起きたのか、なまなましい描写を知るには翌朝に新聞を読まないといけない」

「ほう、じゃあ活字を読み続けたほうがいいですよ」ヒラリー・ピアースが横から口を出した。「大佐はご存じになりたいわけですね、兵士が戦闘で殺されたのかどうか、あるいは兵士が軍隊や戦闘から脱走した際、自分が登った木にスパイとして吊るされたという話に多少とも真実味があるのかどうかを」

「むしろ世間がその記事をどう思うか知りたいね」大佐が応じた。「要するに、我々は戦争にのめりこんでいるから逆に見えないんだ。全体像がわからないんだよ」

「オーウェンはいったん本を読み始めると、何時間もやめないんです」フッドの妻が言った。

ブレアが言葉を継いだ。「そろそろ、我々はもっとほかの――」

「『記憶に新しい農民の抗議運動の成功は』」もったいぶった口ぶりでフッドが読みだした。「『疑いなく農民層の経済的利点に多くを負っている。農民層は都市に食糧を供給するなり、供給を拒否するなりしうる。この問題はかねて西洋諸国における小作農関連の政治に存在してきた。農民反乱が起きた当初、パディントン駅（ロンドンのウェストミンスター地区にある鉄道駅）での光景は誰も忘れまい。朝が来るたび、にごったような薄明かりを受けて鈍く光る牛乳輸送用の大型ブリキ缶が幾列も並ぶさまを、あたかも当然のもののように見てきた人々は、何も存在しない空間を目の当たりにする次第となった。ないがしろにされていたあの缶の列は、今や盗まれた銀食器のように記憶のなかで輝いている。牛乳の供給という衛生問題と関係する一件の責任者となったホラス・ハンター卿が、熱を込めてこんな指摘をしていた。金属缶を速やかにかつ出来よく製造するのは、型の改善を試みた場合も含めて、たしかに難しくなかろうと。サマセットの田舎者たちにはとても無理な話だろうが。教養ある医師自身の言葉によると、以前からこんな意見を抱いていたという。つまり缶のかたち、とくに貧しい家庭の前に置く小型缶（当時イギリスでは、牛乳は再利用可能な缶に入れて各戸に届けられた）のかたちについては、遺憾な点が多々あり、各民家の地下にこの小型の代物を置く作業については、場所の無駄遣いだという強い批判が出やすいと。とはいえ大衆は、新たに生じたこの一件には無関心で、もはや牛乳を必要としていないような傾向を示した。一連の流れにおいて、牝牛を所有する者は缶しか所有しない者に対して不当に有利な立場にあると、そう大衆は見ている。ともあれ、ハンターが〝地下勝手口（エアリアズ）三つと缶（カン）一つ〟という政策を打ち出し、例の農民の標語（土地三エーカーと牛一頭）に対抗したという話は、おそらくハンターの敵陣営の薄っぺらいでっちあげだろう。

以前から散発していた農民によるストライキは、〝農民戦争〟で最高潮に達した。日常の習慣や服装や食事をめぐり、農民に様々な制限を課したり警告を発したりしようとしたことがストを呼び起こした。ホラス・ハンター卿やメルルーサ教授にとってこうした事態は、毒物や有毒ガスを製造するうえで、大規模な国立研究所にかなり都合よく働くかに思えた。村の住民、なかんずく若者が、グッタベルカ製のガスマスクをつけるべしという規則や、全身に消毒用のゴムのりを塗るべしという労働者向けの規則を逃れていた、と見なすに足る根拠は十分あった。また当該規則の実施状況を確認するべく、ロンドンから監査官が派遣されてきたことがきっかけで、憂うべき暴動があちこちで起きた。しかしながら、各地での農業をめぐる論争が社会的動乱の源だと断ずるのは早計だろう。原因は社会全体の、なかんずく政界の状況にも求めねばならない。昔ながらの議会基準でいえばイーデン伯爵は熟練した政治家だったが、農民に対して土地の国有化というかたちで挑戦状を突きつけたときには、すでに年老いていた。こうした新たな展開の結果おこなわれるにいたった総選挙で、主導権を握ったのがハンターやロウなど首相の側近だ。イーデン時代に対する幻想はかなり薄れたことがほどなくはっきりした。どういう政府を選択するかで、国民の幻想に判断をゆだねるぞという脅しをかけられてもなお、必ずしも民主主義は脅かされるものではないことがわかった。

また一九××年の総選挙が、以前から流布していた諸々の法的虚構ゆえに、当初からいくぶん現実性を欠くものにされたのは否定しえない。害がなくて人間味があるいたずらを仕掛けて、老嬢たちの胸を高鳴らせる風習が田舎にはあり、それに由来する一つの慣行にもとづいて、首相の個人秘書たちはあの政治家になりきった。自らが仕える人物をまねて、ときに応じて髪にブラシをかけ、口ひげを蠟で固め、めがねをかけて邪気ない錯覚を誘発した。しかし、この慣行が演壇の上にまで及ぶようになると、いくらか問題も生じた。五人のロイド・ジョージ（一八六三〜一九四五。英国の政治家。首相や蔵相を歴任）がいっせいに国を視察して回ったぞと、あの尊敬すべき政治家が君臨した末期に言い切る向きが多い。また当時の大蔵大臣も、ひと晩に時を同じくして三箇所の都市に姿を現したという。一方こうした複製の〝原物〟である人気と知性を誇る大蔵大臣その人は、コモ湖（イタリア北西部の湖）畔で自分の活躍ぶりにふさわしいぜいたくな休暇を楽しんでいた。同じ顔をした二人のスミス卿が同じ演壇に並んで立った――所属政党の世話役の不手際で――という一件は、聴衆には大受けだったものの、議会制度の権威を高める意味ではほとんど無益だった。毎朝、みな同じ顔をした首相が兵士さながら二列に並んで首相官邸から外に出てきて、警察官さながら各々の持ち場へ散ってゆくという皮肉屋たちの言葉には、むろんいくぶん大げさな点もあるが、そうした皮肉は人々の心を捉え、広く世に知られていった。その主たる知らしめ役を果たしたのが、皮肉のほとんどを人に先駆けて口にした若者、陸軍航空隊出のヒラリー・ピアース大尉だ。

　しかしながら、同じ顔の首相が何人も現れた等の些事で、言葉の大げさぶりが目立ったとするなら、党の理念や政策など現実問題では同じことがもっと好ましくない意味で当てはまった。党が発表した政策において、看板として掲げられた〝国民みなが裕福に（エブリー・マン・ア・ミリオネア）〟といった昔ながらの標語は、むろんかたちばかりのものだった。いわば模様や縁飾りのたぐいだ。ともあれ、この標語が際限ない（ユニバーサル）ほど用いられたことで、政治家などに公約の実行を期待するのは無理があるぞ、という意識が際限ない（ユニバーサル）ほど広まった現状とあいまって、政治問題での言葉の力が多少とも弱まる結果となったのは否定できない。政治家たちが世人にこんな聞き慣れた耳にここちよいお題目だけを唱えていたのなら、まだよかっただろう。不幸なことに、〈法螺吹き友の会〉なる厄介な組織と張り合わねばならぬという重圧のもと、政治家たちは過去において大いに忠勤《ヨーマン・サービス》（『ハムレット』第五幕第二場三十六行目のハムレットの台詞参照）を励んでくれたような、頼りになるのが裏づけられた《トライド・アンド・トラスティ》奇想天外な言動にこだわるのではなく、新たな奇想天外ぶりを披露して支持者たちの耳目をひこうとした。

だからノーマンタワーズ卿の場合、〈法螺吹き友の会〉の反乱を抑え込むべく、おまえたちが指示どおり必需品をすべてそろえるなら、食事ごとにシャンパンを一瓶ふるまってやろうと、古くから掲げてきた禁酒の方針を捨ててまでして、使用人たちに伝えたのは浅はかなことだった。早まってそんな約束をした際も、また多少とも筋の通ったかたちでそれを履行した際も、この偉大な慈善家が善意に満ちていた点は疑いない。ところがシャンパンの瓶こそ実にきちんと金箔で包んであったが、中身はただの無害な白湯であることに気づいた使用人は、すぐさま世を騒がせるようなストライキに打って出た。それゆえ必需品調達の活動が行き詰まり、〈法螺吹き友の会〉は見事な初勝利を挙げた次第だ。

それに連動して人類史上でも指折りの驚くべき戦争が起きた。すなわち一方的な戦争だ。相手が無力な存在でなかったとすれば、一方の側は無意味な存在だっただろう。少数の側は長く戦い続けられなかっただろう。ただ多数の側はまったく戦えなかったわけだが。現存する諸々の組織のせいで、社会には不信感が蔓延しており、各組織は互いにばらばらな塵芥《ちりあくた》の集まりというありさまだった。使用人に給料を上げてやると言ったところで、なんの意味があったか。言われたほうは信じもせず、ノーマンタワーズ卿とシャンパンの中身の一件を持ち出し、あざけるように当てこするのみなのだから。ボーナスを出してやると使用人に言ったところで、なんの意味があったか。近いうちに大金持ちになれますよと、みな二十年も前から聞かされ続けてきたのだから。各地の演壇に立った首相が、声を張り上げ、自身の面目にかけて公約を述べたところで、なんの意味があったか。にせ首相の一件はすでに誰もが知るお笑いぐさになっていたのだから。政府は課税を決定したが、税は納められぬままだった。政府は軍の動員を決定したが、軍は動かずじまいだった。政府は威力満点の新型銃に関する製造計画を発表したが、そんな銃は製造されず、ゆえに発砲もされなかった。天才メルルーサ教授その人が、科学的社会機構総裁ホラス・ハンター卿のもとを訪れた際の、現実とは思えぬ危機は誰の記憶にもなまなましい。教授は、ヨーロッパ大陸の全地質構造をこなごなにし、周辺の島々を大西洋に沈めうる威力を持つ新型爆弾を持ち込んだのだが、その爆弾をタクシーから持ち運ぼうとした際、運転手なり職員なりに対して、自分も手伝おうという気を抱かせるにいたらなかった。

公約が次々に破られる無秩序状態とは対照的に、〈法螺吹き友の会〉なる小さな組織は堅実かつ誠実で信頼に足る姿勢を保った。会員は〝うそつき〟というあだなで人気者になった。いたるところで、冗談とも標語ともつかぬ言葉が、まるで歌のごとく繰り返し口にされた。〝うそつきだけが真実を言う〟と。会員の味方として動いたり戦ったりする人がいつのまにか増えていった。会員は約束しただけの報酬を必ず相手に与えるうえ、実行できぬ内容についてはその旨を隠さず相手に伝えることが世に知られたからだ。くだんのあだなは理想主義と威厳を象徴する皮肉めいた一句となった。人はうそつきであるがゆえ、おのれの精密性と廉潔性において多少とも几帳面かつ衒学的である点に誇りを抱いた。突飛な賭けだかあきれた悪ふざけだか、そんなまねを少数の変人仲間が大まじめにやったところから、そもそもこの奇妙な組織は生まれた。ともあれ、白いゾウや空飛ぶブタをめぐって、自分が理屈の通った――いくぶん通り過ぎの気味もあるにせよ――誓いを果たしたことに、当の変人たちは胸を張った。それゆえ、〈小作人を地主に〉という政策に賛同するにいたり、あるアメリカの奇人から得た支援金によって、イングランド西部一帯にその政策を実行に移したあとは、もっと腰を据えてかかるべき任務を引き受け、やはり粘り強く実現をめざした。敵側から〝土地三エーカーと牛一頭の神話〟だなどと酷評されると、こう切り返した。〝そう、雌牛が月を飛び越した話と似たり寄ったりの神話だ。だが我らの神話は現実になったぞ〟

この話に、わけがわからぬ信じがたい落ち、、がついたのは、ある新しい事実が加わったことによる。新たな小作人階級が現出したという事実だ。一九××年二月、イノック・オーツが贈与証書に署名したことで、小作人は日ごろ耕していた土地を初めて我が物とするにいたり、長年そこに腰を落ち着けてきたのだが、イーデン内閣が土地国有化計画に着手したため、小作人の家産は公的機関の統制下に置かれる次第となった。その間、小作人の心根という奇妙で不可解な代物が飛躍的な成長を遂げた。現代では、都市の建て直しや貧民街の取り壊しの際に、政府は貧民に対して立ち退きや引越しを命じるわけだが、イーデン内閣は容易には事を運べなかった。チェスの駒を動かすようなわけにはゆかず、木を引き抜くような思いを強いられた。それも地の深くまで根を張った木を。一口に言うなら、世にいう社会主義の政策を――しかも実はかなり保守的な動機から——すでに採用していた政府は、気づいてみると、ロシアにおいてボルシェヴィキ政府を行き詰らせたのと同じ小作農の抵抗に遭っていた。ささやかながら新たな社会の動きを抑え込むべく、イーデン内閣が現代ふうの組織的な軍国主義と強権政治を仕掛けたとき、中世このかた英国では類を見なかった地方の蜂起という事態に首相は直面した。

巷間伝えるところ、〈法螺吹き友の会〉の面々はロビン・フッドよろしく森に退く際、申し合わせたように黄緑色（リンカーングリーン）の服を着るほど、わざわざ中世の雰囲気を漂わせたという。誰もが自分たちの存在意義を表す武器（ロング・ボウ＝大ぼら、長い弓）を活用していたのはたしかだ。しかも妙なことに、いずれわかるだろうが、決して無駄な結果には終わらなかった。ともあれこれは明記しておきたいが、社会からの追放者さながら森に逃げ込んだ際も、新興農民階級は盗人のような心境とはまるで無縁だった。自分を反逆者などとは思っていなかった。少なくとも本人たちの見方では、我こそは今も昔も自身の土地の合法的な所有者であり、接収しにきた役人どもこそ盗人だというわけだ。ゆえにイーデン卿が土地国有化を宣言すると、自らの父祖が海賊やオオカミに対抗すべく立ち上がったように、農民は何千人単位で団結した。

政府も機敏に対応した。すぐさまローゼンバウム・ロウに五万ポンド交付することを決定した。深刻な危機のさなか、交付金の使い道は賢くもロウに一任された。詳細な現状分析に充ててくれるだろうと見越しての措置だ。ロウは政府の期待にこたえた。真剣な考慮と責任感のもと、自分の甥のなかから若く優れた資本家レナード・クランプ氏を選び、現場の指揮を執るよう命じた。とはいえ、現場では人も知るとおり、運命は予測不能なものだ。ポトシ（ボリビア南部の鉱山都市。十六～十八世紀には銀が採掘されたが、その

（後に枯渇した）の鉱山で、怪しげな誘いかけに乗らず、性急な採掘を避けたほど豊かな知性と沈着ぶりを発揮したクランプも、戦略の基本知識をたまたま得た程度のクレインやピアースに対抗するのは難しかった。

こうした素人司令官は、いくぶん粗雑な戦闘方式を採用するほかなかったわけだが、それでも成功をおさめた件について検討する前に、留意しておくべき点がある。この素人の側にさえも、むろんのこと一種の科学的方策があった。突飛ではあれ効果を生むたぐいの策だ。科学分野におけるベリュー・ブレアの天才は、飛行術と航空学に関する多くの秘伝を自陣営にもたらした。この奇人の奇人たるゆえんとして、自身の秘伝が長きにわたり秘伝たりえた点が挙げられる。秘伝を他人にもらして一儲けしようなどと、ブレアはもくろんだためしもなかった。ドン・キホーテを想わせるこんな現実離れした性向は、宣伝こそ仕事の真髄なりと心得る大実業家たちの抜け目ない意識と好対照を成していた。陸海軍人の場合、時代遅れの情緒的な先入観が災いして、敵軍を撃破するに最善の策を世に宣伝することもできなかったが、実業家は以前からそんな観念とも無縁だった。当時あちこちの広告掲示板をにぎわした派手な色の宣伝文句は、いまだ誰の記憶にも残っていよう――〝スミスの潜水艦で、すばやく沈む〟、〝憂国の士の遊覧旅行〟、〝ダフィンの携帯用防空壕で戦争も快適に〟。宣伝は必ず目的を果たしうるものだ。淡紅色と薄緑色の光で大空に描かれた飛行機の名は、いうまでもなく制空の象徴となった。いかなるたぐいの戦艦を配備すれば自国の沿岸を最もうまく防衛しうるか、その点に深く思いをいたす愛国派政治家は、ある帝国博覧会における動く階段（エスカレーターは一九〇〇年のパリ万博で初展示された）に繰り返し記された戦艦の名を目にするたび、気づかぬほどわずかずつ影響を受けていった。科学の専門知識を駆使する効果が市場に限定される限り、こうした科学の専門性にともなう輝かしい成功に疑念の余地はなかった。一方ブレア司令官の手法に関しては、関係する人数も地域も限られて地味であり、世の認知度は低かった。実際に使用するまで武器を宣伝しなかったことが、この無名で秘密主義の奇人にとって有利に働いたのは、妙な皮肉である。ブレアはふざけ半分で単に奇抜なだけの気球や花火をこれ見よがしに空へ飛ばした。だが商業上の流通や展示の原則には奇妙で冷淡なほど無関心なせいで、自身が重要だと認めた秘密はウェールズの山々のはざまに隠した。ブレアには大規模な作戦行動が取れたはずもなかった。それだけの資本を欠いていたからだ。事物を無から創り出す人間にとって、資本が足らぬことが致命傷になった例は昔から珍しくない。それに富豪の支援者を見つけぬことには、せっかく機械の発想が浮かんでも無駄だった。ところがブレアの機械は作動しだすや、出資者になってくれた可能性もあったような富豪を抹殺するほどの効果を生んだ。というのも、富豪は自己宣伝という徳をたゆまず磨いているので、人に知られず目立たぬ存在にいきなりなることは難しい――心からそんな存在になりたいと思わせるはずの戦闘の現場でさえも――からだ。資本家を例外なく非戦闘員として遇するという動きが始まっていた。大聖堂やパルテノン神殿のように、あらゆる国家にとって等しい宝だというわけだ。一説によると、銃を風景の一部に見せかける場合に用いる絵の具を塗るような方法で、富豪たちに変装を施す別の計画があったという。また、ピアース大尉はローゼンバウム・ロウ氏を説得すべく熱弁をふるったとも言われている。もしご自分の顔が、背景ならぬ中景（ミドル・ディスタンス）に溶け込めるなら、あるいは飾りのない壁や木の柱と同じ存在になれるなら、どの政党にとってもすばらしいことではありませんかと』」
「妙な話ですが」聴き入っていたピアースが口をはさんだ。「ロウ氏はぼくのことを私事(パーソナル)にこだわりすぎだと言ったんです。私事にこだわらない(インパーソナル)でもらいたいとあの人に話していた最中に、ぼくらのあいだに介在しうる個人的な事情(パーソナル・フィーチャーズ)をすべて振り払おうとしていた最中に、そのぼくのことを私事にこだわりすぎだとね」

　何も耳にしなかったかのようにフッドはなおも読み進めた。「『ブレアの発明品が成功をおさめたことで、通常の商売関係の議論における誤謬が露呈した。二種類ある石鹸やジャムやココアのあいだでの争いをよく我々は話の種にする。だがこの争いの要点は、いかに買わせるか(パーチャス)であり、いかに食わせるか(プラクティス)ではない。二人の被験者に二種類のジャムを食してもらい、どちらの人がいかにも満足げな笑みを浮かべているか観察することなど、我々はやらない。二人の被験者に二種類のココアを与え、どちらの人があきらめきった顔で飲み続けるか注視する、などというまねもしない。一方、我々は二丁の銃で互いをまともに狙って撃つ。ブレアの作戦に関しては、宣伝しなかった銃がいっそうの威力を発揮した。だが科学におけるブレアの天才をもってしても、戦闘分野全体のうち一部に力を及ぼしたに過ぎなかった。戦争の大半は、広々した土地での、はるかに原始的な、ときには有史以前ともいえそうなほど太古流の戦いだと考えねばならない。

　クレインとピアースの勝利が戦略学に対する大胆な反則である点は、関係者全員の共通認識でなければならない。のちに勝利者たる本人たちもそれをあっさり認めた。誤りを償うには手遅れだったが。ともあれそうした事態を理解するには、蜂起直前のころ、社会生活の様々な構成要素が置かれていた奇妙な状況を把握することが必要だ。その社会状況こそ、反乱側の作戦行動と穏当な軍事原理とのあいだに矛盾を生んだ原因だった。

たとえば陸軍が道路に依存するのは誰もが認める軍事原理だった。しかし、すでに一九二四年にはロンドンの街路で起き始めていた状況に気づいた向きには、ローマ人が想像するほど道路が単純で静態した代物でないのは明らかだろう。全国どこの土地であれ道路工事をするに際して、政府は〝ノーバンポー〟（「でこぼこ道」を意味するバンピーロードではないという意味か）という名で宣伝された認知度の高い材料を使用しており、それによって一般国民には快適な通行を請け合うと同時に、ハッグ氏に大量の発注をすることで、この長年の支持者に報いてやった。政府内にもノーバンポーの株を所有する者が数名いたので、政府が公共事業に力を入れるのは確実だった。だが全国各地で見受けられてきたとおり、通行者にとっては快適な表面の滑らかさを維持するうえで、材料はすべて三カ月ごとに発注し直して一新することが可能（現にそうしている）であるのも、ノーバンポーの数ある利点の一つに数えられている。通行者の便宜や企業の利益や事業の促進を考えてのことだ。両陣営の衝突が起きたまさにそのとき、地方の道路、とくに西部の道路は、まるでロンドンの大通りかと思われるほど機能不全に陥った。それゆえゲリラ部隊側にとっては、勝利する機会が相手と対等になる、または相手を上回る見込みも生まれた。かつて森へ逃げ込み、木々の陰に隠れてどこでも動き回っていたのと同じありさまだ。現代社会の状況下では、道路を注意深く避けてゆけば、次々に場所を移動することもいまだ多少なりと可能であるのが判明した。

弓はすたれた武器だというのも世の共通認識たる軍事原理だ。微妙な釣り合いを保った感覚からすれば、すたれた武器で殺されるのはなんともいまいましい。効率的な武器（銃のこと）の引き金を執拗に引きながら、目立った成果を挙げられぬ場合はなおさらだ。一部の不運な部隊の運命がこんなふうだった。なにしろ思い切って森へ攻め入ったものの、道もない待ち伏せ場所から敵が放った矢を洪水さながらに浴びたのだから。こうした異様な作戦行動における条件が、兵站（へいたん）分野に関する通常の軍事規範をひっくり返したのだ。理論上では輸送機関が健在なら兵站は強化されるが、地方に活動拠点を置く独立部隊の補給物資は底を突くのが早い。だが機械の要素は精神の要素と切り離しては考えられない。通常なら兵器はプール社の作業で比類ないほど迅速に製造され、ブリンカー社の輸送車で無類の速度をもって前線へ輸送されただろう。だが蜂起した側の従業員が工場で製品を何度もひたすら大樽に浸していたときには、そうはいかなかった。わりに穏やかな地方の状況——諸々の無宿者が、浮浪するなかでたまたまのろのろしていて、ブリンカー社の輸送車に公有地定住権を得た——でもそうだ。どの土地でも同じことが起きた。軍需品を生産していた労働者との約束を大製造業者が守れなかったように、トラックを運転していた小役人たちは、一時的に陥った困難な状況から脱する際、力を貸してくれた浮浪者や無宿者との約束を守れなかった。そうして物資補給の仕組みが、破られた（ブローケン）約束ゆえに壊された（ブローク・ダウン）。他方、無法者たちの供給物はある意味で無限に近かった。きこりや鍛冶屋が味方についているので、場所を問わず中世ふうの素朴な武器を作ることが可能だった。メルルーサ教授が大衆向けに一連の講義をおこなったものの、空しい結果を生んだだけだった。下層階級に対して、長い目で見れば戦死するのは自分たちの経済的利益にかなうことを立証したのだが。一説によると、ピアース大尉は以下の趣旨の発言をしたという。きっと教授は経済学者であると同時に植物学者なんだろう。だが植物学者のわりにはまだ気づいていないらしいな、銃は木々を糧にしては育たないんだ。その点じゃ弓と矢は違う。

ともあれ将来の歴史において、伝達するのが最も難しく、しかも神話か奇談の分野に押し込まれるかもしれぬ事件が、ふつう弓の戦い（ザ・バトル・オブ・ザ・ボウズ）と呼ばれている至上の勝利戦だ。元来は神の弓の戦い（ザ・バトル・オブ・ザ・ボウズ・オブ・ゴッド）と呼ばれていた。奇妙なほど現実離れした自慢——同じく奇妙な具合に達成したことにまつわる——話だ。語ったのは著名なホワイト牧師だという。ロビン・フッドの一味に新しく加わった修道士タック（ロビン・フッドの仲間である陽気な修道士）の役割を果たしたとおぼしき礼拝堂付き牧師（チャプレン）だ。一種の重要任務を帯びてサー・ホラス・ハンターのもとに現れたこの聖職者は、奇跡にも似たことを起こしてみせるぞと政府を脅したと言われている。長い弓（ロング・ボウ）という大時代の代物について揶揄（やゆ）されると、こう切り返した。うむ、我々は長い弓を持っている。今後はもっと長い弓（ロンガー・ボウズ）を持つだろう。世界が見たためしもないほどの長い弓だ。馬よりも長い弓だ、ほかならぬ神から授かった弓だ、神の巨大な天使に見合った寸法だぞ。

この戦いの一件は、歴史的かつ決定的なものだったが、あのどんよりした十一月の日の明け方に空を覆った嵐雲に似た薄黒い何かに、いまだ覆われている。西部の低地で作戦に従事している政府部隊と行動をともにしていて、当該地域のようすに詳しい者がいたなら、風景が違ったふうに見えたはずだ。新しくて、ふつうとは思えなかっただろう。早朝の薄明を透かしてかろうじて跡をなぞれそうな、大空を背景にした森林の輪郭は、真新しいかたちを描いていただろう。こぶにも似た奇形だ。いずれにしろ作戦はずっと以前に、最後のドイツ皇帝（ヴィルヘルム二世）を想わせるような、深淵なる洞察力や確固たる目的意識、最終幕での勝利を狙う執念を込めて、ロンドンで提示されていた。ある種の森が地図に印されてあるだけで部隊には十分だった。森に向かい、その入り口に合わせて匍匐（ほふく）前進していった。

ここで、あることが起きた。自ら目の当たりにし、かつ生き延びた者たちでさえ、口では説明できぬあることが。どす黒い木々が、悪夢の世界にあるかのように、二倍の高さに見えた。あたりが薄暗いなか、飛び立つ鳥の群れさながら森全体が大地から盛り上がると、中空でひっくり返り、うなりを上げる波さながら侵入者たちに近づいてゆくかに思われた。相手としては、ぼんやりしていて目をくらませるような光景が目に入った。だがともかく、あとで何か小さな存在を目に捉えた者は多かった。木々が揺れながら回るのと同時に、いくつもの岩が天空から雨あられと降ってきたかに見えた。角材、石、やり、あらゆる種類の飛び道具に、前進する部隊は押しつぶされんばかりだ、敷石の雨でできた舗道の下敷きになったかのように。森林関連の技術に長けた田舎の住民たちが、〈法螺吹き友の会〉に加勢しようと、一本の木を巨大なぱちんこに仕立てたのだ。枝のしなり具合を考え、ときには幹をも限界までたわませて、破壊力抜群の弾力性をもって武器を飛ばしていた。これが実話なら、まこと〈法螺吹き友の会〉の経歴にふさわしい結末だ。またホワイト牧師が口にした夢物語にも似た大言壮語も、妙な具合に実現したわけだ。弓は巨人に見合うほど巨大で、弓の作り手は神だという話だったから』」

「まったくだ」何かと興奮しやすいホワイトが口をはさんだ。「わたしが初めてそう言ったとき、向こうはなんと言ったと思う？」

「きみが何を言ったときに、誰が何を言ったのかね」フッドが気持ちを抑えてたずねた。「ハンターとやらいう男だよ」牧師が答えた。「あの社交好きの飲んだくれ医者は政治家になったんだ。想像がつくかね、我々は神から弓を授かったとわたしが言ったとき、あの男がなんと言ったか」

オーウェン・フッドがタバコに火をつける手の動きを止めて口を開いた。

「わかるぞ」すごみのある口ぶりだ。「あの男がなんと言ったか、ぼくなら正確にわかるはずだ。ここ二十年間、おりにふれてあの男のようすを見つめてきたんだ。きっとこう言いだしたんだろうな、『わたしは宗教者のふりなどしない』」

「そう、まさにそのとおり」座っていた椅子から飛び上がらんばかりに身を乗り出しながら、牧師は歓喜の声を上げた。「まさにそう言い始めたんだ。『わたしは宗教者のふりなどしない。でもそれなりの恭しさとたしなみは持っていると存じます。わたしは宗教を政治に引きずり込んだりしません』そこでわたしは言ってやったよ。『ええ、そうはなさらないでしょうね』」

いったん間を措き、ホワイトはまた別方向に飛び上がった。「ああ、それで自分の用件を思い出した。きみたちが懇意にしているアメリカ人イノック・オーツは、宗教を思い切り政治に引きずり込んでいるね。たしかにアメリカ式の宗教ではあるが。あの人物はよくヨーロッパ合衆国という概念を話題にしていて、あるリトアニア人の予言者に人を紹介したがる。どうもこのリトアニア系一派が、全世界小作人共和国だか農場労働者世界国家だかの建設に向けて、運動を始めたらしい。だがオーツも今のところ、リトアニアまでしか力を及ぼせていない。それでも運動の途上で英国（イングランド）を仲間に引き入れたいようだよ、英国の農民政党の意外な成功を目の当たりにしてね」

「なんの意味があるんだね、ぼくに世界国家の話なんかして」フッドがうなるように言った。

「ぼくは七頭政治（ヘプターキー）を支持するなどと、いつ言ったかな」

「わかっておられませんねえ」ヒラリー・ピアースがいきなりまくしたてた。「国際共和国なんか、ぼくらとなんの関係があるんです。ぼくらはその気になれば英国をひっくり返すこともできる。でも結局みんなが好きなのは英国なんです。だってそうでしょ、今の問題全体で使われた名前や表現そのもの、主張や戯言（ざれごと）そのものは、翻訳しようにもできやしない。英国人だからこそ自分の帽子を食べられるんだ。スペイン人が自分のソンブレロを食べるぞと言ったり、中国人が自分の弁髪をかみちぎるぞと言ったりした話なんて、聞いたためしもない。火を放てる川はテムズ川ですよ。テベレ川やガンジス川には火は放てません。そんな言い回しは誰も口にしやしない。白いゾウが白いゾウでしかない国々で、白いゾウの話をしてなんの意味があるんです。フランス人に言ってごらんなさい、『自分の城（プール・モン・シャトー）といえば、白いゾウのことだとわたしは思います（ジュ・ル・トゥルーヴ・アン・エレファン・ブラン）』と。気は確かなのかと、相手はパリの精神科医を二人も送り込んできますよ（チェスタトン作品では、二人の精神科医から異常と見なされた者は精神病院に送られる例が多い。本書「グリーン教授の考えもつかぬ理論」も参照）。自分の車は緑のキリンだと言い放つ人間と同じ扱いをされる。チェコスロバキアのブタに空を飛べと言ったり、ユーゴスラビアの牛に月を跳び越せと言ったりしても空しい。まったく、引き合いに出されたリトアニア人はかわいそうに、まさに英語の名前のせいで、頭が変になるほど戸惑うでしょうよ。当人も含めてあの国の人間がうそつきを話題にするとき、〝長い弓の使い手（ア・ロング・ボウマン）〟なんて表現を使うわけもない。ぼくらははったりって言い方をしますが、リトアニアの口語では、はったり（ア・トール・ストーリー）とはほんとの話（ア・トゥルー・ストーリー）を指すのかもしれませんよ」

「たまには、はったりもほんとの話であってほしいな」クレイン大佐が口を開いた。「人ははったりを信じない。だがね、あれは矢や石を投げる高い木（き）をめぐる実に気（き）高い話だと人は言うだろう。ささやかな冗談で終わりそうだが」

「我々の戦いは冗談として始まったし、冗談として終わるだろう」灰色と銀色のアラベスク模様を描いて、タバコの煙がゆらゆら空へ向かうようすを見つめながら、オーウェン・フッドが言いだした。「単なる失笑ものの伝説として語り継がれることになるだろうな、とにもかくにも後世に伝わるとするなら。一、二時間ひまつぶしをしたり、空白の頁を埋めたりするのには役立つかもしれんが、この話を伝える当人でさえ真剣な気分にはなれまいよ。話は煙と同じく消えていくだろう、今ぼくが目にしている煙と同じく。わずかな時間、中空で渦を巻きながら流れ、ごちゃごちゃになった模様が漂うわけだ。それを見ながら気楽に笑ったりあくびをしたりする者も多かろうが、〝煙あるところに火あり〟ってことを知る者はどの程度いるかね」

　みな黙り込んだ。やがてクレイン大佐が立ち上がった。地味な正装を身につけ、孤高の雰囲気を漂わせる男は、まじめくさった顔で当主夫人にいとまを告げた。弱まりゆく午後の光を浴びながらクレインは思った。名の知れた芸術家である自分の妻も、そろそろ工房での作業を終えるころだろう。夕食前に妻と語らうのがいつもの楽しみだった。この語らいが社会性の強い催しとなる場合も多い。にも関わらず、我が家に近づいてゆくなかでクレインは気まぐれを起こし、妻と顔を合わせるのは少し遅らせてもいいだろうと、家庭菜園のほうへ回っていった。そこでは例の使用人のアーチャーが、洪水前の日々にあるように、まだ鋤に寄りかかっていた。

変わりゆく世界のただなかで、一瞬クレインは立ち止まった。今回の一件が始まったあの日曜の朝に立ち止まったように。南海の偶像はまだ片隅に立っている。かかしもクレインがいけにえとして捧げた帽子をかぶっている。キャベツはといえば、クレインにかつて掘り出されたキャベツと同じく、今でも青々して歯ごたえがありそうだ。キャベツのほかにもいろいろなものが掘り出されていた。

「妙な話だ」クレインが口を開いた。「以前ヒラリーが言っていたとおりじゃないか、自ら知らぬうちに寓話を実演する、か。おれもキャベツを拾い上げて決闘の宣誓として頭にかぶったとき、自分が何をしているのか気づきもしなかった。ばかばかしい立場に置かれたものだが、自分が信条（シンボル）に殉じているとは夢にも思っていなかった。しかも正しい象徴（シンボル）だったな、なにせキャベツを王冠みたいにかぶったブリタニア像を目にするにいたったんだから。大英帝国（ブリタニア）は海洋を支配していたと言ってよかろう。ブリタニア像が支配できなかったのは土地だ、自らの土地だ、地震が起きたように地面が隆起していた。だがキャベツあるところ希望ありだ。我が友アーチャーよ、これが教訓だぞ。キャベツなしですませようとする国は、どこであれ、もはや一巻の終わりということだ。戦争に際してさえ、砲弾と同じくキャベツを用いて敵に立ち向かう場合も多い」

「さようでございます」アーチャーがうやうやしく応じた。「別のキャベツをご所望でいらっしゃいましょうか」

クレイン大佐はかすかに肩をすくめた。「いや、けっこう。せっかくだが、けっこうだ」間を置かずに答えると、振り向きながらつぶやいた。「革命はごめんだというわけでもないんだが、もう関わることはあるまい」

クレインは足早に自宅——並んだ窓に、灯された明かりの輝きが映り始めた——の表に回ると、なかへ入って妻のいるほうへ向かった。

庭に取り残されたアーチャーは作業のあとかたづけをしたり、鉢に植わった灌木の位置を移したりした。さびしさを漂わせる薄暗い姿だ。立っている柵で囲んだ土地のまわりに、紫色の縁がついた灰色の柔らかなカーテンさながら夕日と薄明が降りてきた。まだカーテンが引かれておらず一面に灯火が映る窓にも、芝地の彩色された模様にも、敷石で舗装した外の歩道にも、それぞれ光が当たっている。アーチャーがぽつんと独りでいるのは、本人に似合っているかもしれない。というのも、変わりゆく世の中でアーチャーだけがまるで変わらずにいるからだ。暗さを増す庭を背景に、からだが薄黒い輪郭を描いているのは本人にふさわしいさまかもしれない。〝アーチャーにおける体面の不動性〟という謎は、世の騒乱よりもいっそう謎めいていた。いかなる革命もこの男を変革することは不可能だった。優秀な庭師を自身の庭の所有者にしてやる試みがなされてきた。すなわち当時の大衆向けの政策に即して、農場主にしてやる試みだ。だが庭師は新しくなった世界に順応できなかった。とはいえ、進化の原理にもとづいて自身の職務が消滅するように、自身の存在がすぐには消滅するわけもなかった。庭師は単に命ながらえる者だった。しかしながら、なぜかわからぬが、ながらえうる力を示していた。

孤独な庭師はふと気づいた。自分は一人きりではないぞ。生け垣の上に顔が一つ現れ、夢見心地のようながらギラギラ光る青い目が庭師を見つめている。どこかシェリー（一七九二～一八二二。イギリスのロマン派詩人）の色調と輪郭を想わせる顔だ。アーチャーがシェリーなる人物のことを耳にした経験があるはずもなかった。が幸いにも、訪問者が当主の友人であるのがわかった。

「間違っていたら許してくれたまえよ、市民アーチャー」ヒラリー・ピアースが痛ましいほど熱い口ぶりで言いだした。「きみは世の中の動きにも我関せずでいられるようだ。きみほどの能力の持ち主は、〈法螺吹き友の会〉の運動からいわば一線を画すことを許されてきたわけかな。それでも妙な話だ、まったく！　きみは弓の射手（アーチャー）ではないのか？　まさにきみの名前がここぞとばかりに立ち上がって、きみを難ずるんじゃないか？　きみは誰にもまして、たくさん弓を射たり、もっともらしいうそをついたりすべきじゃなかったのか？　それとも庭の像のごとく何事にも動じないきみの姿の背後に、原理的な謎が隠されているのか？　きみは庭の守護神なのかな、この南海の偶像より美しく、プリアポス（ギリシャ・ローマ神話で男根によって表される豊穣の神）より敬われるべき存在なのか？　道徳観念では弓の射手（アーチャー）たりえないのか？　ことによるときみは、この軍事をつかさどるアドメトス（ギリシャ神話でテッサリアの王にしてアルゴ船隊の一員）に仕えるアポロなのかもしれないな。うまい具合に、そう、うまい具合に自分の輝きをぼくから隠しているんだろ？」ここで返事を待つべくいったん口を閉じてから、声を落として言葉を継いだ。

「あるいはきみは、放った矢が死ではなく生と豊作の矢であるような、そんな別のアーチャーじゃないのか？　矢はしっかり大地に立つのかな、花を咲かせた小さな木々のように、またはきみがこの庭に植えている灌木のように。きみは頭ではなく心に日射病をもたらす人物なのか？　ぼくらを革命へと目覚めさせた奇想物語(ロマンス)で、今度はぼくら一人一人の心を打ったのか？　というのも豊穣の精神と家族の約束がなければ、未来像も空しい代物に終わるだろうから。実のところきみは愛の神で、きみの放った矢はぼくら一人一人を突き刺して、自分にまつわる話をするよう駆りたてたのか？　きみをキューピッド（ローマ神話における愛の使者）と呼ぶつもりはない」心なしか恐縮か謝罪でもするような口調になった。「キューピッドと呼んだりはしないよ、アーチャー。きみのことを異教の神だとは思っていないからね、むしろキリスト教ふうの象徴にまで浄化され霊化されたあの像だと思っているんだ。チョーサー（一三四〇？～一四〇〇。英詩の父と呼ばれる詩人）やボッティチェリ（一四四四？～一五一〇。イタリア初期ルネサンスの画家）には、あの像はそんなふうに見えたかもしれないな。とにかく、きみだったんだな、異教徒らしきようすはみじんもなく、むしろ中世ふうの華麗な雰囲気に包まれていて、ベアトリーチェが橋の上でダンテを迎えたとき、高らかに黄金のラッパを吹いたのは。きみはあのアーチャーなんだ、ああ、アーチャー、ぼくら一人一人に自分の『新生(ヴィータ・ヌォーヴァ)』（ベアトリーチェへの愛を詩と散文で綴ったダンテの第一作）を贈ったのか？」

「いえ、だんな(サー)」アーチャーが答えた。

こうして〈法螺吹き友の会〉の記録者は、なんとも無駄で無益な労役を終わらせる次第だ。いや、ことによると、まだ始めてもいないのか。この物語は宇宙に似た感じになるのではと、読者諸氏には当初そんな期待もあっただろうか。つまり終わりを迎えたとき、なぜ始まったのか解き明かしてくれる作品というわけだ。だが読者は、当該事案で自身の労苦と試練を経たあと、ずっと眠り続けてきた。如才ない作者としては、わたしの叙述のどのあたりで、我々が直面している難問に対するほぼ満足のゆく解答が見つかりましたか、などと問うたりはしない。作者にはわかっていないのだ、読者の眠りが妨げられなかったかどうか、または作者がこっそり見る心地よい悪夢のなかで、様々な影が読者の眠りに投げかけられていたなら、その眠りに現れるのはどんな夢かといったことは——朝の羽に覆われた小塔（タレット）か、生ける怪物として薄暗い牧場を行進する寺院か、ケルビムのように羽飾りをつけたブタか、弓のようにしなった森か、はたまた暗い土地をくねくね流れゆく燃えたつ川か。相手の想像力を把握しそこなうと、本質的に心象は外部からの変質作用から自らを守りきれぬものだ。〈法螺吹き友の会〉の愚かな記録者も、自分の夢を守るという究極の愚行は犯すまい。ともかく当てずっぽうで弓を引き（「列王記」上、第二十二章第三十四節。「口から出まかせを言う」の意）、中空に矢を放ったわけだ。地元一帯のオークの森にその矢を探すつもりはなく、友の心にぐさりと突き刺さったさまを目にしようとも思わない（「中空に〜突き刺さった」まで、ロングフェローの詩「矢と歌」参照）。筆者の弓はただのおもちゃだ。少年がそんな弓で矢を放つと、たいてい矢はなかなか見当たらぬものだ——いや、弓を射る少年も、か。

キツネを撃った男

デイヴィッド・イースト師が一人の仲間をともない、ワノーバー村のかなりの部分をなす険しい一本道を歩いていた。午後のよく晴れたひとときだが、進行方向にはほとんど人気（ひとけ）がなく、ずっと先を歩く人影が二つ見えるのみだ。（たまたまながら）イースト師には、その二人は人込みのなかでも目に留まるほど気になる存在だった。ともあれ、もしぼんやり空想にでもふけりたい心持ちだったら、神話に出てくる動物の一群が自分の前を逃げてゆく奇怪な光景が、師の頭に浮かんだかもしれない。

なぜなら、今は民家（ハウジズ）として並んでいる建物は、かつてはたいてい酒場（パブリックハウジズ）だったからだ。イーストにすれば、各家は怪物というべき存在に対する自らの勝利の記念碑だ。相手となった怪物は、通りの上に掲げられた盾に紋章のかたちで展示されている。〈赤獅子亭〉に対してはライオンの調教師を演じ、〈青豚亭〉に対してはブタの屠殺人を演じ、〈白鹿亭〉に対してはシカの狩猟者を演じ、〈緑竜亭〉に対しては聖ジョージ（悪竜を退治したイングランドの守護聖人）を演じて、もちろんイーストは誇らしい思いに浸っただろう。

この地方でデイヴィッド・イーストが盛んに布教活動を始めたころ、教会もない当の小村はおおよそ酒場ばかりのところだった。町の住民ならば、互いに洗濯を引き受けて小金を稼ぐことにではなく、質素な生活を真剣かつ熱心に説く者に従うことに、暮らしを立てる手段を求めたのではなかろうか。清教徒（ピューリタニズム）の信条が真の民間伝承となってきた各地の場合と同じく、説教師の熱弁が村の聴衆全員を改宗へと導いたなら、それは好ましい話だろう。ともあれ、このあたりはオールドイングランドであり、なかんずく太古の地であるウェセックス（イングランド南西部にあった中世のアングロサクソンの一王国）の丘陵地帯（ダウンズ）だ。イースト師が改宗へと導くべき相手はただ一人、並んで歩いている男だった。

というのも、この人物サー・アーサー・アーヴィングは、村全体を所有する若き郷士だからだ。本人をぜひとも改宗へと導く必要があったわけではない。サー・アーサーはケンブリッジ大学の出身で、社会改革者としての責任を若者らしく自覚していた。知的な趣味をいろいろ持ち、その素質にも恵まれていた。たとえば風景画を描くのが巧みで、今このときも、かなたに見える丘陵の写生場まで軽い画架（イーゼル）と折りたたみ式腰掛け（キャンプスツール）とを運んでいる次第だ。見かけは長身にして色黒で、顔立ちは品があって美しいとさえ評せるものの、いささか面長で、戯画であれば馬のように描かれていただろう――口数少なく、たいてい常にまじめくさっている、そんなようすが似合うたぐいの顔だった。

デイヴィッド師もまた、背が高いうえに長く口を利かないでいられた。が、同伴者と似ているのはその程度だった。アーヴィングよりも年上で、亜麻色の髪には早くも白いものが目立っていた。顔は少年どころか赤子の面影も留めているものの、よく見ると丸いあごには意志の強さが、低い鼻には犬にも似たがんこさがそれぞれ表れていた。もっともそんな資質に加えて、なにげないそぶりからは丁重で温厚であることをもうかがわせたが。また風景画を描く趣味を持つ同伴者と比べると、素質と天才とを区別するといえそうな活気が顔に感じられた。

サー・アーサーはもう何カ月も言葉を発していなさそうに見えた。一方イーストは、口を閉じてはいるものの、たった今しゃべり終えたか、または今からしゃべりだそうとしているかに見えた。空想好きな向きからは、眠ることを知らぬ男と評されるかもしれない。事実どんな社会活動に加わる場合も、時間や場所を問わず黙ってからだを動かせるのがイーストの強みだった。宗教や政治の世界に成り立たせた迷路さながらの人脈をつねに保っていた。

看板がきれいに取り払われた通りを歩くイーストにとって、前方の光景は実にたやすく得られた実に大きな勝利の一成果だった。それでも、人家がぽつぽつ並ぶ通りの最先端、丘の頂の向こうから見えてきた木々の立つ荒れ地のふちに、一枚だけ妙な看板が残っていた。最後に位置する家の扉の上に、短いさおから本物のキツネの尾が垂れている。トマス・フッド（一七九九～一八四五。英国の詩人、ユーモア作家）や、しゃれ好きの多い健全な時代なら、こう評したかもしれない――〝それにはちょっと（ゼアバイ・ハングズ・）おもしろい話がある（ジス・テイル）〟（シェイクスピア『お気に召すまま』第二幕第七場でのジェイクスの台詞。「そこいら辺に尾が垂れている」の意にもなる）。

とはいえこのとき、看板を消し去ったという勝利のことも、また消し損ねた看板に表される敗北のことも、デイヴィッド・イーストの頭にはなかった。短い発言と長い沈黙が交互に続くなか、イーストのきらつく目は前方を歩く二者の片方にまだじっと向いていた。それは若い女、すなわち郷士サー・アーサーの妹で、今はスウェインという名の若い男を連れていた。この四人は、背後に遠ざかる平地に立つ大邸宅の門からともに歩きだし、ちょっとした遠出のつもりで郷士の写生場まで連れだって行くはずだった。だがスウェインとメアリーがいつのまにか先へ進んでおり、置き去りにされた男たちの目はずっとその姿を追っていた。

イーストの特徴である穏やかで粘り強い立ち居ふるまいは、今は改革者ではなく熱愛者としての心情を表していた。同伴者のサー・アーサーも、言葉を交わす相手が改革者だったら、ずっと気楽に思えただろう。というのもこの男は、ぶっきらぼうながら心は温かいという性質とは正反対だからなおさら英国人（イングリッシュ）らしいのかもしれないにせよ、実にかんばしからぬ意味でのみ国民性（ナショナル）を表しているような、そんなたぐいの英国人（イングリッシュ）郷士だったからだ。物事がうまく運んでいるときでなければ自分らしさを存分に発揮できないのは、神経が繊細なせいかもしれない。今このとき物事はうまく運んでいなかった。

「この件ではわたしも困り果てていまして」気まずそうに咳払いしながらサー・アーサーが言いだした。「もちろん、とても光栄ではありますが。わたしもあなたのお人柄やご活躍ぶりには心から敬意を抱いています。でもこんな次第となってなんとも残念で。わたしの一存ですべて決められるわけでもありませんしね。それに実のところ、わたしとしてはてっきり妹が――いやあ、とても対応しづらい状況だ」

サー・アーサーも、ケンブリッジ・ユニオン・ソサエティ（ケンブリッジ大学の名門ディベートクラブ）の一員として大英帝国を建て直さんとしたり、下院の一員として貧しき数百万同胞の家庭環境を改めんとしたりしていれば、説得力ある洗練された能弁家たりえただろう。だが現在は自分と妹と友人（もう一人、前方を歩く友も含まれるか）に影響を及ぼす程度の活動しかしていないので、一英国紳士――このほうがずっと楽しい存在ではないか――であるにすぎず、魚さながらぽかんと口を開けてあえぐように前へ進むのみだった。

イーストはまだ前方の二人から視線をそらさずにいた。当の二人は夕空の端を背景にして林の暗いふちへと近づいている。

「つまり、わたしの決断が遅かったときみは言いたいんですね」イーストが静かに口を開いた。「そこまで決めつける権利はわたしにはありません。でもこれは残念な一件だと言えるぐらいの事情は知っているつもりです」

「スウェインくんは事務弁護士なんでしょうね」話題を変えるつもりかと思えるほどさりげなくイーストが言った。

「いや、たぶん法廷弁護士です。でもあまり身を入れて動いていないし、稼いでもいないでしょう。小説を何冊か書いていて、それはかなり売れたはずです。ほとんど人殺しの話らしい。それから、あの男はいわばフリーの立場で記者もしていますが、物の考え方は一貫しているようです。わたしに言わせれば過激な空想家ですよ。世間が冒険家扱いするのはばかげている。本人は高貴な家系の出ですしね。でも——あの男はあなたの説教を大して聴こうとしないでしょう」

「わたしが知る限り」穏やかだが相手を見下げたような口ぶりでイーストが応じた。「きみこそ、わたしの説教を聴こうとしない唯一の名門出身者ですよ」

サー・アーサーはそのほめ言葉をいらだち気味に受け入れた。一族の社会的地位の特殊性を意識しないではなかったからだ。こういう南イングランドの村では、礼拝堂が教会より大きく育つのは珍しい。だがこれには特殊事情もあった。アーヴィング家が一世代前に北部の産業地帯から移ってきた際、老郷士サー・ケイレブ・アーヴィングは自身の信仰をそのまま持ち込んでいた。事実をいえば（しかもそうした事実は珍しくもない）、この老いたる郷士は新しい郷士であり、ただ商売人としては古い存在だった。ともあれ老郷士は新しい宗教に惹かれるようになった。すでにいくつか新しい信仰を持ってもいたのだが。

くだんの宗教は、ディヴィッド・イースト師の教えによるものではなかったが、高齢の先代郷士を虜にし、まじめに罪を悔いるべく導いていった。まじめに罪を悔いる者には不相応ないし不適切な手段がいろいろ用いられはしたが。清教徒主義にもとづく他の教義の場合と同じく、預言書やヨハネの黙示録の神聖な暗号文に多くを負っていたにしろ、この宗教はすこぶる現実的な意味を、いやそればかりか政治的な意味さえ込めて信仰を解し、開かれた封印（ヨハネの黙示録第五、六、八章参照）をすべて現代における解放の証だと説いたり、激しい怒り（同右第十六章第一節参照）をすべて社会的罪悪の結果だと説いたりした。

エゼキエル書における車輪の幻想的描写（第一章第十五～二十一節）を近代機械の成功例だと解釈できるとして紹介したのは、たぶん同書の教義を誇張ないし歪曲してのことだろう。また、いくつもの目を持つ生物（ヨハネの黙示録第四章第六～八節参照）について、素朴な信者たちは理想的な政府検査官の実例と見なしていたと主張するのは、実際そう唱える向きが多いのも事実ながら、教義に対する中傷というほかない。さらには、洗礼の象徴が水と火になっているのは、浴室には温水と冷水が必要だという意味なのだと、そう信者たちは解釈していると決めつけたことには、一片の真実味もなかった。

こんな物騒な、ではないまでも愚劣な説を思い出し、サー・アーサーは顔をしかめた。いずれの戯言も誰の口から出た代物なのかはわかっていた。今の自分には目障りなある存在、すなわち目の前に広がる風景にはそぐわぬ人物、キツネの尾の看板がかかった数百メートル先の自宅正面にいる人物だ。

人家がぽつぽつ目に入り始め、林も広がり始めている丘の頂に二人が着いたときには、夕空の金色はすでに赤みを加えて銅色に変わっており、暗い林のあちこちではルビーを想わせるきらめきが見られた。アーヴィングがわざわざ画架を運んでまで写生しようとしている日没の時刻であり色調だ。だがこのとき、アーヴィングの視線は沈む夕日にぴたりと向いていたわけではない。

前方の男女はすでに足を止め、後方の男たちを待っていた。アーヴィングからすると、赤茶色の輝きを背景にして丘の頂に立つ二人の姿には、大いに疑念を抱かせる点があり、ゆえに自分の同伴者には先ほど〝期待〟を持たせまいとした次第だ。男女二人のようすは型どおり（コンベンショナル）に近く、またかなり口数が多い（カンバセーショナル）感じだ。それでも会話の内容に危険を感ずるのは無理があるように思えた。

デイヴィッド・イースト師は男女のようすを穏やかに受け止めたようだ。うつむきながらもまだ目は輝いており、視線も定まっている。アーヴィングが同伴者の表情の意味をすべて解したのはずっとのちのことだが、表情の一端についてはやがて意味がわかり、少なからず面食らった。自分が歩を進めるなか、男女二人も互いに離れて、妹が自分のほうへ足早に近づいてきたからだ。

メアリーは兄よりずっと小さくほっそりしており、ずっと見目麗しかった。が、その美しさには、兄を男前に見せているのと同じ暗い感じや、兄を謹厳に見せているのと同じ哀しげな感じがあった。今このとき妹はとくに悲壮感を漂わせていた。ふつうならば女性らしい点と見なされるような、義務感と疑念の共存から生まれる不安が瞳に強く表れている。自分の信仰に殉ずることはできるが、自分が殉ずることの正しさについては疑いを捨て切れない。メアリーはそんなたぐいの人間だった。

だが兄に悲壮な表情を見せたのはほんの一瞬だった。アーヴィングが驚いたことに、ごめんなさい、この場は失礼するわとメアリーは早口で言い、向かいの大工さんのお宅におじゃまするのを忘れるところだったのと付け加えると、唖然とする兄を尻目に大工宅へ消えていった。

アーヴィングが我に返ると、いつのまにか友人フィリップ・スウェインがとなりに立っていた。またさらに驚いたことには、いつもあきれるほど騒がしく明るいスウェインが、やはり同じく動揺したのか、深刻な顔つきをしていた。スウェインは長身瘦軀(そうく)の活発な男で、ふさふさした赤い眉毛と口ひげを生やし、賢そうでおどけたような青い目をしていた。だが今このとき、顔が妙に青ざめているせいで赤い髪はなおさら赤みを増しており、ほおはこけて目は落ちくぼんでいた。スウェインは左手にふつうの猟銃を持ち、別れでも告げるかのように右手を差し出した。

「ではお元気で」スウェインはいきなり言いだした。「ぼくは長居をしすぎました。そろそろおいとまごいをしないと。お許しいただければ、お宅の林で銃を何発か撃ってうっぷん晴らしをしてから駅へ向かうつもりです。正直なところ何かをしとめたい気分でね、〝何か〟ではなく〝誰か〟を、とまでは言いませんが」

「わからんな、きみ、メアリーとけんかでもしたのか？　ぼくはまたメアリーが――」

「そうなんです」スウェインが暗い顔で応じた。「ぼくは愚か者かもしれないが、なんだかメアリーが――いや、どうもすっきりしないんですよ、メアリーの心は――まあいずれにしろ、理由はわかりませんが、もう決まりです。ぼくとしては余計なことは言わないほうがましでしょう」

デイヴィッド・イースト師は少し離れたところに立っており、例によって無表情のままうつむき、路上の小石を見つめている。スウェインが苦々しく最後の一言を口にしたとき、メアリーが大工の田舎家から出てきて自宅のほうへ足早に向かった。デイヴィッド・イーストは一度メアリーを横目で見て笑みを浮かべた。

アーヴィングは振り向いてスウェインにまた言葉をかけようとしたが、友は別れの挨拶代わりにうなずき、路傍のやぶをさっと飛び越えると、やがて林の端に立つ木々のなかへ姿を消した。

林に隣接し、軒先にキツネの尾が垂れている小さな家から、にぎやかな笑い声と歌声がいきなり流れてきた。看板という看板が通りからすべて取り外されて以降、この模範的な村では絶えて聞かれなかったたぐいの声だ。

「あの悪党め、まだビールやブランデーを売ってるな！」郷士が怒声を上げた。「さっぱりわからない、なぜうちの父はやつのことが我慢できるのか。ぼくはもう我慢できませんよ」

「実際きみの父上は辛抱強くあの男の相手をしておられたね」イーストが穏やかに言った。「わたしたちがほかの酒場を一掃したときも、あの男のために特別な措置をお取りになった。正直なところ、あれできみも納得しないといけないでしょう」

「それにしてもこんな状態はもう放っておけない。今日やつを追っ払いますよ」

サー・アーサーは憤然と小さな家へ向かおうとして、一瞬ためらいを覚えたようだが、戸口からはやしたてるような笑い声が流れたことで迷いも吹っ切れた。ふさふさした看板のすぐ下に、古い宿屋の軒先にはよく見られる粗末なベンチとテーブルが置いてある。ベンチにはこの臨時酒場の主人が腰掛け、テーブルにひじをついて笑みを浮かべている。生きたかかしにも劣らぬぐらい妙な姿だ。というのも、カラスを想わせるほど艶やかな黒い髪が、逆立ったか折れたかしたようなカラスの羽さながら、長くねじれた房となってぴんと立っているからだ。そのうえ、偉そうな感じのやせた顔はジプシーの顔のように日焼けしており、つぎだらけでほころびも目立つ服を押さえるべく巻いたはずの幅広い古ぼけた革ベルトは、ろくに役目を果たしていないようだ。

　しかし、歩くぼろきれの固まりのようなこのやせた男に関して何より奇異な点は、外見にはそぐわぬ教養人ふうの言葉遣いをすることだった。

「エールを一杯お持ちしましょうか、あなた方」男が落ち着き払って呼びかけた。「イーストさん、あなたの弁舌にも大きな景気づけになりますよ」

「ちょっと待った！」郷士がけんか腰で話をさえぎった。「わたしがここへ来たのは茶番劇を終わらせるためだ。それにイーストさんに向かって、この村で今みたいに偉そうな口を利くことは誰にも許さん。おまえたち野蛮人とは比べようもなく偉いお方なんだからな。おまえも少しは清らかな教えを学んだらどうだ」

「きっとイースト師は完璧なガラハッド（アーサー王伝説における最も高潔な円卓の騎士）なんでしょうね」テーブルにもたれながら男がものうげに応じた。「それにいつでも輝きを追い（フォロー・ザ・グリーム）（アルフレッド・テニスンの詩 Merlin and the Gleam 第一連など参照）、聖杯を探し求める覚悟を決めておられるのでしょう。ともあれ、今日のわたしは実に不運だ！　やはり聖杯のことなど口にしなければよかった。世界の伝説や文芸をすべて浄化するのがどれほど難しいか、あなた方もおわかりでしょう！　聖餐（サクラメント）自体、レモネードですまさなかった（聖餐ではパンと葡萄酒が出た）のはなんたる不幸か！」

「おまえが罰当たりな口を利けるのも、そろそろ終わりだ」郷士が怒りをぶつけるように言った。「おい、いいか、わたしはおまえのことなどろくに知らんが、とにかくうちの父はおまえをマーティン・フックと呼んでいて、わたしには見当もつかん何かの事情のせいで、おまえにこの家の管理を任せてやったんだよな。父の思い出は大事にしたいが、わたしは自分自身や村民のことも大事にしたいんだ。それに何事であれ限度というものがある。いまいましいが、おまえには常識に即した通告をしてやる。いずれにしろ、ここを引き払ってもらおう」

　フックと呼ばれた男は鳥獣のかぎつめのような片手をテーブルにつき、テーブルを飛び越えんばかりの動作を示した。相手の正面に立ち上がったフックは変貌していた。にやついた表情やゆったりした態度をあらため、侮辱を受けた紳士を想わせる口ぶりで話し始めた。

「あなたの通告など必要ない。かなり前にわたしは宣言したではないか、そういうことがなされたらその場で立ち去りますと。そうしていったん立ち去ったら、もう戻ってはきませんとな。あなたは二度とわたしの姿を目にするまい。わたしのほうも会うつもりはない。もうこれで十分かもしれないね。あとはわずかばかりの私物を整理するだけだ」

　フックは元気を取り戻したように大またで家へ入ってゆき、ほかの者はやや気圧（けお）されたようすで外に立っていた。暗くわびしい内部から、どこやらを引っ掻き回すような音が聞こえたあと、自分の服装よりなお奇抜に見える軽そうな手荷物を持って、フックが再び出てきた。その手荷物とは、小脇にかかえた銃一丁やポケットから先端が出ているブランデーひと瓶、もう一方のポケットに押し込まれた古びた本数冊だ。片方の手には、釣り合いを取るかのように、赤いひもでくくって黄色い封をした羊皮紙か普通紙の大きな包みが握られている。この最後の品が何よりみなを驚かせた代物だった。フックが魔術師さながらの身ぶりでそれを郷士に向けて放り投げたからだ。郷士は格好をつけるまもなく、包みをクリケットボールのように受け止めるほかなかった。

　ようやく郷士がやむなき機械的動作から解放されようとしたとき、包みを投げた妙な男は家の背後の険しい土手から相手を見下ろしていた。松林はこの土手から広がっている。灰色まじりの紫色をした木々の影を背景にしたフックの立ち姿は、個々の箇所の見苦しさなど取るに足らぬものにするぐらいの神々しさを漂わせていた。とにもかくにもアメリカインディアン並みに異国の存在らしく見えた。言葉では表現しがたいほど遠方にあり、かつ周囲から隔絶されていそうなたそがれの風景から、ようやくフックの声が流れだした。「ごきげんよう、サー・アーサー。わたしはあなたの村を離れる――ことによると飢え死に（スターブ）する。いや、むしろ物を盗む（スティール）かな。この状況のもと、一つあなたに伝えておきたい。わたしはあなたの兄だ」

　郷士の視線は松林の影に釘づけだった。目に入るのは影ばかりだ。長い沈黙をまず破ったのはデイヴィッド・イーストの声だった。イーストの口からは奇妙な言葉がいきなり発せられた。

「なんたる夕日だ！　真っ赤な夕日は書物（ブックス）にはよく描かれるが、写生帳（スケッチブックス）では実に珍しい――少なくともきみが所持しているような本物の写生帳では。あの空は人生で二度と見られぬたぐいのものだ」

「あのごろつきの言い草が聞こえましたか?」郷士が歯切れよく言った。「夕日がどうのこうのって、いったい今の台詞となんの関係があるんです」

「なんの関係もない。だからわたしは口にしたんです」イーストが静かに答えた。「いいかな、心が動揺したときは、以前に自分がやりかけていたことを続けるのが何よりなんです。もし車から放り出されたなら、すぐ別の車に乗り込むべし。夕日を描こうとしていたなら、夕日を描きに出かけるがよろしい。きみのイーゼルを立ててあげよう」

「むだです。わたしは何も手につかない。わざわざ写生の作業板を引っ張り出す意味もありません」

「わたしが作業板を出してあげる」イーストが応じた。

「板から古いスケッチを取り外せそうもありません」サー・アーサーはやはり弱気だ。「つまらん絵だし」

「わたしがそのスケッチを取り外そう」

「もう暗いから、これから作業を始めるのは無理だな」心ここにあらずのていでアーヴィングがつぶやいた。「鉛筆は折れているし」

「わたしが鉛筆を削るよ」

イーストはすでに郷士の道具類から作業台や鉛筆、大きなスウェーデンナイフを取り出しており、まずナイフで一番上の画用紙を切り裂くと、鉛筆を黙々と削りだした。今まで自分がろくに意識もしていなかった一つの意志から、重圧がじわじわ加わってくるのを感じて、サー・アーサーは無意識にからだの向きを変え、目の前に用意された白紙を見つめた。次いで視線は、広大な半円形の劇場を想わせるような、深まりゆく日没の色に飾られた樹木の茂る丘へと向かった。

　そのときだ、あたりがしんとするなか、何かの爆発音かと思うような銃声が立て続けに鳴った。アーヴィングはそちらへさっと振り向いた。が、時すでに遅し。ディヴィッド・イースト師が地面にばったり倒れていた。顔が芝とシダに埋まっている。広がった手の指は、削りかけの鉛筆とナイフにまだ触れているが、アーヴィングにはほぼ硬直しているように見えた。これは死んでいると、アーヴィングは反射的かつ本能的に思った。自分でも把握しきれぬほど心のなかで様々な感情がそそり立っているが、一つはっきりほかと区別できるのは、鉛筆を削っている途中で殺された男に対して不似合いなほどに高ぶった感情だった。

　続くアーヴィングの動きは、やはり本能を源としていたが、もっと不合理なものだったかもしれない。射撃の反響音のみが沈黙を破るあいだ、アーヴィングは立ち尽くしていた。だがその音が消えてゆくうち、別の音がした。間違いない、自分の背後に広がる林のなかを一目散に走る音だ。まるで誰かが惨事の現場から逃げ去るような感じだ。我に返ったアーヴィングはすぐ足を踏み出し、目の前の空間を走り抜けると林へ飛び込んだ。

　アーヴィングの目は遠ざかろうとする人間の姿を捉えることができた。相手は追ってくる者の足音を耳にして立ち止まり、青ざめた顔を肩越しに向けた。フィリップ・スウェインだった。青白い顔は先ほどまで目にしていたときよりなお白っぽかった。スウェインの緋色に近いふさふさした眉毛と口ひげに、アーヴィングは初めて何か悪魔（メフィストフェリアン）めいた感じを受けた。

「おお、なんてことだ！　ひどすぎる。なぜきみはあんなまねをしたんだ」

「何をしたって？」スウェインがそっけなく応じた。

「え、じゃきみは無実ってわけか！」アーヴィングが叫んだ。

「あなたには意外かもしれないが、そのとおり。でもここ何年かの事情から、おそらくそんな疑惑があなたの脳裏をかすめたのかもしれませんね」

「だとしたら、いったい誰がやったんだ」取り乱したように郷士が言った。「きみには失礼したね、スウェイン。でも今はきちんと謝るひまもない。とにかくぼくと一緒にすぐ現場まで戻ってくれ」


　今にも崩れそうな黒い骸骨を想わせるように、画架が薄暗いシダの茂みに立っていた。そのすぐ上の、夕映えを背景にした山の背に、骸骨よりなお崩れそうな別の人影が立っていた。不吉の鳥（ザ・バード・オブ・イル・オーメン）を想わせる人間が現れた。郷士たちには相手がオオガラス（不吉な鳥の代表）と重なって見えた。古い戦争の物語詩（ウォー・バラッド）に描かれるオオガラスよろしく、殺された者が横たわる戦場の上空に人影はじっと浮いている。

　黒くてみすぼらしくて妙な人の姿だが、あれはマーティン・フックだと察したアーヴィングは、そこへ向かってやぶを突き進んだ。そのあいだも、相手は第二の事件を引き起こさんばかりに恐ろしげな手つきをした。手にした軽機関銃を掲げ、剣か槍のように大きく振った——勝利と復讐を表す力強い動きだ。

　だが自分に向けられたまなざしに気づいた男ははっとし、なんと銃を地面に落として、喜びか驚きを表すように一瞬ながら両手を上げた。

次の瞬間、アーヴィングが男に飛びかかり、そのまま相手を仰向けに倒した。

息詰まるような静寂が生まれたが、すぐまた地面で取っ組み合いが始まった。下になった男があちこち転がったり相手をけったりするうち、画架が倒れんばかりにぐらつき、結局ばらばらに壊れた。殴り飛ばされた郷士のからだが、枠組をぶち抜かんばかりの勢いでぶつかったからだ。〝森の人(ザ・ワイルドマン・オブ・ザ・ウッズ)〟は起き上がった。銃も取り戻した。アーヴィングに手を貸そうと駆け寄ったスウェインが男に飛びつこうとすると、男は銃床を棍棒(こんぼう)よろしく振り上げた。だがアーヴィングも起き上がり、背後から相手に飛びついて銃をひったくった。アーヴィングとスウェインは男を押さえ込み、双方とも気がつけば地面に横たわっていた。が、束の間の囚われ人は体勢を立て直し、壊れた画架の脚を震える手に握り締めて二人を見下ろしている。そこで遺体のそばに落ちていた絵画の道具類からスウェインが革ひもをつかみ、どうにか男の両手首を縛った。こうしてようやく二人は力を合わせて男を降参に追い込んだ。

この日の夕食後、夜会服姿のアーヴィングは凝った作りの整頓された机の前に座り、例のまじめくさった顔で、騒動の最初に思わぬかたちで手に入った羊皮紙の包みを開けて中味を調べだした。口を結んで書類をじっくり読んだ。読み終わったとき、表情はやはり重々しかったが、顔色は青白くなっていた。

外のベランダを妹とフィリップ・スウェインが行ったり来たりしていた。月明かりが当たるなか、二人の姿がときおり窓を横切る。アーヴィングの目に、小道や生け垣や地平線上の高いポプラのようすがまとめて飛び込んだ。

月の光を浴びる庭をしばらく悲しげに見つめたあと、アーヴィングはかたわらの呼び鈴を鳴らした。次いで紙に何行か走り書きすると、その紙を封筒に入れて封をした。ちょうどそこへ白髪の使用人がやってきた。

「これを届けてくれないか。宛先はサー・マーティン・アーヴィングだ。今は地元の刑務所に入っている」

下男の厚ぼったい顔が〝はっ〟と目を覚ましたようになり、手がためらいがちに手紙へ伸びた。郷士が硬い表情で指示を繰り返した。「宛先はサー・マーティン・アーヴィングだ。刑務所にいる。以前はマーティン・フックと呼ばれていた。警察が手紙の受け取りを許可するかどうか確認してくれ。もちろん警察自身も読むだろうが」

アーヴィングは立ち上がり、手紙を持った下男をその場に残してベランダへ出た。窓の外に立って待っていると、スウェインとメアリーが近づいてきた。以前はどうも二人のふるまいを誤解していたようだが、今は自分の目に狂いはないぞとアーヴィングは自信を深めた。ふだんは幸福であることを誇張どころか表現さえろくにしない妹の顔が、林での惨劇にもとづく幸福の発生を物語っていた。つい今朝ほど二人を引き離した原因はなんだったのか、アーヴィングには考えもつかなかったが、それが二人の願望にとっての障害だったのは明らかだった。その障害も今は除去されたわけだ、犯人の凶行の結果ではあったが。せっかく妹の繊細な心が微妙な姿勢や均衡(きんこう)を保っているのに、おれは新たに試練と変化と危険という負担を強いなければいけないのかと、兄としてはなんとも気が重かった。

「メアリー」アーヴィングが不意に呼びかけた。「おまえに今すぐ話したいことがある。また新たにひどいことが起きたんだ」

　フィリップ・スウェインはくるりときびすを返すと、ベランダから向こうに広がる芝生へ気を利かせて出ていった。メアリーはその後ろ姿を見ていたが、身動きもせず口も開かなかった。

「おまえがうちの庭を見つめるさまを目にするのは切ないな」兄がいくぶんしゃがれた声で言いだした。「ともかくぼくにとってはこれが庭を見る最後の機会になるかもしれないからね。要するに、この家はぼくらの財産ではないんだ」

　一拍措いてアーヴィングは話を続けた。「さっき法律関連の書類にすべて目を通したんだがね、その内容からすると、父上には嫡出子（ちゃくしゅつし）の長男がいるようなんだ。その子は十六ぐらいのときに勘当されたらしい。ぼくはやっと六つになったばかりで、おまえはまだ生まれていなかった。どうも親子のあいだで揉め事が起きたらしいな、長男がキツネを撃ったせいで。当然ながら父上は怒ったわけだ、地元一の評判を落とすまいと心がけていた紳士だから。あるいは怒りの度が過ぎてしまったのかもしれない。キツネを撃った当人は自分なりの弁明をしているようだ。父上が飼っていたハトをキツネが狙っていたからと、きっぱり述べている。

　でもそれはどうも信じられない。そう言い張れば、ともかく斟酌（しんしゃく）すべき事情があると思ってもらえると踏んだんだろう。父上は大のハト好きだったから。この当時、長男はハトのことなど気にするそぶりも見せていない。つまり、あとからの思いつきに違いないんだ。とはいえ、本人の弁明は信じがたいにせよ、残念ながら権利の要求については疑わしい点はないかもしれない。財産であれなんであれ、そんな要求はぼくには大した問題じゃないんだよ、もし今回の恐るべき災難が起きていなければな――ぼくの爵位を受け継ぐことになる男が、イースト殺害の容疑で絞首刑に処せられそうだとは」

妹はまだ手も足も口も動かさなかったが、月明かりを浴びる顔だけを銅像のようにそむけた。強情なほど平然とした妹のようすに、兄は〝なんなんだ〟と気味悪く思い、また心配にもなった。

「メアリー、具合でも悪いのか？　あまりの内容に動揺したとか」

「いいえ。動揺はしていません」

「じゃあいったいどうしたんだ」

「意外なお話でもなかったわ、もう内容は知っていたから。イーストさんからお聞きしました」

「え？　イーストは知っていた？　それが事件と関係していたわけか？　おい、早く真相を話してくれ」思わせぶりで落ち着き払った妹の態度に腹立ちを抑えかね、アーヴィングは声を荒らげた。「わかるか、ぼくはまだ家族の名誉を守るべき立場にあるのさ、たとえ家長ではないにせよ。哀悼の意と道義の心を表しうることなら、なんでもしてやらないといけないんだ、イーストはぼくの代わりに命を落としたとも言えるんだから」

「そうね」一瞬メアリーは何か考えてから応じた。「哀悼の意と道義の心を表さないといけないわね、亡くなった人全員に――あの人にだって」

「どういう意味だ」兄が問うた。

「あの人にさえその資格があるってことよ」しっかりした口ぶりだ。「でも恐ろしい人だった」

「おい、何を言っているんだ。ぼくはてっきり——おまえがつい今朝イーストと結婚の約束をしたと思っていたよ」

「約束はしたわ、恐ろしい人だったから」

耐えがたい沈黙が生まれた。が、月明かりの当たる芝生に目をやりながら、またメアリーが口を開いた。

「どうもわたしって、正しいことをしたいと心がけながら、いつも間違ったことをしてしまうような女かもしれないわね。とにかく、わたしは今のお話を知っていました。あの人も知っているし、もうフィリップだって知っているわ、わたしが話したから。知らなかったのはお兄さまだけよ。それにお兄さまなら、真相を知れば、すぐにでも財産を放棄してしまいそうな気がしたので——」

「お気遣いをどうも」アーヴィングはいかめしい顔つきで言い、ぐいと頭をそらした。

「致命的な結果になるだろうとわたしは思ったの。お兄さまの生活と希望はこの屋敷と密接に結びついているから、秘密を守るためにはなんでもしないといけないって。そう、たとえ人を脅迫する男と結婚する結果になっても」

「え、つまり、ぼくが小さなころから知っている男が、父上の友人だった男が、そんなことをもくろんでおまえを苦しめていたのか?」

「ええ」メアリーは答え、青白い顔を上げた。「そのとおり。でもわたしは誰にも言わなかった」

「もしぼくがおまえのもとを去っても、許してくれるか?」新たな沈黙のあとでアーヴィングが言った。「この問題を一人でじっくり考えないといけないようだ。でないとおまえはとんでもない兄を二人も抱えるはめになる」

アーヴィングは庭へのっそり出てゆき、月明かりを浴びながら、青白い顔で小道や芝生をむやみに行ったり来たりした。植林地で今の姿をスウェインに見られたら、アーヴィングも〝森の人（ア・ワイルドマン・オブ・ザ・ウッズ）〟（オランウータンの意）に近い扱いを受けるはめになったかもしれない。だがスウェインは健全で諧謔（かいぎゃく）精神に富む助言のできる男だ。まもなく二人は書斎へ戻り、先ほどより落ち着いたようすで書類をめくりながら、スウェイン自身の調査から得られた事実も参考にしながら内容を分析した。

「フック氏の一件は扱いが難しそうですね」スウェインが言った。「でもサー・アーサー、キツネとハトにまつわる話をもとに、フック氏の人柄について考えたことがおありですか。あの人がキツネをしとめたのはまさに正しかった、キツネはハトを殺すところでしたから。あなたのお父さまは感謝なさったでしょう。でもフック氏はお父さまに心を開かなかった。本人にすれば、みすぼらしい居酒屋でみじめな暮らしをだらだら続けるほうがよかったんです」

「要するに」アーヴィングがぶっきらぼうに言いだした。「きみの話はこういうことか、フックは自分を守ろうと思えば守れたと。その相手は――」口をつぐんだ。

「二つ小さな問題がありましてね」スウェインがいきなり、だが穏やかに話し始めた。「あの殺人に関してわたしを悩ませた問題です。まず我々が取っ組み合いをしたこと。立った状態で両手を上げたフック氏に、あなたは飛びかかった。で、九柱戯（ボウリングの原型）の柱のように相手を倒した。でもすぐにフック氏は鬼十匹分の力を出した。互いに力の強い者同士ですから、フック氏を押さえつけるのにはずいぶん手間取りました。この一件からどんなことが読み取れますか？　ぼくの見方をお話しします。おそらくフック氏にすれば、あなたに飛びつかれたのは予想外だった。それに両手を上げたのは、あなたに飛びかかろうとしたからではなかった。何をばかなと思われそうですが、きっとあの人はあなたを抱きしめようとしたんです」

「〝ばか〟という表現は少し違うな」アーヴィングは目をむきながら応じた。「どういうことか、はっきり言ってくれ」

「それから」スウェインは静かに言葉を継いだ。「遺体のかたわらに落ちていた革ひもを拾ったとき、もう一つの問題に突き当たりました。ぼくは一瞬目にしただけですが、あなたも憶えておいででしょう、被害者の指は、まだ鉛筆やら、自分で物を切るのに使っていた長いスウェーデンナイフやらに、軽く触れていましたよね。でもナイフは向きが逆だった」

「向きが逆」アーヴィングがおうむ返しに言った。血管が次第に凍りついてゆく気がした。

「人が道具を使うときには、ふつう先端を上に向けるものですが、イーストはそのようにはナイフを持っていなかった。人が短剣を手にしたときと同じく、先端を下に向けていたんです。あなたがそんな目でぼくを見るのも無理はない。でもこれはぜひ言っておきたいし、しっかり聴いていただきたい。イーストは、立っているあなたにナイフを突き刺そうとしたまさにそのとき、銃で撃たれて死んだんです」

アーヴィングは何か言おうとしたが、のどが張りついていた。

「あなたはイーストに背を向けて立っていましたね。つまり、またとない機会を相手に与えたわけです。イーストはそんな機会を待ち望んでいて、たぶんあなたをわざわざ村からは見えない丘の頂に連れ出したんでしょう。〝今だ〟と思ったんですね、明快きわまる理由で。あなたの一家を自分の影響下に置いておき、メアリーと契りを結ぶことで一家に入り込むのがイーストの計画の全容だった。あなたのお兄さまが自由には発言できないこともわかっていた。でもお兄さまがあなたに紙包みを投げつけるのは計算外だった。もしあなたが帰宅して中身を読んだら、自分のもくろみは台無しだ。あなたが命を失いさえすれば、妹さんが財産を受け継ぎ、自分は妹さんの言質を取れる。

イーストは頭脳明晰で冷静沈着な紳士だった。たぶん論理的に考えて、あなたが死ねば好都合だと踏んだんでしょう。ただ間一髪のところで、お兄さまは高い位置にある林から危ない動きを目にした。お兄さまも実に冷静沈着な紳士です。そうして銃弾はナイフよりも速かった。お兄さまは丘を駆け下りていかれた。自ら救った血縁に対して不意に愛着を覚え、和解したい一心で。そうして気がつけば、ハトを救おうとしてキツネを殺したために再び倒されたわけです。ただ今度は、新たな芸術的手際によって、ハトに倒されたわけですが」

扉がノックされ、白髪頭の下男が盆に手紙を載せて再び現れた。アーヴィングは手紙を開け、今回の話を仕上げる荒々しくて乱れた筆跡による文章をゆっくり読み始めた。

我が弟へ

あなたのふるまいは見事の一言です。わたしも同じように身を処さないといけませんね。わたしはあなたの醜悪な大邸宅などほしくもない。ふさふさしたキツネの尾を掲げた自分の酒場へ戻れれば十分です。また、撃ち殺したもう一匹のキツネの件についても、寛大であらねばなりますまい。実に腹立たしくはありましたが。わたしとしては、そもそも自分からは何も語らずにおき、にっちもさっちも行かなくなった当局がわたしの首をきっちり縄にかけてのち、初めて真相が明らかになればよいつもりでいました。我ながら、しゃれた策だと思いましたよ。

あなたのご友人の弁護士どのは、わたしの無罪を立証しようと、わたしの自尊心を大いに傷つける方法をいろいろ駆使してくれました。すなわち、わたしが殺人犯ではない旨を主張するために挙げた根拠はこんな具合です。第一、銃の撃ち方がへたなこと。これはうそです。第二、頭がおかしいこと。これもうそです。第三、わたしが周到な準備のうえでイースト師の命を奪おうとしたのではないこと。これは最悪の虚言であり中傷であって、わたしの公徳心や社会改革意欲に対するひどい侮辱です。とはいえこんな苦心のでっちあげによって、ご友人はわたしを救い出せたかもしれません。また別の苦心のでっちあげによって、イーストも救い出せたかもしれません――スウェーデンナイフを使った動作は、スウェーデン体操の一部なのだと弁じたりして。

ですが当局としても、イーストを絞首刑に処するにせよ、本人が有罪であることを示すべくわざとらしい儀式を長々と続けて、ようやくそれが可能になったでしょう。一方わたしの場合、イーストを即座に殺したのは、あの男が有罪だとわかっていたからです。こうしてみると、父上とキツネの一件がしみじみ思い出されます。わたしがもしおかしなピンクの上着をまとい、同腹（どうふく）の犬どもをぶらぶら連れ回して時間をつぶしていたなら、もし法廷の規則さながらのくだらん規則をいくつも守っていたなら、こいつがキツネ殺しを生きがいとしているのも当たり前だなと、父上は考えたでしょう。ですが、我々の家畜をほふる野獣をわたしが成敗したものだから、父上の目にはわたしが規則を破ったとしか映らなかったのです。

以上のような事情から、失礼ながらこう言わせていただきたい、おれの頭はおかしくない、おまえたちの頭がおかしいのだと。おまえたち自身やおまえたちの法廷、猟場、もったいぶった娯楽、奇矯な〝フェアプレー〟なるものこそ常軌を逸していると。あなたは意外に思われるかもしれませんが、わたしは自分をかなりの常識人だと見ています。ともあれ、終わりよければすべてよしですね。尾を正しい向きに直されたキツネがそう言っていました。

あなたの兄
マーティン・アーヴィング

末尾の一節を読んでアーヴィングはかすかに笑みを浮かべた。視線があちこちさまよったすえに再び窓へ向かった。もはやそばには誰もいない。スウェインがすきを見て、開いた窓からそっと出ていったからだ。今はまた月明かりを浴びるベランダをメアリーと歩いている。

白柱荘の殺人

偉大な探偵エイドリアン・ハイド博士の成功の秘訣について論じ合った者たちは、「白柱荘の殺人」と称されるにいたった事件こそ、博士の非凡な手法の実例にふさわしいという結論に達した。だがこの尋常ならぬ人物は手記一つ書き残しておらず、当の事件の記録をこうして紹介できるのは、ご本人の若い助手ジョン・ブランドンとウォルター・ウィアーのおかげだ。実際のちにわかるとおり、当初の調査内容を第三者として誰より詳しく伝えられるのはこの二人であり、しかもそれにはいささか珍奇な理由があった。

両君とも人並みすぐれた手腕の持ち主だった。大戦（第一次世界大戦）では勇敢に戦い、殊勲さえ打ち立てた。有能にして信頼できる教養人であり、それでいていつも死にそうなほど腹をすかしていた。戦勝国たる当時の英国が世界を救った者たちに授けたほうびは、その程度の代物だったというわけだ。それからだいぶ時間も経ったあるとき、切羽詰まった二人は、自身の天分とは縁の薄い私立探偵社への就職も考えてみることにした。ジャック（ジョンの愛称）・ブランドンは、色が浅黒く、小柄で引き締まった体格の、意志が強くてせっかちな若者で、探偵をめぐる物語や話となると、少年のように目を輝かせるたちだったため、不安と期待の入り混じった気持ちでこの案を受け止めた。だが友人のウィアーは背が高く色白でものうげな男で、音楽と抽象的論議をこよなく愛しており、探偵業などごめんだという気持ちをあらわにした。

「これはとてつもなくおもしろいかもしれないぞ」ブランドンが言った。「きみ、探偵としての情熱が湧き起こったという経験がないかな、ほら、誰かがこんなふうに言うのを耳にしたときにさ――『助祭長（カトリックでの呼び名。イギリス国教会では大執事）に対する女の仕打ちをあの男が知っていたらなあ』とか、『そうなるとスーザンと犬にまつわる問題は何もかも明るみに出そうだ』とか」

「ああ、ある」ウィアーも応じた。「でもべつにそんな気分で聴いていたわけじゃないからな。話の断片が耳に入っただけだし、すぐに聴くのはやめたよ。本物の探偵なら、ベッドの下に潜り込んだりごみ箱のなかに隠れたりして、秘密をすっかり聴き取らないといけないが、そうすると自分の誇りも服もろとも埃だらけになってしまうぞ」

「物を盗むよりましじゃないかね、もう一歩でそこまで行きそうだが」ブランドンが浮かぬ表情で言った。

「まさか、そんなわけはない」友が言い返した。

ウィアーはここでいったん間を措き、思案ありげに言葉を継いだ。「おまけにそんな仕事じゃ、あまり品もよくないだろ。あさましい活動の仕方を知っているなんて自慢にもならない。なりふりかまわず立ち聞きするのは、盲人が盲人をスパイする（「マタイによる福音書」第十五章第十四節の「盲人が盲人を導く」のもじりか）よりひどいおこないに決まっている。人が何を言っているのかだけでなく、何を言わんとしているのかをつかまないと。身を入れて聴くのと単に耳に入れるのとは違う。エイドリアン・ハイド博士みたいなすごい犯罪学者に、かなりいい雇用条件を提示されたとして、それを断れるような身分じゃないのは自覚しているが、とにかく残念ながら博士はそんな条件を提示してくれそうもないな」

だがエイドリアン・ハイド博士はいろいろ変わったところのある人物で、応募者の資質を見抜く点では、現代における大方の雇用者にまさっていた。実に背が高いが、あごを深々と胸にうずめているため、長身の〝せむし男〟とでもいえそうなふうだった。それでも、顔はそんな次第で額縁にじっとおさまっているかに見えたが、目は鳥の目にも負けぬほどよく動き、あちらと思えばまたこちらという具合に、どんな対象にでもさっと鋭い視線を注いだ。長い四肢の先端には大きな手と足がついており、前者はおおむねいつもズボンのポケットに突っ込まれ、後者はあきれるほど大きな靴（ブーツ）の底に載っていた。博士は外見こそ不恰好ながら、派手な面もないではなく、よき物品を好む心も持っており、とくにうまいワインとうまいタバコには目がなかった。物腰は気味悪いほど柔らかで、物事の洞察と判断は驚くほどすばやかった。そうした諸々の点が作用して、ジョン・ブランドンとウォルター・ウィアーは、博士の私立事務所のくつろぎやすい机の前に配置される次第となった。それからほどなくアルフレッド・モース氏が部屋に通されて、白柱荘で起きた事件について語った。

　アルフレッド・モースは、表情も愛想も乏しい男で、きっちりブラシをかけた茶色の髪と茶色で肉厚の顔をしており、どこかの田舎か、あるいは植民地かもしれぬが、そういう土地で仕立てたらしい重そうな黒の喪服を着ていた。さりげなくも疑わしげに咳を一つして、二人の助手にちらりと視線を投げながら話しだした。

「これはいささか秘密を要する問題でして」

「モースさん」ハイド博士が穏やかで感じのよい笑みを浮かべて応じた。「たとえば、車にはねられて病院に運ばれた場合、地元一の外科医の手で命は救われるかもしれませんな。しかしながら、その医者が研究生に手術の見学を許可したとしても、患者は文句を言うわけにいきますまい。この両者はわたしの最も聡明な弟子でして、腕の立つ探偵をお望みでしたら、こういう者たちに訓練の場を与えてやらないといけません」

「ふむ、いいでしょう。あなたと二人きりの場合と同じようにこの内輪の悲劇について語るのは、あるいは難しいかもしれませんが。ともかくみなさんをお相手に、要点はすべてご披露できると思います。

　わたしはメルキオル・モースの弟ですが、兄の恐ろしい死に方には世の人も深く悲しんでいます。兄のことはご説明するまでもないでしょう。並々ならぬ公共精神を持つ公人でした。本人の数々の善行や社会事業は世に知れ渡っているはずです。ここ数年、わたしは兄に会いたいと思いながらも、あまり会う機会を持てませんでした。海外生活が長かったもので。兄と引き比べて、わたしのことを一家の根無し草呼ばわりする向きもあったようですが、これでも兄を深く慕っていたんです。どなたであれ、兄の無念を晴らしてやろうという方には、一家の全財産をどう活用していただいてもかまわない。わたしが軽々しく前言を撤回しない人間であるのはおわかりいただけるはずです。

　ご存じでしょうが、現場となったのは白柱荘という兄の田舎の屋敷です。屋敷の名前はかなり特色ある古典建築様式から採ったものでして。ローマのサンピエトロ大聖堂にもあるような三日月形の柱廊（コロネード）が人工池を半周していて、池へ下りていくには曲線を描いた石段を使います。遺体は月明かりの当たる水面に浮かんでいました。ですが、どうもなぐられたらしく、首の骨が折れていたので、兄は別の場所で殺されたに違いない。執事が遺体を見つけたとき、月は屋敷の向かい側に出ていて、三日月形の柱廊の内側や石段は暗い影になっていたそうです。しかし、屋敷の角を曲がって逃げ去る者の黒い輪郭が月明かりを背に浮かび上がったと、執事は迷いなく申しました。また見ればすぐわかるほど特徴ある体型だとのことです」

「そのたぐいの輪郭がすこぶる鮮やかに見える場合もありますな」探偵が思案ありげに応じた。「だがもちろん、証明するのは実に難しい。ほかに何か痕跡はありましたか。足跡や指紋は？」

「指紋は一つも」モースは重々しく答えた。「それに相手は足跡も残すまいと気をつけたに違いありません。だから殺害は大きな石段の上でおこなわれたのでしょう。しかし、どれほど悪賢い人殺しでも何か手抜かりはあるものだと、よく言われますね。犯人が池に遺体を投げ込んだせいで水しぶきが上がったらしく、遺体が見つかったときも乾き切っていない場所があって、かなりわかりやすく足跡の一端が現れていたのです。今日はその複写を持ってきました。現物は自宅にあります」向かいのハイドに茶色の細長い紙切れを渡した。ハイドはそれを見てうなずいた。「ほかにもう一つだけ、石段に落ちていた物で手がかりになりそうなのは、葉巻の吸殻です。兄は喫煙者ではありませんでした」

「ふむ、そういう手がかりはおいおいじっくり調べますよ」ハイドが応じた。「では、お屋敷やご家族についてお話しください」

ふふん、あの家族のことか、と言わんばかりにモース氏は肩をすくめた。

「人はあまりおりません。使用人はかなり多いのですが。それを束ねているのがバートンという執事で、長年にわたり兄に仕えてきました。使用人は性格のよい者ばかりです。とはいっても一人残らず調査の対象になるのでしょうね。犯行当時、屋敷にいたのは、まず兄嫁です。宗教と善行にのめりこんでいるといってもよさそうな、わりに無口な初老の女でして。二人目は兄の姪。なんとなく同居を続けていますが、義姉（あね）としてはあまりおもしろくないかもしれません。このミス・バーバラ・バトラーは半分アイルランド人の血を引いていて、いくぶん軽はずみで熱くなりがちな面があるものですから。三人目は兄の秘書のグレイブスで、寡黙な青年です（正直なところ、内気なのか狡猾（こうかつ）なのかは測りかねています）。それから兄の事務弁護士のカクストン氏。この人はどこにでもいそうな怒りっぽい弁護士で、法律上の用件でたまたま訪ねておりました。四人とも理屈のうえでは罪を犯した可能性があるのでしょうが、わたしは実務家肌の人間で、現実問題としてそんな事態は想像できません」

「ええ、ここへ入ってこられた瞬間に、実務家肌の方であるのはわかりました」ハイド博士はいくぶんそっけなく応じた。「ほかにも二つ三つ細かい点に気づきましたが。お話は以上ですかな」

「ええ。十分おわかりいただけたと存じますが」

「一つも言い忘れのないのが望ましい」相手を穏やかに見つめながら、エイドリアン・ハイドは言葉を継いだ。「何も隠し立てをしなければなおけっこうですぞ、専門家にご事情を打ち明けるときは。すでにお聞き及びかもしれませんが、わたしは人のことに関していろいろ気づくこつを心得ていましてね。今のお話にしても、お口が開（あ）く前から一部はすでにわかっていました。たとえばあなたは長く海外におられて、田舎から来られたばかりですな。それに、ご自身の言葉から容易に推測できましたが、お兄さんの厖大な資産の相続者でいらっしゃる」

「ええ、まあ、そうです」アルフレッド・モースがのろのろ答えた。

「ご自分のことを根無し草だと言われましたが」エイドリアン・ハイドはあいかわらず穏やかでていねいな口ぶりで話を続けた。「草摘みに来た人間も当然のごとく捨て置くような草だと、あなたを評する向きもあるのではありませんかね。海外でのあなたの冒険生活は必ずしも幸福なものではなかった。察するところ、どこか外国の海軍から脱走した経験をお持ちだし、一度は銀行強盗をして刑務所暮らしもしておられたようだ。お兄さんの死とご自分の現在の相続権に関して調査するとなると――」

「つまり、状況はわたしに不利だというわけですか」相手は声を荒らげた。

「まあまあ、落ち着いて」ハイド博士は物柔らかに応じた。「状況はあなたにとって途方もなく不利だ。ですがわたしは状況だけで判断したりしません。すべては場合によります。ではまた」

かなり険悪な顔つきで来訪者が席を立ったあと、せっかちなブランドンが堰を切ったように師匠の手法をほめそやし、師匠を質問攻めにした。

「おい、きみぃ」御大は機嫌よく言った。「どうしてぴたりと当てられたのかなんぞと、わしに訊くものじゃない。推理の根拠はなんだったのか、自分でも推理せんといかん。よく頭を働かせたまえ」

「外国の海軍から脱走したという点は」ウィアーがゆっくり言いだした。「本人の手首にあった青みがかったしみと関係があるかもしれない。ことによると、ああいう人間は特殊な刺青をするもので、本人はそれを擦（こす）り取ろうとしたのではありませんかね」

「なかなか鋭いぞ。いい点を突いておる」ハイド博士が応じた。

「わたしにだってわかりますよ！」ブランドンがむきになった。「刑務所の件はわかります。よく聞く話ですが、口ひげというのは一度そると二度と同じような生え方をしないそうです。〝塀のなか〟で短く刈った髪についても似たようなことが言えるのかもしれない。ええ、わたしはそう思いました。ただ、一つどうしてもわかりません、あの人が銀行強盗をしたと、どうして先生は見抜かれたのか」

「ふん、やはり自分でよく考えてみたまえ。その点こそ今回の謎全体の鍵だとわかるはずだ。本件はきみらに任せようか。わしは半休日を過ごすことにする」自分の仕事時間は終わったという合図として、博士は高級品の大型葉巻に火をつけ、ふんだのへえだのという声を発しながら新聞を読み始めた。

「なんだこりゃ、くだらん！　ばかばかしい、なんたる見出しだ。白柱荘の記事を見てみろ、〝いったい誰の手で〟だと。記者どもは紋切り型の表現を振り回して殺人事件をおとしめてしまった。いいかね、きみら二人は白柱荘へおもむいて、住人を少し落ち着かせてやってくれ。わしもあとから行って始末をつけるから」

当初、若い探偵二人は運転手つきの車を借りるつもりだったが、目的地に着くころには、一般庶民（ザ・コモン・ハード）に混じって列車で行くことに決めて幸いだったと、しみじみ思う次第となった。列車を降りようとしたときでさえ、声の大小を問わずあちこちで飛び交う様々な言葉が運よく耳に飛び込んできた。こうした言葉を拾い集めるのは、ウィアーにはまるで性に合わぬ作業だったが、探偵としての雑多な調査のなかではとくに有用なことだと考えたブランドンは、あくまで粘り強く続けた。乗客同士がわめかんばかりに大声を出しても聞こえぬぐらい、空気を切り裂くように鳴り続けた汽笛がいきなりやむと、乗客もささやきに近いほどぐっと声を落とした。だがこうして車内が静まったなかで、あるささやき声が鐘の音さながらはっきり聞こえた。「あの男を殺すことについては、まさにこれだという理由があったんだ。誰もその理由を知らなくても、わたしは知っている」

ブランドンはなんとか声の出所を探し当てた。ひげを剃った長いあごと人を小ばかにするような下唇をした血色の悪い顔だ。残りの道中でもブランドンは同じ顔を一度ならず目にした——改札口を通ったり、自分やウィアーのあとを走る車に乗っていたりしている。これほど意味ありげにつきまとわれたので、ついに白柱荘の庭で顔の持ち主と対面したときも、ブランドンはべつに驚かなかった。相手は事務弁護士のカクストンと名乗った。「あの男、どう見ても捜査当局に話したこと以外に何か知っているな」ブランドンが友に言った。「でもおれには何も聞き出せない」「いや、きみ」ウィアーが声を張り上げた。「ほかの住人についても同じようなものだよ。もういい加減きみも感じないかね、それが屋敷全体を覆っている雰囲気だと。いわゆる読んで楽しい探偵小説とはまるでわけが違う。探偵小説では、屋敷の住人はみんな何事もわかっていないような、ぽかんと口を開けた愚か者で、そんな連中の真ん中に進み出ていくのが全知全能のごとき探偵だ。ところが白柱荘では、ぼくは頭脳明晰な探偵としてみんなの真ん中に立っているが、肝心の犯罪に関しては何も知らない唯一の人間だと強く意識せざるをえない」

「何も知らないやつはもう一人いる」ブランドンが暗い顔で言った。「頭脳明晰な両探偵、か」

「探偵を除く全員が事情を知っている」ウィアーが言葉を継いだ。「誰もが何かを知っているよ、すべての事情ではないにしろ。モース夫人にだって妙な点はある。慈善活動に力を入れているが、亡き夫の博愛精神にはいい顔をしなかったようだ。どうもそのことが原因で夫婦はけんかもしていたようだ。それから秘書もひと癖あるね。物静かな男前の若者だ。ナポレオンみたいな四角い顔をしていて。自分の欲しい物はぜひ手に入れようという感じを漂わせているよ、そんなあいつが狙っているのは、みんなからバーバラと呼ばれている赤毛のアイルランド娘だろうと、ぼくは踏んでいる。娘も同じ望みを持っていそうだな。まあたとえそうでも、二人にはそれを隠す理由はない。それでいて二人はその事実を、または何事かを隠しているんだ。執事だって我々に協力したがらない。まさか全員が老人殺しに加担していたはずはなかろうがね」

「結局おれが最初に言ったことに戻ってくるわけだ。全員が共謀しているなら、我々としては連中の話を立ち聞きするぐらいしかできない。これが唯一の手法さ」

「なんとも忌まわしい手法だな」ウィアーが穏やかに言い返した。「で、ぼくらは今後それを採用するわけだ」

二人は大きな半円形の柱廊のまわりをゆっくり歩いていた。柱廊の内側は月に向けて銀色の鏡さながらに輝く池に臨んでいる。モース老人が同じ地点で謎の死を遂げたのは、こんな明るい月夜のことだ。二人には被害者の姿が想像できた。いろいろな写真で見たとおり、頭蓋帽（スカルキャップ）をかぶり、白いあごひげを前へ突き出すように生やした小柄な男が、あの石段に立っていると、二人の頭のなかでは顔のわからぬ恐るべき人間が石段を下りてきて老人を殴り倒した。こんな想像にふけりながら二人で柱廊の一端に立っていたところ、ブランドンが不意に口を開いた。

「何か言ったか？」

「ぼくが？　いや」友が目をむいて答えた。

「誰かが話していた」ブランドンは低い声で言葉を継いだ。「でもこの場は我々二人きりのようだ」

と、そのとき、二人の体内の血がさっと凍った。背後の壁が口を利いたからだ。しかもかなりのしわがれ声による実にわかりやすい発言のように聞こえた。

「あんた、自分が何を言ったかはっきり憶えているかね」

ウィアーは壁にすばやく目を走らせると、震え声で笑いながら手で壁をぴしりと叩いた。「いや、まったく、なんたる奇跡だ」声を張り上げた。「なんたる皮肉だろう。ぼくらはけしからん立ち聞き屋コンビとして悪魔に身を売ったんだ。そこで悪魔はぼくらをまさに立ち聞き部屋に引き入れた、と——古代シラクサの暴君ディオニュシオス一世の耳にね。きみ、気づかないかな、ここはささやきの回廊（ウィスパリング・ギャラリー）（小声での話も遠くまで聞こえるよう設計された回廊）になっていて、回廊の向こうの端で人がささやき合っているんだよ」

「いや、大声で話しているから、こっちの声が聞こえないんだろう」ブランドンがささやいた。

「だけどこっちは声を抑えたほうがいい。向こうは弁護士のカクストンと若い秘書だ」

秘書の聞き間違えようのない力強い声が壁伝いに響いた。

「わたしは申し上げたんですよ、もう営みそのもの（ザ・ホウル・ビジネス）がいやになりましたと。もしあなたがこんな暴君だと知っていたら決して近づきませんでしたとね。あなたは撃ち殺されて当然の方ですとまで口走ってしまった気がします。あとでひどく後悔しましたが」

次に弁護士のさらに耳障りなしわがれ声が聞こえた。「ほう、そんなことを言ったのか。いや、今はもうほかに何も言うことはなさそうだ。さ、なかへ入ろうか」続いて足音が響き、やがてしんとなった。

翌日、ウィアーは持ち前の粘り強さを発揮して弁護士につきまとい、この〝牡蠣男〟からさらに何か聞き出そうとあらためて努めた。そうして仕入れたわずかばかりの情報について思い巡らせていると、興奮を抑えがたいようすでブランドンが駆け込んできた。

「またあそこへ行ってみたんだ。おまえはヘドロ地獄に沈んでいったのかと、きみには言われそうだな。まあそうかもしれない。でもやることはやらないと。今度は若者たちの話に耳をすましていたんだ。少しわかりかけてきたよ。といっても、おれが何より知りたいこととは違うんだが。例の秘書と娘はたしかに恋仲だ、あるいは*だった*。恋に心が乱れていると、かなり恐ろしいことが起こりうる。もちろん二人は結婚しようと話し合っていたよ、ともかく娘はそのつもりだった。で、あの子がなんと言ったと思う？　『伯父さまったら、わたしが未成年だってことをことさら言いだしたのよ』だと。つまりご老体が結婚に反対していたのは明らかだ。秘書が自分の主人を暴君呼ばわりしていたのはそういうわけだ」

「娘の言葉を聞いて秘書はなんて言ったんだ」ウィアーがたずねた。

「それが奇妙でね。むしろ醜悪って気もするが。単にこう答えていた。なんだか不機嫌そうにね。『ふん、それはご本人としてはごもっともな話だ。最善の結果だったかもしれないな』すると娘はすぐむっとしたように応じたよ。『よくもそんなことが言えるわね』たしかに、愛する女に対する台詞としては妙だよな」

「きみの狙いどころはなんなんだ」友が問うた。

「きみは女って存在がわかっているか？　いいか、死んだ老人が婚約破棄をもくろんだばかりか、実際それに成功したとしてみろ。秘書が心をぐらつかせて、この女には職を棒に振っても連れ合いにするだけの価値があるのかなと、疑いだしたとしてみろ。バーバラのほうは、いつまでも待ったかもしれないし、いつでも駆け落ちに応じたかもしれない。ところが、恋人を失うのではないかと気づいた場合、あの娘は失意のあまり悪意に満ちた言葉を秘書にささやいた人間に歯向かうかもしれないと、そうきみは思わないか？　どうも我々はまさに胸を引き裂くような悲劇を垣間見てしまった気がする。違うかな」

　ウォルター・ウィアーは長い手足を広げてゆっくり立ち上がると、パイプにタバコを詰めながら、謎めいたものうげな表情で友を見た。

「いや、思わない」ウィアーが答えた。「なにしろ疑り深い性分でね。わかるかな、ぼくは立ち聞きの意義などまるで信じていないんだ。そんなふるまいで顔を輝かせるわけにはいかない。むしろ、きみは立ち聞き作業の結果に顔を輝かせすぎて、目をくらまされているんだと思う。ささいな手がかりから全体を推理するという現実離れした探偵小説など、ぼくは認めない。きみが一大悲劇を垣間見たなんて信じない。今度の一件はたしかに大きな悲劇だろうし、文学としてあるいは人生の象徴として、きみの面目を施す材料になるかもしれない。きみはささいな手がかりから、その種のことをいろいろ空想していける人間だからね。そういう手がかりからなんでも組み立てられるだろうが、でも真実だけは無理だ。しかも今現在ぼくらが扱っている問題においては、一片の真実も認めがたい。モース氏が姪の婚約に反対していたとは思えない。秘書がバーバラと手を切ろうとしていたとは思えない。若い二人は申し分なく幸せで、明日にでも結婚するつもりだったに決まっている。屋敷の誰かに、モースを殺す動機があったとか、殺された事情について何か察する点があるとか、そんなはずはない。ぼくもいろいろ言ってきたけれど、あのうっとうしい老探偵はまた自分の手法を楽しんでいる。きっとぼくだけが真相を知っているんだ。数分前にぱっとひらめいたよ」

「ん、どういう意味だ」ブランドンがたずねた。

「まさにぴんときたのさ、バーバラの言葉をきみが口にしたときにね――『伯父さまったら、わたしが未成年だってことをことさら言いだしたのよ』」

パイプを二度三度ふかしてから、ウィアーは物思わしげに話を続けた。「一つおもしろい点がある。立ち聞きをする者が誤りを犯すときには、疑いもなく明らかに思える事柄がその原因となる例が少なくないことだ。他人も自分と同じように考えるものだと、ぼくらは思い込んでいるから、人が言葉どおり本音を述べる場合もあるとは信じられない。以前きみに言ったことがあったね、身を入れて聞くのと単に耳に入れるのとは違うと。それから、ときに人の声はあからさますぎるほどに物事を語るものだ。たとえば、もう営み(ビジネス)がいやになったと秘書のグレイブスが言ったのは、比喩ではなく文字どおりそうだったんだ。あの男はモースの商売にうんざりしたんだよ、手口が暴君めいていたから」

「モースの商売？　なんの商売だ」ブランドンが目をむいた。

「あの気高き老慈善家は金貸しだったんだ。おまけにごろつきの弟にも劣らぬほどのならず者だった。これこそ真相究明をするうえで中核をなす重要な事実だ。バーバラが未成年云々と言ったのもそういう意味だよ。あの娘が話題にしたのは自分の恋愛沙汰ではなく、ご老体から少し金を借りようとしたことだったんだ。ところが伯父は貸さなかった、おまえは未成年だからと。そこで、それは最善の結果だったかもしれないなと、婚約者の秘書は実に分別ある感想をもらした。きみは借金地獄から逃れられたんだよという意味だ。バーバラがすぐ文句を言ったのはね、元気のいいお嬢さんによる正当な特権の行使にすぎなかったんだよ、あなたはわたしの恋人でしょ、わたしがどんなにバカなことを口走っても賛成してよって。あれが立ち聞きした者の失敗というか、ささいな事柄を頼りにした探偵作業の誤謬(ごびゅう)の実例なんだ。でもね、繰り返すが、屋敷内のあらゆる事情に対する手がかりは金貸しの一件なんだ。秘書や弁護士も含めて関係者全員が、家名に対する一種の矜持(きょうじ)から、探偵や新聞記者に知られまいと口をつぐんでいるのはまさにその点だ。でもモース氏が殺されたので、新聞に暴かれる危険性は高まってしまった。要するに、屋敷の人間にはご老体を殺す動機はなかったし、現実に殺してはいない」

「じゃ誰が殺ったんだ」ブランドンがたずねた。

「ああ」いきなりウィアーは叫ぶように応じたが、その声はいつもほど気だるそうではなく、ひゅーっと息を吸い込んでから発せられたかにも思えた。ウィアーは椅子に座り直してひざに両ひじを突いた。ブランドンはそんな友のようすにきりっとした覚悟を感じて驚いた。今にも飛び上がろうと身をかがめた動物みたいだ。とはいえ、ウィアーはやはり淡々とした口ぶりで、ただこう言ったのみだった。

「その問いに答えるには、ぼくらが屋敷を訪れる前にふと耳にした最初の話に戻らないといけないかな」

「おお、なるほど」ブランドンは〝わかってきたぞ〟と言いたげな顔をした。「つまりおれたちが列車で聞いた弁護士の言葉だな」

「そうじゃない」ウィアーの口ぶりはあいかわらずそっけなかった。「あれは例の秘密の商売に言い及んだ別の実例だったにすぎない。もちろんモース氏が金貸しであることは弁護士にもわかっていた。ああいう金貸しがおびただしい数の被害者を生み出し、被害者が金貸しを殺しかねない場合だってあることもね。でもぼくが指摘しようとしたのは列車での弁護士の言葉じゃない。理由はごく簡単だ」

「その理由は？」友が訊いた。

「ぼくらが耳にした最初の会話は、それじゃなかったからだ」

ウィアーは長く骨ばった両手でひざをぎゅっとつかんだ。まるで自失状態にあるかのように、ますます身をこわばらせたかとも思えたが、落ち着いて話を続けた。「今回のような問題の教訓と重荷についてぼくはきみに語ってきた。人の発言を耳にすることと、発言の意味を聞き取ることとは別だとね。まさに最初の会話において、ぼくらは言葉を耳にし、意味を聞き取り損ねたんだ。べつにぼくらは、月に照らされた庭やささやきの回廊をこそこそうろついて、あの最初の会話をふと耳にしたんじゃない。昼日中に明るくきちんとした事務所にいて、いつもどおり自分の机の前にゆったり座り、言葉のやりとりを聞いたんだ。でも、暗い森か洞穴にいて半ばささやくような声を聞いたわけでもあるまいに、話の意味をつかめなかった」

堅いばねがゆるんだかのようにウィアーはぱっと立ち上がると、この男としては不自然なほど勢いよく大またで行ったり来たりし始めた。

「あれこそ実際ぼくらが誤解したやりとりだった」ウィアーが声を張り上げた。「一言もらさず耳にして、なおかつ意味をまったく捉えそこねた話だったんだ！　ぼくらは抜け作だった！　耳は聞こえず口も利けずのトンマ二人が、あそこにマネキン人形みたいに座って、舞台劇をいやというほど見せつけられたのさ！　実際ぼくらは立ち聞き役たることを許されたんだ、寛大な扱いを受け、切符を与えられ、立ち聞き役になる特別許可を与えられたわけだ。それでいて立ち聞きできずじまいだった！　ほんの十分前まで、ぼくは事務所での会話の意味を推測さえしなかった。あの恐ろしい会話！　あの恐ろしい意味！　激しい憎しみ、忌まわしい恐怖、恥知らずな邪悪、命に関わる危険――事務所にいたぼくらの眼前で、死と地獄がむきだしの状態で格闘していたのに、ぼくらの目には見えなかった。一人の男がテーブルを挟んで相手の男を人殺しと難じていたのに、ぼくらの耳には聞こえなかった」

「ああ、そうか」ようやくブランドンがあえぐように応じた。「要するに先生があの弟を人殺しだと難じていたわけか」

「違う！」爆弾がいっせいに破裂したような勢いでウィアーが言い返した。「弟のほうが先生を人殺しだと難じたんだ」

「先生を!?」

「そうだ」ウィアーの甲高い声が一気に低くなった。「告発は正しかった。モース老人を殺害したのは、ぼくらの雇い主エイドリアン・ハイド博士だった」

「いったいどういうことだ」ブランドンは問い、茶色の濃い髪をかきむしらんばかりに頭を抱えた。

「それがそもそもぼくらの間違いだったんだ」ウィアーが穏やかに話を続けた。「どういうことなのか考えなかった点がね。足跡の複製は一つの証拠であって現物ではないと、なぜわざわざ弟は言ったのか。逃げていく者の輪郭は証明しづらいと、なぜハイド博士は言ったのか。あの弟が銀行強盗を働いたことが謎を解く鍵だと、なぜ博士は冷ややかに笑いながらぼくらに語ったのか。なぜならあの依頼人と専門家との相談は、一から十までぼくらのための作り事（フィクション）だったからだ。事の成り行きはすべて最初に生じた現象によって決まった——若くて罪のない探偵二人が事務所に残るのを許されたということだ。あの会見がくだらん探偵小説の冒頭部分に少し似すぎていると、きみも思わなかったか？　一言ずつ思い返してごらんよ、どの言葉もさりげないながら、フェンシングを想わせる突き込みや受け流しだったのがわかるから。あのゆすり屋のごろつきアルフレッドがハイド博士を探し出したのは、ただ博士を責め立てて絞り上げるためだった。ぼくらが同席しているのを目にして、あの男はこう言ったね、『これは秘密を要する一件です』と。つまり『あんた、こいつらの前で責められたくないだろ』ということだ。ハイド博士の答えはこうだった。『この二人はわたしの愛弟子です』。つまり『この二人の前なら、ゆすられる恐れは少なかろう。こいつらはここに座らせておこう』だ。そこでアルフレッドはこう答えていた。『ではわたしのほうも用件をお話しできますね、内輪の問題にはあまり触れられませんが』と。つまり『おまえを責め立ててやるぞ、こいつらにはわからなくても、おまえにはわかるだろ』ということだ。実際そうして責め立てた。耳で聞いた感じでは少し薄っぺらいが、ハイドにまつわる一件ではかなり厚みのある代物だ。たとえば、ハイドの靴は分厚かった。その大きな足跡はほかに類を見ないほど証拠を突きつけた。テーブルをはさんで向かい合う相手に、アルフレッドは拳銃のようにで、手がかりとするには十分だった。葉巻の吸殻もそうだ。ハイドが愛用する葉巻を買えるぐらい経済的に余裕のある人間はまれだからね。もちろん、だからハイドは金貸しと関わりを持つはめになったわけだが――ぜいたくざんまいで。ああいう葉巻を朝から晩まで吸い、酒といえば極上の年代物(ビンテージ)シャンパンしか飲まない暮らしをしていれば、どれほど金がかかるかわかるだろ。〝月を背景にした黒い輪郭〟なんて聞くと、月明かりみたいにおぼろげな感じがするが、ハイドの大きなからだと丸まった肩はけっこう目立っただろう。それから、脅されたハイドがどう反撃したか、きみも知っているだろう。『左の眉毛で気づいたが、おまえは脱走兵だろう。鼻の吹き出物から察するところ、かつては投獄されていたな』とね。つまり『おまえのことはわかっている。わしと変わらん悪党だ。ばらしたきゃばらせ、こっちもおまえのことをばらしてやる』ということだ。続いてハイドは言ったよね、アルフレッドが銀行強盗をしたことをシャーロック・ホームズ流に推理したと。あれは調子に乗り過ぎだった。〝科学〟という魔法の言葉を聞かされれば、相手のことを信じがたいほど安易に信じてしまう現代人の特徴に、ハイドはつけこんだ。現代における僧侶の策略（プリーストクラフト）（元来は俗界に対する聖職者の影響力のこと）につけこんだわけさ。でもぼくに対する限り、過ぎたるは及ばざるがごとしだった。ここで初めてぼくは疑念を抱いたんだ。ある人間がかつて海軍や刑務所にいたということは、科学的探知によって推理するのも可能かもしれない。しかし、ある人間がかつて押し入った場所が銀行だったということを、本人の外見から推理するのは絶対ありえない話だった。まったく不可能だ。あれが自分として精一杯のはったりであるのはハイド博士も知っていた。だからせせら笑いながらきみに言ったんだよ、この点が謎を解く鍵だぞと。実際そうだった。ぼくはどうにか鍵を手に入れたんだ」

ウィアーはパイプを下に置きながら、うつろな表情で含み笑いをした。「自分自身のはったりをあんなにあざけったところはいかにも博士らしい。なんとも非凡な人物だ、あるいは非凡な悪魔かな。一種の恐るべき諧謔精神の持ち主だ。いいかな、事件の晩に例の大きな石段で起きたことについて、悪夢ともいえそうなある考えがぼくの頭に浮かんだんだ。思うに、〝いったい誰の手で〟なんて、いかにも新聞がつけそうな見出しをハイドが蔑（さげす）んでいたのはね、本人が手を使わずに実行したせいもあるんだよ。きっと足だけを使って殺人をやってのけたんだろう。石段で金貸し老人をつまずかせ、あのばかでかい靴で踏みつけたに違いない。牧歌的な月夜の一場面じゃないか、え？　ところが一つ、事態をいっそうひどくしたと感じられる点がある。どうも博士の場合、自分の足跡を残すまいとするためもあって、ともかくああいう〝手〟を用いる癖がついていたんだろう。警察に足跡の記録があるのかもしれない。いずれにしろ、あの人はズボンのポケットに両手を突っ込んで殺人をやらかしたに決まっている」

　ブランドンはいきなり身震いしたが、気を落ち着かせると、いくぶん力ない声で言った。「じゃあ、きみの考えでは観察の科学なんて――」

「観察の科学なんかクソ食らえだ！」ウィアーが声を張り上げた。「きみはいまだに思い込んでいるのか、私立探偵は犯人を探り当てるのに、髪油のにおいをかいだりボタンの数をかぞえたりするものだと。今の探偵の方法はハイドの方法とそっくり同じだよ、一人残らず。犯人を探り当てるために、自分も半ば犯罪者になったり、連中が生きる堕落した世界の一員になったり、そういう世界に加わったあとでそこを裏切ったり、泥棒を捕まえるのに泥棒を使い、〝盗人には仁義なし〟（仲間の私物は盗まないということわざ「盗人にも仁義あり」のもじり）を証明したりするんだ。まっとうな私立探偵は存在しないとまでは言わないが、たとえ存在するにしろ、きみやぼくが名高いハイド博士の事務所に雇われたほど簡単には誰も雇ってもらえない。いったい何が言いたいんだと、きみは訊くだろうから、一つ明らかな点を述べておくよ。つまり今後きみとぼくは、交差点をほうきで掃くか下水道をさらうか、そういう作業をすることになるだろう。ぼくとしては、きれいな仕事をやりたいがね」

ミダスの仮面

小さな店の外に一人の男が立っていた。古風なタバコ屋の外に広告用として据えられた木彫りのスコットランド高地人像さながら、ぴくりとも動かずにいる。経営者でもなければ、店先でこんなにじっと立つ者がいるとは考えづらい。だが男と店とを見比べると、奇怪なほど不釣り合いな感じがした。というのも当の店は、子どもやその道の通（つう）なら、おとぎの国に来たような気分であちこち見て回りたくなるような、だがきれい好きでありふれた趣味の持ち主にはおよそゴミ箱と区別がつかぬような、古道具を並べた楽しいおなじみの秘密基地だからだ。つまり、客でにぎわっていた時分には骨董屋と自ら称したが、一般にはガラクタ屋と呼ばれていた店だった――地元は産業の栄える港町で、商売に精を出すしっかり者も多く、この店はうらぶれた地区にあったからなおさらだ。こうした珍品を好む向きには、宝物にまつわる秘話を探り出す必要もなかろう。それに天下の逸品ともなれば、実用目的とは無縁なものだ。ガラスか糊（のり）か珍しい東洋の樹脂からなる気泡に密閉された完全艤装（ぎそう）の船の小型模型をはじめ、吹雪に襲われているのに気づいてもいない人間たちを入れた水晶球、先史時代の鳥が生んだのかもしれぬ巨大な卵、酒ではなく毒を入れたせいで膨れ上がったかとも思える不恰好なヒョウタン、奇妙な武器、奇妙な楽器等々が、散らかったまま埃に埋もれている。こういう店を守るべく軒先に立つ者は、ふつうならアラブ人ふうの裾の長い服をまとい、どこかもったいぶったようすの老いぼれユダヤ人か、金か真鍮の輪飾りをぶら下げ、熱帯を想わせる美しい黄銅色の肌をしたジプシーといったところだろう。だが我らの〝番人〟はあきれるほど違っていた。やせ型で抜け目のなさそうな若者であり、アメリカ製の粋な服を着て、アイルランド系アメリカ人にはよく見られる細長くてやや険しい顔をしていた。カウボーイハットを片目にかかりそうなほど傾けてかぶり、鼻を突くにおいを放つピッツバーグ産の葉巻を口の端に突き立てるようにくわえている。たとえ尻ポケットに自動拳銃も忍ばせていたにせよ、男の姿を見つめている者はさほど驚きもしなかっただろう。店の上にはうっすら〝デニス・ハラ〟と読める文字が書いてあった。

男の姿を見つめていたのは、ある種の重要人物たちで、男自身にとっても重要な意味を持つ存在だった。だが男の冷めた表情や硬い姿勢からは、そんなことなど誰も気づかなかっただろう。男を見ていた側でいちばん偉い人物は、この州の警察本部長グライムズ大佐だった。足が長いが顔も長く、しまりのないからだつきをした男で、人柄をよく知る向きから信頼されていた点を別にすれば、自分の属する階級のなかでさえあまり人気はなかった。なぜなら地元の大地主よりは警察官たらんという気配を強く漂わせていたからだ。つまり行政区画よりも警察管区を重視するという微妙な罪を犯していたわけだ。この奇矯ぶりのせいで、生まれつきあまり物を言わぬ口がますます重くなった。おかげで有能な探偵としてもまれなほどに、自分の考えることや見つけたことを人に話さず、人から隠すようにしていた。こんな大佐が、葉巻をくわえた男の前で立ち止まり、公の場ではめったに聞かせぬ朗々たる声で相手に話しかけたので、大佐をよく知る連れの二人はなおさら驚いた。「前もってお伝えしておくがね、ハラさん、わたしの部下が入手した情報をもとに、捜査令状を取ってお宅の店をくまなく調べることになったよ。あなたに迷惑をかけるのもそれぐらいですめばいいがね。だが断っておくが、この土地からあなたが一歩も出ないよう、こちらは目を光らせているからな」

「みなさんおそろいで、ゴムに入れたおもちゃの船でも買いにこられたわけですか」ハラ氏が平然とたずねた。「ふん、お宅らの自由で名誉ある英国憲法に制限を設けようとは思いませんよ、大佐どの。でなけりゃ、こうやって狭い我が家に押し入る権利があるんですかいと、異議の一つも唱えたいところだ」

「まあ文句を言えるのも今のうちだ」大佐が答えた。「実際これから我々は治安判事お二人のもとへまっすぐ向かうんだ、捜査令状に必要な署名をもらいにな」

警察本部長の後ろに控える二人は、かすかながら互いに違った戸惑いの表情を浮かべた。長身で体格もよく色黒のベルテーン警部は、仕事の面では敏捷(びんしょう)とはいいがたいが信頼の置ける男で、さっときびすを返した上司の姿にいくぶんまごついたようだった。第三の男はずんぐりむっくりで、黒く丸い僧帽をかぶり、黒く丸い僧服姿をしていた。顔も丸く、今までのところ少し眠そうだが、たるんだまぶたのあいだから、なかなか鋭い光が放たれていた。やはり本部長を見つめるその目は、だが単に当惑いの一言では片づけられぬ感情をうかがわせた。あるいは何か考えでもひらめいたのか。

「ところで」グライムズ大佐が言いだした。「きみらは昼食が待ち遠しいんだろ。もう三時過ぎなのに、こんなふうに引っ張り回してすまんな。幸いわたしがまず会いたい人は通りがかりの銀行にいる。そのとなりには悪くないレストランがあるぞ。もう一人の会いたい相手は次の通りにいるから、きみらを燃料補給の席へ送り込み次第そこへ飛んでいくつもりだ。地元に二人しかいない治安判事がともに近所の住人なのは助かったよ。銀行家はわたしの要望にすぐ応えてくれるだろうから、まずそちらから片づけようか」

大佐一行はガラスと金箔で飾られた扉を次々に抜けて、カスターヴィル・アンド・カウンティ銀行の迷宮にも似た通路を歩いていった。警察本部長は聖所さながらの奥まった私室へ迷いなく向かった。どうやらここは勝手知ったる場所らしい。〝聖所〟の主はサー・アーチャー・アンダーソンといい、金融界の高名な売却人にして世話役であり、当該銀行をはじめ多くの一流系列銀行の総帥だった。いかめしく品のある老紳士で、髪は白く縮れており、先のとがった白いあごひげを古めかしくも生やしているが、地味ながら当世ふうの服をきちんと着こなしていた。警察のみならず地方政界にも顔が利く人物であることは一見してわかるが、本部長と同じく遊ぶよりは働くほうが好みに合っているようだ。サー・アーチャーは山と積まれた書類を脇にどけると、これはようこそと来訪者に声をかけ、椅子を指さして、すぐにでも仕事の話にかかろうとする気配を示した。

「これは銀行業務とは無関係の話でしょうが」グライムズが切り出した。「いずれにしろ、なるべくお手間は取らせません。あなたは治安判事でいらっしゃいますね。実は法律上お二人の治安判事からご署名をいただく必要がありまして。大きな疑惑のあることが判明した店の捜査令状を取りたいのです」

「わかりました」サー・アーチャーがていねいに応じた。「どんな疑惑ですか」

「それがどうも妙な話で。うちの管区では前代未聞の一件とも呼べそうです。もちろんこの土地にもそれなりに犯罪者はいますが。ところで、それとはまるで内容が別で、なおかつずっと自然な話なのですが、落ちぶれた連中というのは群れたがる傾向が強いものでしてね。少し法律の枠を外れた場でもしかり。ともかくわたしの見るところ、あのハラという男はたしかにアメリカ人で、しかもアメリカの悪党（ギャング）であるようなのです。この国ではほとんどなじみのない犯罪をいろいろ大がかりにやっている悪党で。まずおたずねしますが、この界隈での最新情報がお耳に入っているでしょうか」

「おそらく入っておりませんな」冷ややかな笑みを浮かべて銀行家が答えた。「捜査情報には縁遠いほうですから。当支店の業務を統括するために近ごろ赴任したばかりで。それまではロンドンの支店におりました」

「昨日、ある囚人が脱獄したのです」大佐が重々しく言葉を継いだ。「ご存じのとおり、この町から二、三キロ離れた沼地に大きな監獄があります。そこで服役している者は大勢いる。しかし、現在はおとといより一人少ないのです」

「さほど耳新しい話でもない。囚人はときに脱獄するものではありませんかな」

「たしかに」本部長もうなずいた。「それ自体はべつに異常な事態ではないかもしれない。異常なのは、この囚人が脱獄したばかりか失踪もしたことです。なるほど囚人は脱獄するものだ。でもたいていは監獄に戻ってきます。またはともかく連中がどのように逃亡したかはそれなりにわかります。くだんの囚人の場合、監獄の門から数百メートルの地点で、幽霊か妖精さながらまさにいきなり消えたようなのです。実のところ幽霊か妖精だとはどうにも信じがたいので、こちらとしては唯一の合理的な解釈に頼らなくてはならない。つまり、ただちに車で連れ去られたということです。その車だって、きっと隊列を構成していたなかの一台なのでしょう。むろんほかにも密偵や陰謀者が計画をなしとげるべく動いているはずだ。囚人自身の友人や隣人には、どれほど同情の念が強かろうと、そんな行動を計画できるわけもない。本人は貧しい男で、密猟をしていて捕まりました。友人もみな貧しく、たぶん大方は密猟者でしょう。それに男が猟場管理人を殺したことも疑いありません。でも正直なところ、あれは謀殺ではなく故殺だという説を唱える向きもありましてね。裁判所も長期の懲役に減刑せざるをえませんでした。どうもその後に再審がおこなわれたらしく、刑はもっと短縮されました。ですが、今回それをさらにぐっと縮めた者がいたわけです。しかも資金や車の燃料や実地訓練が欠かせないような手口で。どう考えても本人だけの力でやれたわけはないし、ふつうの意味での仲間が手を貸してやれたわけもない。我々が調べ上げた事実をいちいちお聞かせするのは控えますが、相手の組織の拠点がすぐそこにある小さなガラクタ屋であるのは間違いありません。そこで我々としては、ぜひともただちに令状を得てあの店を捜索したい。ご理解いただけるものと存じますが、サー・アーチャー、お手をわずらわせるのは予備捜索に関する件のみです。店の主が無実なら、我々も進んでそう証言します。ですが予備捜索は欠かせませんし、そのためには治安判事お二人のご署名が不可欠なのです。ですからこうしてお時間をちょうだいして、捜査情報をお伝えする次第です。今は金融関係の情報を得るのに貴重なときであることは承知しておりますが。書類に署名してもよいとお考えでしたら、ここにご用意してあります。これ以上、本来のご職務のお邪魔をするわけにはいきません」

本部長はサー・アーチャーの前に書類を置いた。銀行家はいつもどおり責任感の表れとして眉間にしわを寄せてそれに目を走らせると、ペンを取って署名した。

本部長は早口ながら気持ちのこもった感謝の意を表して立ち上がり、出口へ向かいながら、天気の話でもするのかと想わせるほど何気ないようすで言いだした。「あなたほどの地位にある方のお仕事なら、まさか不景気や現代の混乱ぶりに影響されたりはしますまい。でも聞くところでは、今は先行き不透明な時代で、中小企業としてはかなり堅実な会社にとっても不安な場合があるそうですな」

たとえこの場だけの話にしろ、我が社と中小企業とを一緒くたにするとはけしからんとばかりに、サー・アーチャー・アンダーソンは身を硬くしながらさっと立ち上がった。

「あなた、カスターヴィル・アンド・カウンティ銀行のことを多少でもご存じなら」かすかながら怒りの炎が燃えていそうな口調だ。「何事にも何人(なんぴと)にも影響を受けない銀行だと、わかりそうなものだが」

グライムズ大佐は同行した者たちを銀行から連れ出し、どこか寛大なる専制君主を想わせる態度でとなりのレストランへ送り込むと、もう一人の治安判事をつかまえて仕事をすませるべくそそくさと立ち去った。めざす相手は長い付き合いのある老弁護士で、名前をウィックスといい、法理論上の細かい点でときおり力を貸してくれる人物だ。レストランに残ったベルテーン警部とブラウン神父は、大佐の戻りを待ちながら、やや陰気な顔で向かい合っていた。

「わたしの思い過ごしならいいんですが」ブラウン神父が親しげにほほえみながら口を開いた。

「何かちょっとお困りなのではありませんかな」

「困ってはいません」警部が答えた。「あの銀行家とのやりとりはごく単純なことでした。でも自分がよく知る相手にふだんとは違うふるまいをされると、どうしても妙な気分になるものです。大佐はわたしの知る限り、署内で誰よりも口数が少なく人知れず動き回る警察官です。今どんなことを考えているのか、側近にさえ何も語らない場合も多い。それがどうして公共の場で公共の敵に向かって、これからおまえの店に踏み込むぞと声を張り上げたのか。野次馬までもが集まって聞き耳を立てる始末だった。これからお前の店に踏み込むぞなどと、どうしてまたあんな救いようのない殺し屋に告げる必要があったんですかね。黙って踏み込めばいいのに」

「答えはですな、実際に踏み込むつもりがなかったからです」ブラウン神父が言った。

「ならばなぜ町中に聞こえるような声で言ったのか」

「まあ思いますに、悪党のもとを訪れたことに町中の耳目を集めて、銀行家のもとを訪れることから注意をそらすためでしょう。大佐が本当に伝えたかったのは、銀行家に対して発した最後の二言三言でした。相手の反応を確かめるためにね。もしあの銀行について何かうわさが流れているなら、大佐が銀行に直行したというだけで町はてんやわんやの大騒ぎになっていたはずだ。大佐にとっては、銀行へおもむくにはごくありきたりの理由が必要で、ありきたりの書類に署名してもらうのにありきたりの治安判事二人に頼むことは、何よりもっともらしい理由たりえたわけです。実に大胆な想像力だ」

ベルテーン警部はテーブルの向かいに座る男をぽかんと見つめた。

「いったいどういうことですか」ようやく口から言葉が出た。

「つまり、グライムズ大佐は今のところ密猟者をうまく妖精に仕立てているわけです。妖精というより幽霊ですかな」神父が答えた。

「あなた、まさか」警部はうさんくさそうな顔をした。「猟場の管理人が殺害されて囚人が脱獄したというのが、大佐の作り話だったとおっしゃるつもりじゃないでしょうね。以前に大佐ご自身が話してくれたことなんですよ、よくある刑事事件の一つとして」

「そこまで決めつけてはいません」ブラウン神父はそっけなく答えた。「地元にはその手の話があるのかもしれませんな。でも今グライムズ大佐が追っている一件とはまるで関わりなしです。関わりありありなら嬉しいぐらいだ」

「なぜそうおっしゃるんです」

ブラウン神父はまぎれもなく真剣かつ率直な心境を示す灰色の目で警部を見すえた。「わたしの力が及ばない問題だからです。力及ばずの場合はすぐわかるんです。我々が追いかけているのは、ありきたりの殺人者ではなく詐欺を働いた金融資本家だと気づいたとき、とても自分の力の及ぶところではないと悟りましたよ。だいたい、こういう探偵の仕事になぜ携わるようになったのか、自分でもよくわからないんですが、ともかくわたしが経験してきたのはほとんどありきたりの殺人事件でした。殺人犯というのはたいていい人間性と人格を備えているものです。でも現代の窃盗犯は、まさに非人格たることを許されている。単に秘密の存在というだけではない。匿名の存在になっている。それもおよそ公然たる匿名だ。たとえば命を奪われる場合なら、自分を刺した者の顔はちらりと目に入るかもしれない。ところが、いかに命永らえた場合であれ、自分の金を奪った者の名前をちらりとでも見ることは無理なのではないか。わたしが初めて手がけたのは、個人にまつわる実にささやかな事件でしてね、ある男の首が切り落とされて別の男の首にすげかえられた話（「秘密の庭」、『ブラウン神父の童心』所収。正確には第二作）です。願わくは、ああいう心なごむ牧歌の世界へ戻りたいものだ。あの世界では自分の力が及ばないことなどなかった」

「なるほど実に牧歌的な事件ですね」警部が応じた。

「実に個人的な事件ですよ。こんな金融界の無責任な官僚的形式主義とは無縁の話だ。金融関係者の場合、人の首は叩き切れないが、重役会や委員会の決断で苦境は乗り切れる。だが支払や配当も打ち切るわけだ。あるいはまた、二つの首を一人にすえるのは可能だが、一人が首を二つ持った例がないのは誰もが知るとおりだ。一方、一つの会社が二つの首を持つのは可能だ。首というか頭をね。ふむ、頭なら五十個でも可能かな。いやまったく、できれば殺人犯の密猟者や殺害された管理人のもとへわたしを戻してほしい。こういう人々の問題ならわたしにも理解できる。でも残念ながら、みなおそらくもう存在していませんな」

「まったくばからしい」ある種の空気を振り払わんと警部が声を張り上げた。「いいですか、わたしは前にグライムズ大佐からこの話を聞いていたんだ。密猟者はほどなく釈放されただろうと思いますよ。たしかにやつは銃の台尻で何度も殴るなんてひどい殺しをやらかしたが。でもね、自分の土地に管理人が言い訳しようもないほどに居座っているのを、やつは目の当たりにしたんです。実際そのときは管理人が密猟をしていた。あの界隈での評判もよくない男だったし、要するにいわゆる挑発行為があったわけです。一種の不文律が犯された事件なんですよ」

「わたしが言いたいのはそれです」ブラウン神父も応じた。「現代の殺人では、いまだかすかながら不文律とねじれたつながりがある例がよく見られます。ところが現代の強盗の場合、世界を文書と証書だらけの場にしてしまうんです。しかもその書類の内容は無法なものばかりだ」

「どうもなんのことか呑み込めないな」警部が言った。「密猟者である囚人、というか脱獄囚がいる。それから猟場の管理人がいる、またはいた。そうして誰がどう見ても悪党に違いない人物がいる。あなたはとなりの銀行について突飛な話題を出されたが、要するに何をおっしゃりたいのか見当もつきませんよ」

「それでわたしも困っていましてね」ブラウン神父はつつましく穏やかに言葉を継いだ。「となりの銀行はわたしの想像の及ばぬ存在なんです」

このとき、レストランの扉が勢いよく開き、グライムズ大佐が意気揚々と現れた。その後ろから、顔をくしゃくしゃにして笑っている白髪頭の元気そうな小男がついてきた。必要書類に署名してもらいたいもう一人の治安判事だ。

「ウィックスさんは」引き合わせる身ぶりをしながら大佐が言いだした。「金融詐欺全般に関する当代最高の専門家でね。地元の治安判事もなさっているのは実に幸いだった」

ベルテーン警部はごくりとつばを飲み込むと、あえぐように言った。「まさかブラウン神父の言い分が正しいわけではないでしょうね」

「こうなるのはわかっていた」グライムズ大佐は当たり障りのないことを言った。

「サー・アーチャー・アンダーソンはとんでもない詐欺師だとブラウン神父が言われたなら、まったくそのとおりです」ウィックス氏が話しだした。「ここで順を追って最後まで証明するまでもありますまい。実のところ、初期の段階のみ説明するほうが賢明でしょうね、警察に対してさえ――詐欺師に対しても。あの男にはみな目を光らせていなくてはなりません。それにこちらが誤りを犯してつけこまれないように気をつけないと。ですが、こちらから先方に出向いて、あなた方も試みられたようですが、もっと突っ込んだ話し合いをしたほうがよいでしょう。密猟者とガラクタ屋だけが目立つのはよろしくない。こちらがつかんだ事実を突きつければ、あの男の目をさましてやれると思いますよ、名誉を傷つけたり損害を与えたりする危険を冒さずにね。向こうが何かを隠そうとするなかで、逆にうっかりもらしてしまう場合がよくあるものです。とにかく今回の一件をめぐってはなんとも物騒なうわさが流れているし、その場で説明を求めたい点がいろいろあるわけです。今のところ、これが我々の公式の立場ですな」ここで、すばしこいのか落ち着きがないのか、そんな若者さながらにウィックス氏はすっと立ち上がった。

サー・アーチャー・アンダーソンとの二度目の話し合いは、互いの口ぶりはむろんながら、とりわけ終わり方が大きく違った。一行は大銀行家に戦いを挑むという断固たる決意で足を運んだわけではない。ところが、相手のほうがこちらに戦いを挑む決意を固めていたことがやがてわかった。その白い口ひげは銀色の軍刀(サーベル)を想わせる曲線を描いていた。先のとがった白いあごひげは鉄の大釘さながら前に突き出ている。一行がろくに口を開かぬうちに、銀行家は立ち上がって机を叩いた。

「カスターヴィル・アンド・カウンティ銀行が、こんなふうに取り沙汰されたのは初めてだ。言っておくが、お相手するのは今回限りですぞ。ここまで醜悪な中傷を受けたせいで、わたし自身の評判がもはや高きにすぎることはなくなったにせよ、当銀行の信用がびくともしない点を取ってみても、中傷がいかにばかげたものかわかるはずだ。全員お引取り願いたい。さっさとここを出て、衡平法裁判所の内実を暴いたり、カンタベリー大主教の醜聞をでっちあげたりして楽しむがよかろう」

「それは上等ですな」不屈の闘志むきだしのブルドッグのように身構えたウィックスが言い返した。「ですがね、サー・アーチャー、わたしがつかんでいる事実がいくつかありましてね、いずれあなたには一つ一つ釈明していただかないといけません」

「そこまではともかく」大佐がいくぶん柔らかな口ぶりで言いだした。「我々としてはもっとよく知りたい点がいろいろあるんです」

ブラウン神父の声が妙に遠くのほうから冷めた感じで流れてきた。なんだか別の部屋か外の通りか、ともあれ離れたところに声の主がいるかのようだ。

「大佐、わたしたちはもうすでに知りたいことを知っているとは思われませんか？」

「いや」グライムズはあっさり答えた。「わたしは警察官だ。じっくり考えたすえに自分が正しいと思う場合はあろう。だが自分がそれを知っ**ている**とはいえない」

「おっと」一瞬ブラウン神父は目を丸くした。「ご自分がご存じだとお思いの話ではないんですが」

「ほう、あなたが自分で知っているつもりでいることと同じ一件だと思うがね」グライムズはややとげのある言い方をした。

「どうも失礼いたしました」ブラウン神父は気まずそうな表情で応じた。「でもわたしが知っているのはかなり違うことなんです」

結局は横柄な金融資本家がこの場を仕切っているような、そんな怪しげでちぐはぐな空気が漂うなか、大佐たちはレストランへとぶらぶら戻り、早めのお茶を飲んだりタバコを吸ったりしながら、事件全般について解明してみようとした。

「あなたが始末に負えない人なのは前からわかっていたよ」警察官が神父に話しかけた。「でも何が言いたいのか、今まではたいていどうにか見当もついたんだがね。しかしまあ、この神父どのもついに頭がおかしくなったのかという気がするよ」

「それは妙なおっしゃりようですな」ブラウン神父が言い返した。「なぜなら、自分にはどんな欠点があるのか、わたしもいろいろな角度から考えてみた経験がありまして、自分について間違いなくわかっている点を挙げるなら、頭がおかしくないことだけだからです。もちろん頭が鈍いという現実の報いは受けておりますよ。ですが思い当たる限り、現実感覚をなくしたためしはありません。大佐ほど頭の切れるお方が、いきなり現実感覚をなくされるとはおかしな話ですね」

「どういう意味だね――現実感覚とは」険悪な沈黙のあとでグライムズがたずねた。

「常識ということですよ」ブラウン神父が答えた。銃をぶっ放したかとも思えるほど珍しくも激しい口ぶりだった。「すでに言いましたとおり、わたしの力の及ぶところではないんですよ、金融界の複雑な内実や腐敗は。しかし、いいですか、人間によって物事を検証する方法もあるんです。わたしには金融界の問題は皆目わからない。が、金融人の問題ならわかります。不正な金融人のありさまはおおよそ知っている。でもきっとあなたのほうが、わたしよりも詳しくご存じに違いない。であるのに、そんな具合にありえない事柄をうのみにできるものですかね」

「ありえない事柄？」相手をまじまじと見ながら大佐が問うた。

ブラウン神父はいきなりテーブルに身を乗り出し、突き刺さんばかりの視線をウィックスに向けた。日ごろとは別人のような激しい目つきだ。

「ウィックスさん、あなたならもっとおわかりのはずだ。わたしはただの貧乏坊主だから、まあわかるといってもこの程度です。結局のところ、我らの友たる警察は銀行家とさほどひんぱんに会うわけではない。臨時雇いの出納係が自分ののどでも掻き切って死んだなら別だが。いずれにしろ、あなたは銀行家とたえず対面なさってきたはずですよ、とくに破産した銀行家とは。ちょうど今のような立場に置かれたご経験が二十回ほどもありませんか？　大胆にも穏健な人物にまず嫌疑をかけたご経験が何度もありはしませんかね、今日の午後のように。破産しかけている二、三十人の金融資本家と、実際に破産する一、二カ月前に言葉を交わしたご経験は？」

「まあ、そうですな」ウィックス氏があわてずゆっくり答えた。「あると思いますよ」

「ならば、そのうちの一人でもあんな話し方をする者がいましたか？」ブラウン神父が問うた。

短軀の法律家は傍目にはわかりにくいほどかすかにぎくりとした。さっきよりほんの少し背筋を伸ばしたなと、まわりの目には映ったであろう動きだ。

「これまで生きてこられたなかで」相手を責めんばかりに声をはげまして神父が問いだした。「こういう金融ペテン師と対峙したことはおありですかね、ちょっと嫌疑をかけられたとたん居丈高になって、神聖なる我が銀行の内情にちょっかいを出すなと警察に言い放ったやからと。いやはや、まるで銀行に踏み込んで自分をその場で捕まえてくれと、本部長に頼むような態度じゃないか。まあとにかく、このたぐいの問題に関してあなたはよくご存じだ。わたしは存じません。でもここで一か八かの賭けに出てみますが、今まであなたが相手をしてこられた怪しげな金融業者は、例外なく正反対の態度に出たはずです。あなたの尋問が始まると、憤るのではなくおもしろがるそぶりを見せたでしょう。かなり深い追求が続いたにせよ、あなたがぶつけた九百九十九の質問に対して、一つ残らずそつも申し分もない答えが返ってきて終わりだったでしょうね。絶妙の釈明！　連中は釈明の術で世間を泳いでいるわけだ！　あなた、海千山千の金融業者は今まで尋問された経験を持たないなどとお思いですか？」

「ひどいな、度の過ぎる一般論だ」グライムズが言い返した。「あなたは完全無欠の詐欺師という自分の観念にすっかり囚われているようだね。だがつまるところ詐欺師だって完全無欠ではない。破産した銀行家が取り乱したり泣き崩れたりしても、それで何かが立派に証明されるわけじゃない」

「ブラウン神父の言われたとおりだ」事態の内容を消化すべく沈黙していたウィックスがいきな

り口をはさんだ。「ああいうこけおどしやらこれ見よがしの抵抗やらが、詐欺師としてとりあえず試みる自己防衛ではありえないというのは、まさにしかりです。だがそれ以外にどんな対応ができるのか。名望を集める銀行家だって、不評を買う銀行家と同じで、ただちに旗を掲げて喇叭（らっぱ）を吹いて剣を抜いたりはしませんよ」

「それに」グライムズもあとに続いた。「結局なぜ怪しい銀行家は居丈高になったんだ。なぜ我々に向かってみんな銀行から出ていけと言ったんだね、隠し立てすることがないなら」

「いや、当人には隠し立てすることがないなんて、わたしは言っておりませんよ」ブラウン神父がはがゆいほどゆっくり答えた。

ほかの者は戸惑い顔で黙り込み、はからずも話し合いは終わった。ベルテーンだけはあきらめようとせず、神父の腕をさっとつかんで相手を逃がすまいとした。

「要するに銀行家は容疑者じゃないと言いたいのか、そうじゃないのか、どっちなんだ」警部は荒々しく問うた。

「違いますな、容疑者は銀行家ではないと言っているんです」ブラウン神父は答えた。

いつになくぎごちなく頼りなさげな動きで一同はレストランを出たが、通りの振動と騒音にはっと立ち止まった。通り沿いの窓を人々がことごとく割ったのかと一瞬みな思ったが、気持ちがおさまってくるなり、騒ぎの源が突き止められた。当日の朝に自分たちが入っていった威容を誇る建物の金箔を施したガラス戸と窓だ。カスターヴィル・アンド・カウンティ銀行の外壁が、ダイナマイトの爆発を想わせる音によって内側から揺すぶられたが、実際は人間の直接的破壊活動の結果にすぎなかった。本部長と警部はこなごなになったガラス戸を通って暗い内部へ駆けてゆき、驚きのあまりこわばった表情で戻ってきた。驚いた半面、やはりそうだったのかと、ぼんやりしているふうでもある。

「もう疑念の余地はない」警部が言った。「あいつめ、我々が見張り役として残しておいた男を火かき棒で殴り倒した。それから真っ先にようすを見にきた男の胴着に向けて現金保管箱を投げつけたぞ。ありゃ、けだものだ」

気味悪いほど落ち着かぬ雰囲気のなか、弁護士ウィックス氏はブラウン神父に向かい、なんとも恐縮したようすで話しかけた。「まことにどうも、あなたのおっしゃるとおりでした。あの男こそ最新型の悪徳銀行家です」

「すぐに署員を送り込んでやつを取り押さえないといかん」本部長が警部に伝えた。「でないと町ごと破壊されるぞ」

「そのとおり」ブラウン神父も応じた。「あれはかなり凶暴な男です。狼藉(ろうぜき)を働く衝動にかられるんですな。猟場管理人に対して銃を後先も考えず棍棒代わりに用い、何度も打ち下ろしたぐらいですから。とはいえ発砲しようとは思いもよらなかった。もちろんこの手の人間は何をやってもほとんどしくじります。人殺しにしてもね。それでも脱獄はおおよそうまくやりとげる」

一同は驚き、何もそこまでと思わせるほど目を丸くして神父を見つめたが、相手のありふれた丸顔からは何も教えられなかった。やがて神父はきびすを返すとゆっくり通りを歩きだした。

「そんなわけで」レストランで苦味のないラガービールを飲みながら、ブラウン神父は一同にほほえみかけ、村のクラブにいるピクウィック氏（ディケンズの小説『ピクウィック・クラブ』の主人公）を想わせる表情を浮かべた。「そんなわけで、わたしたちは結局また密猟者と猟場管理人というおなじみの田舎話に戻るんです。くつろげる炉辺（ろへん）の犯罪を扱うほうが、わたしとしては口で言い表せないほど士気が高まるんですよ、途方に暮れるしかないような金融界の黒い霧よりもね。実はその霧だって幽霊や亡霊だらけですが。いや、もちろんあなた方も昔々のお話をご存じですね。お母さんのひざの上でお聴きになったでしょ。でもね、みなさん、そういう話は聴いたときのまま心にしっかり留めているのが重要なんです。このささやかな田舎話は今までもよく語られてきました。ある者が激情に駆られて罪を犯し、囚われの身でありながら似たような乱暴を働き、看守を叩きのめして霧の漂う荒れ野に逃げ込むわけです。そのとき思わぬ幸運が訪れ、身なりも押し出しもよい紳士と出会う。そこで相手をおどして服を交換させると」

「うむ、その話は何度も聴いた」グライムズがしかめつらで言った。「それを思い出すのが重要だと言われたが――」

「重要なんですよ、なぜならどんなことが起こらなかったかについて、すこぶる明瞭かつ正確に物語っているからです」

「じゃ、どんなことが起きたんですか」警部が問うた。

「正反対の話です」ブラウン神父は答えた。「小さいながらつぼを押さえた修正をしないと。服を取り替えて別人になりすまそうと、脱獄囚が身なりのよい紳士を探していたのではなかった。

紳士のほうが囚人服を着る喜びに浸ろうと、荒れ野まで脱獄囚を探しに出かけたわけだ。囚人が荒れ野をうろついているのを知っており、のどから手が出るほどその服がほしかったから。脱獄囚を見つけるなり荒れ野から連れ出すという綿密な計画があることも、紳士はおそらく知っていただろう。デニス・ハラとその一味が今回の事件でどんな役割を担っていたかははっきりしません。第一の陰謀のみを知っていたのか、または第二の陰謀のみなのか、それもよくわからない。でもたぶん連中は密猟者の一派と組んでいて、密猟者のために動いただけなんでしょう。貧しい人々のあいだで密猟者は実に幅広い支持を得ていたから。我らの友たる身なりのよい紳士がささやかな変身をなしとげたのは、自分の天賦（てんぷ）の才を生かしてのことだと、わたしとしては思いたい。あの人はとてもよそおいに気を遣う紳士で、仕立屋言うところの最高級紳士服をまとっていました。きれいな白い髪と口ひげも生やしていてね。こちらは仕立屋というより理髪師のおかげですが。こんな申し分ないいでたちが自分の人生で何度も役立ってきたことは、本人もわかっていた。しかも、この町と銀行に姿を現してから、まだ日が浅いという点をみなさんはお忘れなく。どうしても自分が手に入れたかった服を着た囚人に声をかけたとき、相手が自分とほぼ同じ風采の持ち主だという情報を紳士は確認した。となると、あとはただ囚人に帽子やかつら、あごひげ、ご立派なお召し物を身につけてもらうだけだ。もはや自分が叩きのめした看守の眼前に立っても見破られまい。それからこの才気煥発（かんぱつ）な金融資本家は囚人服を着て、ここ数カ月またはここ数年で初めて、追っ手から逃げおおせて自由になれたと感じたわけです。

　というのも、もし真相を知ったとしても助けたりかくまったりしてくれそうな支持者が、貧しい人のなかに誰もいなかったからで。まともな弁護士や知事のなかにも、あいつはもう十分に苦しんだからとか、そろそろ自由の身になるのも許されるかなとか、そう言いながら動いてくれる者はいなかった。やくざな世界にさえ友人は皆無です。なぜならかたぎの世界で、つまりわたしたちが自分の征服者や支配者に楽々と優位に立つことを許している世界で、つねに華やかな存在だったから。あの男は現代の一魔術師ですよ。金融にかけては天賦の才に恵まれていた。盗む相手は金に恵まれない大勢の人だった。一線――現代の法律ではあるかなきかの線だが――を越えて、世間に見つかると、世間は丸ごと自分に敵対するだろう。おそらくあの男は無意識のうちに刑務所を我が家のように見ていたのではないか。どんな計画を立てていたのか、正確なところはわかりません。刑務所当局があの男を捕らえて、指紋まで調べて脱獄囚ではないと証明したとして、ほかにどんな罪を犯していたか現段階ではなかなか確認しがたい。それでも、デニス・ハラの組織が自分に手を差し伸べて、すぐ国外へ逃がしてくれることは知っていた可能性が高いと、そうわたしは見ています。ハラと取り引きしたのかもしれませんな、あるいは双方とも手の内をすべて明かしたりせずに。アメリカではそんな歩み寄りも珍しくないんですよ、大物実業家と組織暴力団員とのあいだでは。実のところ両者の生きる世界は同じですから。

想像しますに、囚人を説得するのはさほど面倒でもなかったでしょう。囚人にすれば、一見して自分にはかなり有望な計画に思えたのだろう。これもハラの計画の一部だと踏んだのかもしれない。いずれにしろ囚人は囚人服を脱ぎ捨て、一流の服をまとって一流の地位についた。社会から受け入れられ、ともかく心穏やかに次の一手を考えることが可能な地位にね。しかし、なんたる皮肉か！　なんたる落とし穴、なんたる逆転した運命のいたずらか！　世の人も知らないような、半ば許された犯罪の刑期が終わりかけたときに脱獄し、世界最大の犯罪者の服とは知らずに喜んで着替えて伊達男を気取っていたら、翌日には地球のどこまでも探照灯（サーチライト）で追われるはめになるとは。サー・アーチャー・アンダーソンはこれまでも多数の人をわなにかけてきました。だが荒れ野で自分の最上等の服を着せてやった男より、悲惨なわなにかけた相手はほかにいません」

「さてと」グライムズが上機嫌で言った。「こうして情報を提供してもらった以上、我々も犯罪はきちんと立証できるだろう。囚人はとにもかくにも指紋を採取されるから」

　ブラウン神父は相手を畏れ敬うかのごとくあいまいに頭を下げた。「もちろんサー・アーチャー・アンダーソンは指紋を採られたことなどありません。いやまったく！　ああいう地位にいる人物ですから」

「実を言うと」ウィックスが口を開いた。「あの男のことは誰もよく知らないようですな、指紋にしろなんにしろ。わたしがやつの行状を調べ始めたときは、白地図を手に歩むほかなかったんだが、その地図ものちには迷路に変わっていきました。そういう迷路についてはわたしにも多少の知識がありますが、今回の件はとりわけ道が入り組んでいました」

「わたしにとってはまさに迷路ですよ」神父がため息まじりに応じた。「すでに申したとおり、こういう金融問題はわたしの力の及ぶところではありません。わたしにとってただ一つ確信が持てたのは、自分の向かいに座っていた人物のたちでした。こんなにびくびくそわそわしているのだから、これは詐欺師のはずがないな、とね」

訳者あとがき

本書は、G・K・チェスタトン（一八七四～一九三六）による長篇小説 *Tales of the Long Bow*（Cassell & Co., 1925）、および短篇小説三作、The Man Who Shot the Fox（1921）、The White Pillars Murder（1925）、The Mask of Midas（1936）を邦訳したものである。
訳注の一部は底本の注を参考にした。

一九二二年、チェスタトンは正式にカトリックへの改宗をすませたのち、連作ミステリ短篇小説などを収めた『知りすぎた男』を上梓した。各作品はその一年から数年前に英米の諸雑誌に載ったものだ。表題作の主人公であるホーン・フィッシャーは、世の中の裏表や善悪の実態を知りすぎたがゆえに憂鬱になってしまった中年男で、もはや若いころとは違い、何かを成し遂げんとて行動に打って出ることもない。はたから見ると無気力なようすが目立つばかりだが、実は神に対する信仰は強く持っており、まったくの虚無感にさいなまれることはぎりぎりのところで避けられた。これは作者の宗教観の表れといえるだろう。また、そんな主人公の内面が醸し出す微妙な緊張感が作品の大きな読みどころの一つになっている。

ただ、同じく収録されたノンシリーズもの四作品はさておき（周知のとおり、論創社刊の『知りすぎた男――ホーン・フィッシャーの事件簿』では、事情により二作品を省いている）、表題作については、チェスタトン独特の言語感覚こそ健在で、内容を追うことのほかに文章自体を読み進める喜びを味わわせてくれるものの、諧謔精神はいつになく薄いと言わざるを得ない。この点については、フィッシャーの人となりもさることながら、政治性の強い中身もやはり影響していると見る読者も多かろう。

ところがチェスタトンは、『知りすぎた男』に通じる内容を描きながらも、まるで色合いの異なる明朗な連作短篇集（〝ミステリ〟という言葉はひとまず措いておこう）を上梓した。それがほかならぬ『法螺吹き友の会』だ（初出は月刊誌『ストーリーテラー』一九二四年六月号～二五年三月号）。

すでに長篇評論『正統とは何か』（一九〇八）などで、チェスタトンは自身の宗教観を明らかにしてはいたが、カトリックへの正式な改宗後には『アッシジの聖フランチェスコ』（一九二三）や『人間と久遠』（一九二五）といった宗教色の濃厚な随筆や長篇詩集を物し、ますますまじめな教育者然たるところを示していた。

が、実はその一方ほぼ同時期に、発言も行動も一見〝はちゃめちゃ〟な連中を中心に据えた短篇を雑誌に載せていたわけだ。そう考えると、あらためてチェスタトンの筆力はむろんのこと、その人間性の奥深さや幅広さに驚かされてしまう。

我が国でここまで器の大きな名人芸に迫る手腕を発揮しえた文人といえば、誰よりも夏目漱石ではなかろうか。生前に完成を見た最後の長篇小説となった自然主義作品『道草』に出てくるような、読んでいるこちらが鬱々となるほど怒りっぽくて付き合いづらい男が、『吾輩は猫である』や『坊ちゃん』を書き上げたのだから。

さてここで、本書に関連する一種の喜劇論として、ある逸話を記したい。わたしが高校生のときのこと、文化祭の出し物だったか、または何かの独立した催しだったかで、なんと当時のお笑い界の大看板、柳家金語楼が我が母校を訪れて講演をしてくださった。もう何十年も前の一件で、まことに残念ながら内容は忘れ果ててしまったが、とにかく話がおもしろく、腹が痛くなるほど笑ったことははっきり憶えている。

最初から最後まで派手な身ぶり手ぶりは一切せず、もちろん下ネタなどはまったく口にせず、金語楼師匠は話芸のみで自分の孫のような聴衆を笑いの渦に巻き込んだ。しかも話の最中、師匠自身はみじんも笑みを浮かべなかったと思う。つまりは、実にさりげなく、こともなげに、すさまじくおもしろい話をし続けたわけだ。わたしはみなと一緒に何度もバカ笑いをしながら、(これはわたしを含めて少数の生徒だけだっただろうが)ひそかに舌を巻いたものだ。

どうやら金語楼師匠が来校されたのは最晩年のころのことだったようだ。体調もすぐれなかっただろうに、あの偉大な喜劇人が高校生の小僧や小娘を相手に至芸を披露してくださったわけだ。今思い返しても不思議でならない、なぜ柳家金語楼ほどの大物が一公立高校にまで出向く次第となったのか。先生のなかに何か特別なコネでもお持ちの方がおられたのだろうか。いやまあ、とにかくあれはまさに至福のひとときだった。

ところで聞くところによると、ふだんの金語楼師匠は無口・偏屈・無愛想その他もろもろで、まわりとしては腫れ物に触るように接するほかなかったらしい。つまりだ、喜劇の名人芸の持ち主は、日常生活では古今東西を問わず（は、少し大げさか）〝つまらない〟人なのだ。

そういう人生の真理など皆目わからぬ浅はか女は、好きな男のタイプとやらを訊かれると、判で押したように「おもしろい人がいいわあ」などと答える。すると同類の浅はか男どもは、懸命になって女の子相手に〝受ける〟ことを言ったりやったりし始める。お手本としては、下ネタを口走るか、客や仲間をいじるか、相棒の頭をひっぱたくかしか手のない今どきの芸なし芸人連中というところか。いやはや、なんとも微苦笑もの……。

若者諸君よ、なにもベルクソンの『笑い』や、メレディスの『喜劇論』や、モリエールの『女房学校』等々を読めとまでは言いません（『喜劇論』に目を通した酔狂な日本人なんて、見つけるほうが難しかろう）。だがもし本物の笑いを知りたいなら、今はインターネットなどで過去の映像も観られる時代なのだ、せめてかつてＮＨＫで放送していた『ジェスチャー』で、男性軍のキャプテンだったときの柳家金語楼や、〝寅さん〟として大物然とおさまりかえる以前の、ドタバタ三文喜劇映画に出ていたころの渥美清の演技を調べてほしい。本物の笑いというものは、受け手の人生観をひっくり返すほどの威力を秘めているのがわかるはずだ。

ちなみに『ジェスチャー』で女性軍のキャプテンを務めていたのは、〝ターキー〟こと水の江滝子だ。当時わたしはほんの子どもで、この長寿番組の記憶も実はあまりはっきりしないのだが、とまれターキーも芸達者でおもしろい人だった。とはいえ、歌劇団出身のターキーと金語楼とを笑いの分野で比べるのはご両人に失礼だろう。

また、全盛期の渥美清は〝寅さん〟だと思い込んでいる向きにお伝えしたい。〝寅さん〟シリーズを観るのは、せいぜいはじめの二、三作目ぐらいまでにしておいて、同じ喜劇シリーズなら『○○列車』ものを楽しんでください。くだらなく、たあいなく、どうでもいいような話が、名人芸によってここまで笑える一品に仕上がるのかと、目を見開かれる思いがすることを保証しよう。

では本書について解説しよう。ぜひとも最初から順番どおり読み進めていただきたい。

『法螺吹き友の会』*Tales of the Long Bow*

底本には *The Collected Works of G. K. Chesterton Vol. VIII* (with introduction and notes by Donald Barr)(San Francisco: Ignatius Press, 1999)を使用した。本邦初訳。

簡単に一篇ずつ紹介してゆくことにする。

I　クレイン大佐のみっともない見た目　The Unpresentable Appearance of Colonel Crane

中年の退役軍人クレインが、ある日いきなりキャベツを頭にかぶって生活するようになる。本人は大まじめなので地元の人々は接し方に困ってしまう。だが一週間経ったところで、隣人の従妹キャサリンとの会話を通じてクレインの胸の内がわかってくる。

キャサリンは画家をめざして美術学校に通う若者で、路上芸術家とも付き合いがあり、「とほうもなく物騒な変人だの、菜食主義者だの、（中略）社会主義者だの」といった仲間もいるという。つまりは第一次世界大戦後におけるモダニズムの空気にいつも触れている人物だ。

そんなキャサリンが、大佐の頭に載っているのは妙な代物ですねと、ずばり指摘する。ここまで誰も口にできなかった一言だ。これでクレインはキャサリンに感服し、本音を打ち明け始める。

なぜクレインがキャベツを帽子代わりにかぶっていたのか。友人フッドに対してある要求を出し、きみにそれがやれるなら「自分の帽子を食べてみせる（イート・マイ・ハット）」という約束を交わしたからだという。「イート・マイ・ハット」は、そんなことできるわけがない、できたら首をくれてやるといった意味の熟語だ。

この例に見られるとおり、法螺吹き友の会（以下は特別な場合を除き、友の会と略記）の面々の奇矯な言動は、Ⅱ以降においても英語独特の格言や熟語と密接に結びついている。なお、クレインがフッドに出した要求のなかに出てくるimpossibleという単語が、本書では様々な意味で用いられる。この一言は間違いなく本書の〝謎（ミステリ）〟を解きほぐす鍵だ。

さらにいえば、クレインに対するキャサリンの次の台詞が、本書の基調をなしているように思われる。「お忘れかしら、我こそは独創的な人間なりと思い込んでいるうぬぼれ屋をわたしはたくさん知っているのよ。美術院なんて、そんな人ばかり。わたしの友だちの社会主義者や菜食主義者のなかにもずいぶんいます。もちろんみんな、キャベツをかぶるぐらい平気でやるでしょう。

（中略）でもね、結局その程度なんです。（中略）だけど、ほんとの意味で活力のある男性というのは、まずしっかり一つの型を作って、次にそれを壊せる人なのね。（後略）」

しっかりした「一つの型」について、本書では複数の人物がそれぞれ表現している。チェスタトンがよく用いる言葉を用いるなら、つまりは「常識」だ。常識はずれのことをやってのけられるのは、一時の流行に左右されぬ歴史認識や世界観が根底にあるからだ。社会主義や菜食主義が浅薄な流行であるか否かはさておき、おそらくはカッコいいからと、モダニズムの風潮に染まる仲間に対するキャサリンの批判も、その点を突いていよう。

Ⅱ　オーウェン・フッド氏の信じがたい成功　The Improbable Success of Mr. Owen Hood

テムズ河畔に建った工場から流れる化学物質による河川の汚染問題をめぐり、地元の有力者たちを相手に議論を戦わせたフッドが、いろいろあって最後にたいまつをともしてテムズ川に投げ込む。つまり〝テムズ川に火を放った（セット・テムズ・オン・ファイア）〟。これも英語独特の熟語だ。

自分の論敵の一人であるハンター医師が国会議員に立候補した際、フッドはある込み入った（ひねくれた？）理由からそれを支持する。以前ハンターはフッドと同じく、地元に対する地主たちの貢献を認めて、産業界主導による土地の開発には反対していたが、今では〝進歩的人士〟に変貌している。

このあたりの裏事情が本篇の核心部分だ。フッドの複雑な胸の内を表すような文学作品や聖書からの引用や歴史上の逸話も読みどころだ。

Ⅲ　ピアース大尉の控えめな道行き　The Unobtrusive Traffic of Captain Pierce

地元西部地方の宿屋〈青豚亭〉で、クレインとフッドがうまいベーコンエッグとビールの昼食を摂っているところへ、二人の若い友人で飛行士のヒラリー・ピアースがやってきて、話はさらに盛り上がる。

ところが、地元議会が家庭でのブタの飼育を禁止することに決めたと、青豚亭の娘ジョーンから聞かされ、ピアースたちは議会の横暴ぶりに憤る。どうやらブタ関連の伝染病に対する予防措置であるらしいのだが。

そこへイノック・オーツなるアメリカ人が話に加わった。オーツは地元の中世建築を紹介してほしいと言う。するとピアースは近くの家庭菜園にある豚小屋を指さし、あれこそが自慢の建築物だと答えを返す。

オーツが立ち去ったあと、外国人をからかうなとたしなめるクレインに対して、ピアースは「ブタの復活と再生」こそ自分の目的だと言い切り、痛快で奇想天外な抵抗活動に打って出る。ここでもキーワードはありえない（impossible）だ。〝ブタが空を飛ぶ〟のはなぜか。フッドとクレインのやりとりを引こう。

「そうだ！　我々はいつもその言葉に戻るんだ！」
「どの言葉に戻るんだ」友（＝クレイン）がたずねた。

「〝ありえない（インポッシブル）〟さ。それこそあいつ（＝ピアース）の人生を貫いてきた言葉なんだ。その点ではぼくらの人生でも同じだが。（後略）」

ピアースの人を食ったような発言をはじめとする叙述のおもしろさや、物語展開の意外性や規模の大きさなどの点で、このⅢは本書で一、二を争う傑作だ。のちの最高潮にいたる伏線的役割を担っている点でも見逃せない。

退役軍人クレインの存在もさることながら、以前は陸軍航空隊にいたというピアースの登場によって、本書の背景には第一次世界大戦の影響があることがいよいよ明らかになってきた。また、十九世紀末から注目されるようになった〝新しい女〟という概念を、ピアースがもろに揶揄しているのも興味深い。これはもちろん作者の代弁をしているのだろうが、さて読者諸氏はどう反応なさるか。いや、わたしは賛成しませんが（汗）……。

Ⅳ　ホワイト牧師の捉えどころなき相棒　The Elusive Companion of Parson White

ある日フッドのもとへ、友人ワイルディング・ホワイトの謎めいた手紙が届いた。フッドはクレインやピアースに読んで聴かせる。ずいぶん深刻にも読める手紙の中身について、三人はあれこれ論じ合う。文中にある〝スノードロップ〟とはいったい何者（何物？）なのか。

ホワイトはイングランド南西部の州サマセットの牧師だが、地元の有力地主と何事かもめているらしい。結局ピアースが代表して当地へようすを見にゆくことになった。

本篇では〝不用品持ち寄り市〟がキーワードとなる。これなど実に英語のおもしろさが生かされた表現だ。

本書のなかではこぢんまりとしている印象が強く、存在感はあまり感じられないかもしれないが、謎性（ミステリ性）が高い点では指折りの一篇だ。読者には、謎が明かされる前にぜひ手紙の意味を推測していただきたい。

V　イノック・オーツだけのぜいたく品　The Exclusive Luxury of Enoch Oates

元来は〈変人収容所〉と称していたというクレインたちの集まりが、〈法螺吹き友の会〉に変わったことなど、仲間うちの会話から会の内情がうかがえる一篇。

前出イノック・オーツはアメリカ経済界の大物で、英国から大量に輸入したブタの皮と毛を加工して女性用バッグを製造し、膨大な利益を挙げたという。

そんなオーツが友の会に招かれる。なぜなら会にとって必要な人間だからだ。フッドの言い分を聴こう。自分たちに必要なのは正気で愚鈍な人間なのだと。

「（前略）必要なのは、お堅くてまじめな営業人だ、しっかり者の実務家肌の人間だ、莫大な商売上の利権に関わっている人間だ。一口に言えば馬鹿者だ（後略）」

漱石も『吾輩は猫である』で、近所の実業家である金田氏や、苦沙弥先生の友人にして金田氏の手先である鈴木くんをからかっている。

チェスタトンはアメリカ流の物質主義に対する違和感をあらわにしていた。やはり両巨人には共通するところありだ。

Ⅵ　グリーン教授の考えもつかぬ理論　The Unthinkable Theory of Professor Green

チェスタトンは偏狭な愛国主義には反対だったが、一方で〝世界市民〟、〝地球市民〟を標榜するらしき向きにも強い批判を加えた。多国籍資本主義や国際金融資本を嫌ったのもその一環だ。

本篇については、可能ならば『知りすぎた男――ホーン・フィッシャーの事件簿』の「底なしの井戸」や「一家の馬鹿息子」、さらにはノンシリーズ「剣(ソード)の五」と合わせ読んでいただきたい。愛国心や金融や土地私有の問題に関して、チェスタトンの思想をいっそう詳しく教えられるだろう。イノック・オーツ自身がいかに善人であれ、本人の活動から風刺や揶揄の対象になっている理由もわかる。

ところがそのオーツは、ピアースの説得を受け入れ、英国に所有していた膨大な土地を地元の小作人たちに譲ったという。さて、今後の展開は……。

本篇の核心はチェスタトンの唱道する土地均分論だ。長篇評論『正気と狂気の間』の内容が小説に仕立てられている。土地は少数の者に占有されてはいけない、自作農階級を育てて、小なりといえど自作農が土地を私有できるようにすることで、英国はアメリカ流の資本主義の悪弊からまぬがれうると、そうチェスタトンは説いている。

少壮の天文学教授オリバー・グリーンは友の会とは無関係で、本篇でも主役を担っているわけではないが、本人の〝仕事相手〟である月にまつわる英語表現も読みどころになっている。

さらに、自身の下宿先の娘マージェリーを相手に、グリーンが述べる「通常の数学的公式を逆転させた」理論と、その数頁あとでの〈友の会〉会員の在り方に関するピアースの発言は、ほとんど同趣旨のものと解釈できよう。双方のくだりは友の会の存在意義を表している。

繰り返すが、常識をわきまえたうえでの固定観念や因襲のずらしが本書の基調だ。まるでルイス・ブニュエルの映画、なかでも『ブルジョワジーの密かな愉しみ』や『自由の幻想』を観る思いがするではないか（チェスタトンとは対照的に、ブニュエルは筋金入りの無神論者だったはずだが）。

Ⅶ　ブレア司令官の比べる物なき建物　The Unprecedented Architecture of Commander Blair

オーツが英国に所有する土地を小作人たちに譲った一件について、もう少し詳しい事情が紹介されている。

また、英国首相イーデン卿が側近数人を相手に、土地の国有化に関する自論を展開する。国有化論とはつまりチェスタトンの土地均分論に反する説だ。

ピアースの協力者ベリュー・ブレア自体の印象は、友の会のなかではかなり薄いが、オーツの言葉どおり、「ヒラリー・ピアースのためにブタをめぐる騒動を演出したのはブレア」なので、やはりなくてはならぬ存在だ。

ともあれ本篇では、イーデン首相を中心とする体制側と友の会との対決の始まりが要点だ。

Ⅷ〈法螺吹き友の会〉の究極的根本原理　The Ultimate Ultimatum of the League of The Long Bow

イーデン内閣が土地国有化という〝社会主義政策〟を打ち出したことから、地方の小作農の蜂起という事態が起きた。友の会の面々は反乱軍の側に立ち、中世の戦士を想わせるように長弓（ロングボウ）を武器として戦った。

だが同じチェスタトンの『新ナポレオン奇譚』（一九〇四）とは異なり、戦闘場面は実時間（リアルタイム）には描かれない。戦闘はすでに終了している。その記録は一冊の書物になっており、フッドが妻エリザベスや友の会の仲間たちを前にしてそれを朗読する。

本篇はミステリ小説における謎解き部分に相当しており、題名のロングボウにひそむ見事なおちが示される。とはいえむろん、ふつうのミステリ小説とは異なり、大団円を期待するのは愚かしいことだ。ジャン＝リュック・ゴダールの映画にも通じるような、物語の肩すかし（＝ずらし）が魅力である点をお忘れなきよう。

このⅧに代表されるように、本書はチェスタトンによる現代社会批判の一品だ。理想こそ美しいが、一歩間違えば〝根無し草〟になりかねない国境を越えた概念や、〝進歩〟の名のもとになされる共同体の破壊に対する抵抗の書でもある。

「わかっておられませんねえ」ヒラリー・ピアースがいきなりまくしたてた。「国際共和国なんか、ぼくらになんの関係があるんです。ぼくらはその気になれば英国をひっくり返すこともできる。でも結局みんなが好きなのは英国なんです。（後略）」

唐突な例を出すようだが、ジェイムズ・ジョイスは故郷のアイルランドを離れ、カトリック信仰を捨て、英語をいわば〝破壊〟して『フィネガンズ・ウェイク』という長篇小説を物した。ある種の万国性・普遍性追究の試みとして、それはそれで天才の一成果だっただろう。対照的にチェスタトンは、英国固有の精神を重んじ、カトリック信仰を保ち、英語でしか書きえぬ長篇小説を書き上げた。英語でしか成り立ちえぬ表現を用いて、友の会の面々に奇想天外な行動に走らせたのも、英国民として当然かつ健全な愛国心の表白と見なせる。会員の〝愚行〟の根底には機知と英知が横たわっていた。

なお最後に一つ、目利きの読者諸氏に問いたい。本書をSF小説の変化球という視点からも読み解くのは可能だろうか。『新ナポレオン奇譚』には明らかにSF性が認められた。本書にも同じ性質がありはしまいか。「科学の発想をもとにし、未来社会の人間を描く空想的小説」（『広辞苑第六版』）がSFなら、小作人階級の育成という一見したところ非近代的な価値観にもとづく倒錯したかたちながら、その条件を満たしているように思えるのだが。

有志には反SF的SF作品として本書を論じていただきたい。ニーチェが『反時代的考察』として、裏側から同時代に対する愛着の念を語ったように。

「キツネを撃った男」The Man Who Shot the Fox

底本には *Seven Suspects* (selected and arranged by Marie Smith) (New York: Carroll & Graf, 1990) を使用した。本邦初訳。

本作の初出は『ハースツ・インターナショナル』一九二一年三月号で、その後『エラリー・クイーンズ・ミステリマガジン』一九四六年七月号に再録された。

主要人物たちにおける意外な関係が核心部分で、チェスタトンのミステリ小説によくあるように、緻密な論理性を追い求めるというより、人間の心理の盲点を突くたぐいの一作だ。冒頭に現れる複数の人物同士の距離から、すでに微妙な緊張感を漂わせていて、読みごたえのある小品だ。題名のキツネのほかに、ハトも言及されるが、それはなぜか。双方はどんな存在の比喩なのか。

わたしは本作の謎解き部分を読んでいるうち、偉大な報道写真家ロバート・キャパの『崩れ落ちる兵士』を思い出した。ある静止画像を目にしたとき、それがどんな場面を表しているのかを見極めるのは意外に難しい。あのキャパの出世作に写っている男が本当はどんな状況に置かれていたのか、今でも真贋論争の決着はついていないらしい。

いずれにしろ、両手を上げて何かの動きに出ようとしている(かに見える)人間が、実際に何をしようとしているのか、たまたま目にした者が誤解したら……。

「白柱荘の殺人」The White Pillars Murder

底本には *Thirteen Detectives* (selected and arranged by Marie Smith) (New York: Penguin Books, 1989) を使用した。

本作の初出は『イングリッシュ・ライフ』一九二五年一月号で、その後『エラリー・クイーンズ・ミステリマガジン』一九四五年九月号や、*To the Queen's Taste* (ed.by Ellery Queen) (London: Faber & Faber, 1949)、*Murder at Teatime* (ed. by Cynthia Manson) (Signet Book, 1996) にも収録された。

冒頭近くから始まる偉大な探偵ハイド博士と依頼人モース氏とのやりとりは、一字一句ゆるがせにせず読まねばならない。同席していた博士の若い弟子ブランドンとウィアーも、むろんその気構えで話を聴いていたはずなのだが……。

単に相手の話を耳に入れるのと、その真意まで聴き込むのとでは、まるで中身が違うことを訴える作品だ。「見えない男」(『ブラウン神父の童心』所収)や「消えたプリンス」(『知りすぎた男――ホーン・フィッシャーの事件簿』所収)で、目には入っているが実は見えていない存在が鍵を握っていた展開と、同じたぐいの仕掛けが持ち味だといえる。

それから探偵小説論が展開されている点もやはり見逃せない。ハイドの代理として捜査に当たったブランドンとウィアーが話し合うなかで、「ささいな手がかりから全体を推理するという現実離れした探偵小説など、ぼくは認めない」とウィアーは言い切り、シャーロック・ホームズ流の推理法を批判している。〝観察の科学〟などまやかしだというのだ。あるいは、〝科学者探偵〟

ソーンダイク博士を生んだオースティン・フリーマンに対する批評にもなりうるか？

全体に台詞が多く、いくぶん解説過剰で、なおかつ犯行の動機が弱かったり、被害者と犯人とのつながりに偶然性が高かったりする欠点は拭えないものの、発想や視点の特異性は買える一作だ。〝科学〟を金科玉条のごとく信仰する現代人に対する痛烈な皮肉の書でもある。出来の割には、結末がわかってからも何度か読み返す気になれる。

なお、本稿「訳者あとがき」校正のさなか、『ミステリマガジン』二〇一二年十月号（早川書房）に本作の邦訳（村崎敏郎訳）が掲載されたことを知ったが、これは責任編集者だという山口雅也氏の解説にあるとおり、『日本版ＥＱＭＭ』一九五七年八月号の再録版だ。わたしも訳出の際には後者に目を通し、得るところがあった。

「ミダスの仮面」 The Mask of Midas
底本には *The Collected Works of G. K. Chesterton vol.XIII* (with introduction and notes by John Peterson)（San Francisco: Ignatius Press, 2005）を使用した。
一九三六年に（おそらくは死の床で）執筆された本作は、右記底本の注その他によると、作者の秘書だった女性の屋根裏部屋に置いてあった遺稿のなかから見出され、一九九一年にチェスタトン協会のノルウェー支部によって一千部の限定版として上梓された（ed. by Geir Hasnes)(Trondheim: Classica forlag AS）という。
ミダスとは、古代の小アジア中部にあった王国フリギアの王で、手に触れる物をことごとく黄金に変える力をディオニュソスから与えられたという男だ。「ザ・マスク・オブ・ミダス」という題名は、大金を扱う銀行家の存在をミダスになぞらえているわけだ。

なぜこの人物の〝仮面〟が問題となるのかが核心部分だ。仮面とはどんな意味を持つ代物か。三島由紀夫の『仮面の告白』を思い起こせば察しがつく向きもあろう。〝マスク〟と〝ミダス〟で頭韻を踏ませているところは、いかにもチェスタトン流だ。

一つ欠点を挙げるなら、登場人物の取り扱いに意外性のあるところが本作の特徴なのだが、謎解きを述べる部分で、楽天的な推測が排除できない（ネタバレが怖いが、おもにデニス・ハラに関して）。つまりはご都合主義に傾いているということだ。

一方、本作も探偵小説の内容にひっかけて現代社会批判をしている点が一つの読みどころだ。もはや、かつてわたしが扱ったような素朴な殺人事件は存在しなくなった、わたしの出番はない云々とブラウン神父が語るくだりは、「白柱荘の殺人」でのウィアーの主張と表裏一体をなしているのだろう。本作でも横暴な金融資本家は批判の対象だ。

わたしが捜査の武器としているのは「現実感覚」、いいかえれば「常識」ですというブラウン神父の台詞にも注目したい。法螺吹き友の会の面々と神父との親近性がはっきりわかる。

なお本作の邦訳に際し、若島正氏の既訳（『ミステリマガジン』一九九八年十月号所収）に教えられるところがあった。どうもありがとうございます。

本書を上梓するにあたり、いつもどおり論創社編集部の今井佑氏のお力添えをたまわった。今井氏とは、二〇〇六年の「論創海外ミステリ」第五十巻、ピーター・ディキンスンの『封印の島』に始まり、今回で四冊目のお付き合いだ。ん、まだそんなものだったかという気がするほど、何かあれば電話で、または直接に言葉を交わし合っている。

氏はいつも、表記や文体に関して自己流を通すわたしの訳文にじっくり目を通して、こちらの意向を尊重しながらも遠慮のない指摘をしてくださる。互いのこの呼吸が心地よくて、わたしはいつも楽しく仕事をさせていただいている。

今さら言うまでもないほど長々とした出版不況のなかでも、海外文学はとりわけ厳しい風にさらされているようだが、今井氏は読書界に驚きを与えるような諸作品の発掘・採用をつねに心がけておられる。たとえば、あのクロフツのジュヴナイル作品（題名はおわかりですね）を刊行するという奇手を聞かされたときは、まっさきにわたしが驚いた。幸いというべきか、「論創海外ミステリ」は百巻を目の前にし、それを越えてもなお道を進んでゆけそうな勢いにある。

今後も同シリーズの刊行にたずさわる訳者たちは、上質の海外作品を読者に提供すべく、それぞれ腕をふるうことだろう。ぜひとも世に問いたい作品をいくつか見つけてあるわたしも、その一員であり続けられたらと思う。

〔訳者〕
井伊順彦（いい・のぶひこ）
早稲田大学大学院博士前期課程（英文学専攻）修了。英文学者。訳書として、F・W・クロフツ『フレンチ警部と漂う死体』および『少年探偵ロビンの冒険』、G・K・チェスタトン『知りすぎた男――ホーン・フィッシャーの事件簿』（以上、論創社）、オルダス・ハクスリー『二、三のグレース――オルダス・ハクスリー中・短篇集』（風濤社）などがある。

法螺吹き友の会（ほらふきとものかい）
――論創海外ミステリ 99

2012年9月20日　初版第1刷印刷
2012年9月30日　初版第1刷発行

著　者　G・K・チェスタトン
訳　者　井伊順彦
装　丁　栗原裕孝
発行人　森下紀夫
発行所　論　創　社
〒101-0051 東京都千代田区神田神保町2-23 北井ビル
電話 03-3264-5254　振替口座 00160-1-155266

印刷・製本　中央精版印刷
組版　フレックスアート

ISBN978-4-8460-1180-2
落丁・乱丁本はお取り替えいたします